U0551030

Star

星出版

新觀點
新思維
新眼界

我周圍的世界

孔孔——著

THE GLASS STORY

眨眼是時間做賊時的暗號，每眨一次眼，就有什麼被偷去。

給同同

你是筆直的小樹

目錄

繁體中文版專序

在台北領獎那幾天，我最愛做的事是看路邊的招牌。

「故鄉卡拉OK」是懷舊人的避風港，彩票店的標語用高亮加粗的「沒刮沒機會」來恐嚇和誘惑閒逛的投機者，路對面的「中華慈悲僧伽會」下開著玩密室的「夢遊王國」，但不知道這兩者誰更適合讓這座城市的人們大夢一場，「夾心航空」讓機艙裡擁擠的旅客在夢中變成三明治裡香甜的果醬，而販賣果醬三明治的店則用閃爍的霓虹「早安」問候我這位被飛機載來的異鄉旅客。

招牌代替叫賣，變成印刷時代的吶喊。於是，這些詞句都有了聲調、語氣，高高低低地匯聚在繁忙的馬路邊，將腳步閒散或匆忙的旅客招攬。進入一家店，就是進入它的語言，或華麗、或樸素，或操著方言，或講一口彆扭的翻譯腔。台北的語言對我來說既熟悉又陌生，它在漢字這根粗壯的枝幹上又長出了許多有趣又新奇的枝椏，與此同時，它又保留了一些已經在我的日常語言中被修剪掉的部分，譬如，「卡拉OK」這個詞會一瞬間喚起我對九十年代的印象，它不具交流的實用性，卻產生了一種語言在實用之外的效果，這種效用與記憶、情感相關，是信息之外輻射出去的一片廣袤而模糊的地帶。我願意將它稱之為語言的嫁接生長，它們是某一群語言使用者的主流中被衝散的碎片，在其他地方找到了生長之地，於是長出了全新的東西。這樣的語言會創造出一個新的時空，它是舊的，卻又是新的，它是熟悉的，卻又是陌生的。這同樣也是我對台北的感覺。

作為一個以文字為創作材料的人來講，我對文字有著一種小孩對玩具的迷戀。在我看來，玩是世界上最純粹的東西。它依循著天性，尊重著本能，不懷多餘的目的，它的目的往往就是好玩而已。

台北是一座很適合閒逛的城市。

在《我周圍的世界》中，我希望用一種複雜的語言去講一個沉默的故事。就好像，我們說了許多話，卻往往到最後也沒有說出最重要的那一句。

在我們周圍的小說世界
——談孔孔的長篇

周芬伶

算是一種特殊緣份，多年來能夠看到不少大陸年輕作者的作品，「BenQ電影小說獎」決審看了好幾年，選出胡遷、雙雪濤等出色作品，胡的得獎作品〈……黃金大道〉，因同時得獎有類似篇名，主辦方望他想個別的，他不太肯，我提出「大裂」，沒想到後來被採用，想他一定不太樂意。前年看「台積電文學賞」決審，對孔孔的稿子印象很深，出版社寄來新稿，我還能認出她的文筆。現在文學市場冷清，讓我說點祝福話，暖暖語。

孔孔的〈我看夕陽與朝陽無異〉得獎中篇雖較抒情化，自傳色彩強烈，我覺得台灣讀者也會喜歡，寫在山村的生活，封閉疏離的人們，原生家庭一步步走向崩毀，最後逃出山村，文字清婉，畫面鮮明，在幾乎無情節衝突下，作者詩化的文字能帶你至一個寒冷特異的世界。

好的小說在能創造一個更好的世界，就這

點而言，孔孔具備這樣的文字魔力，當人物、情節都不是最重要，在以文字為巴別塔的作家中，在大陸有蘇童、畢飛宇……等，台灣有朱天文、朱天心……等，在此時此刻，台灣文字走向直白與實用之際，孔孔的文字顯得特別典雅，好像死命握住一線老派文學命脈。大陸的年輕作家作品對台灣也有一定吸引力，如畢飛宇、胡遷、雙雪濤，他們不寫太大的題材，然都有大氣魄，作者心靈年輕銳利，想像聯翩是別具一色的，他們為永恆的青春代言，特別受年輕人喜愛。也許「永恆的青春」主題在哪個時代都能驚動人。

孔孔的作品有明顯的女性書寫傾向，不是年輕銳利這邊，而是張愛玲、朱天文老靈魂的再現，寫母女一體或母女決裂，與父法對抗，更是一種女書，自有它自己的文法。但它非散發型，而是循環一體，如迴文織錦。

母親在其中是重要的主題，就像莒哈絲寫情人寫風土寫欲望，像河流滾動的文字最後都指向母親，父親常是缺席的，張愛玲弒父又弒母，莒哈絲厭母戀父，孔孔中的女主角戀母厭己，最後回歸母親：

> **陳香蘭轉過身就走，周葦終於慌不擇路、連滾帶爬地從地上翻起，哭哭啼啼追上那道背影。「別跟著我，我不是你媽。」陳香蘭甩開環抱**

上來的手臂，腳步不停，那雙手臂不依不饒，被甩開一次就又環上去一次，然後，又被甩開，如此重複，直到變成某種循環遊戲。周葦想起來，她也曾是鬼針草。有那麼一個瞬間，當陳香蘭又一次用力甩開她時，她確信，陳香蘭是真心實意、發自肺腑，想要就那麼將她甩開。

如同是個循環，從母親寫起復回到母親。整本小說初看像《雷鋒塔》那樣的成長故事，人物走馬換將，影影綽綽，但都沒寫清楚，如那些舅舅、表兄妹、小余、謝依然……後來都沒下文，但非常好看，情意與情欲的流動扣人心弦，當孩子們互玩身體，以為會擦槍走火，但都沒有；到後半部軟呢帽男人的出現，筆調轉了個大彎，他像是從艾略特的詩走出來的，或者是詩人父親的再現，寫得隱晦又肉感，這裡讓人很糾結，作者不想寫實了，現在是隱喻象徵了，她擺脫張、朱的影響寫出新意，有點魔幻又有點村上春樹了，多讓人驚喜；有時覺得沒前面好看，文字也變得刻意，情節拐了彎，像某種復刻，又像是浪漫小說的翻版，作者為什麼要這麼處理呢？

會不會是陳香蘭留下來的情書與日記的延伸，父親寫詩，母親寫日記，以文字記錄的愛情如此刻骨銘心，以詩寫成的故事，就該以詩的血肉來還，這樣說來，此書是跨時空的綿長情詩／情書，也是轟轟烈烈的女英雄史詩。

作為史詩女英雄的陳香蘭與女兒周葦是一體兩面，她們都通過詩的珍珠之門，說明女性在愛情中的偽出席，在追尋自我中的真缺席——她們是空白的符號，憑著那些屬詩的文字，詩人才得以存在，雖然她們也是同樣空洞，如同作者寫著「周葦發現自己也說不出來更多了，關於那個被寫在日記本中的男人，她素未謀面的父親，世界上最善於製造懸念的詩人，用大片的留白代替句號，讓敘事斷在不成章的位置。」軟呢帽詩人是這敘事的延伸再延伸，使小說有那麼點後設的味道，讓後半的書寫具有諧擬倒寫的趣味。

然作者追求的小說美學為何？她沒有說，也不想說，我們只能猜謎，她從討論詩銜接到何為美，「『美是真實』，美的戒律被他掛在嘴邊，但他卻沒說過真實是什麼，彷彿那不言自明。周葦此前不懂，掛斷電話就懂了，真實是，缺角的月亮和圓滿的月亮不能同時升起，否則其中之一就必然為假，周葦早該明白的道理，兩個家偉的故事她從小就聽。真實是被切割開的時間和空間，軟呢帽先生選擇進入哪一個，哪一個就在那一刻被判定為真實。不過，也不能怪詩人貪婪，誰叫月亮自己要變換形狀，使美總不能安於一種樣子。」美為了安於一個樣子，只有像月亮一樣變換形狀，因為美是真實的，真實是被切開的時間與空間，可以說當軟呢帽先生或作者選擇進入哪一刻，那一刻即為真，因此寫實與寫虛同時存在，「真」是流動變幻不定的。縱使此書前半像寫實後半像寫虛，它們是存在不同時刻的「真」。從這裡我們可以看出作者的聰明機巧。

這本長篇，最好的還是文字，其靈巧生動更勝於〈我見夕陽與朝陽無異〉，分章節的題目也很別致，寫周葦與母親赤裸相對：

陳香蘭和九歲的周葦一起光裸著身體，站在浴室裡。她對著半身鏡，觀察自己的身體，周葦順著她的目光造訪：被風吹過的褶皺拱起的環形沙漠，下面一片林立的肋骨凸起如史前巨獸留下的骨骼化石，然後是那處「你小時候最愛用牙咬」的地方。周葦卻感到陌生，耷拉如燭淚一樣凝固在中途的乳房，有一種靜默的疲憊，使她想起在書中看過的某幅低垂眼瞼的聖母肖像，她恍悟，原來成為母親就是一種往下的垂落，垂落到荒蕪的腹部平原，周葦曾作為尚未進化完全的物種在那裡安眠棲息，如今只留下一條死去蜈蚣的屍身趴伏，假扮化石遺跡，面目猙獰地訴說著那一場災變是如何降臨。鏡子裡另一具身體則新鮮、飽滿、平整而光亮，漫長的地殼運動才剛剛開始，等待著推移、拱起，最後風化。

母體與童女肉體的對照，母體如燭淚如聖母，且往下垂落，而孩童曾棲息的腹部平原，就在那條死去蜈蚣的屍身裡面，她不珍惜新鮮飽滿平整的童軀，而走向母親同樣的路，讓自己的年輕成為被刑罰的罪愆，在她懷孕之後，軟呢帽男人跟她說：

「這件事歸根結底還是我的錯，你還年輕，應該有更多可能。」他無限真誠，將年輕歸還給她，要知道，在此之前，他從不肯輕易放過她的年輕。他讚美她的年輕，用眼神、手指、嘴唇不厭其煩地愛撫這種年輕，即使它偶爾也會讓他沮喪，在那些海綿體垂頭喪氣的黃昏或者深夜，那些時刻，他那張鬆弛而浮腫的臉上總是會煥發出一種相反的孩子氣的表情，一種不被滿足的惱怒和不知所措的無辜。」

有這樣優美質地的文字，已脫離張腔的華麗又不黏膩，可以說就是種成就，不管寫什麼，都會有自己的文體，作者似乎也以玩文字自得──「作為一個以文字為創作材料的人來講，對文字有著一種小孩對玩具的迷戀。」

文字是有其限度的，尤其在小說中，過於濃密的文字會拖住情節，顯得單調靜態，孔孔還很年輕，第一個長篇就有這樣的成績，我想她不僅此而已，未來應該還有黃金大道等著她。

（本文作者為東海大學中文系榮譽教授、第7屆台積電文學賞決審委員）

水泥盒子

童年時，回家這件事常常讓周葦感到恐懼。

黃昏是一隻快要熄滅的手電筒，夜拿著它站在路口，拖出一截驚悚鬼影，等著將孩子、飛鳥和白日通通抓捕回去。沒有漏網之魚。蟋蟀在草叢裡發出看熱鬧的聲音，塑料瓶裡蝌蚪停止了找媽媽的遊戲。媽媽們都藏在水泥盒子裡，被手電筒照成斷章的皮影。但別誤會，那並不是無聲的把戲，相反，它嘹亮而持續。二字節和三字節交替遞進，空中落下名字的黑雨，被淋了滿身的孩子們再無處可去，除了那唯一亮燈的庇護港、安全地——水泥盒子。

一開始，水泥盒子的角落擺著張鋼絲床，那是陳香蘭從第二醫院搞到的，她總是有辦法弄到些免費的東西。等到長大一些，周葦就開始明白，它們並非真的免費，世界上一切東西都有價格，只是使用的不是同一種貨幣。每次拿到這些東西後，陳香蘭就會開心上一陣子，不是東西讓她開心，而是免費讓她開心。

「你媽我還是有點本事的吧？」

她甩出問題，卻不需要周葦的回答，東西本身就是最好的回答。有時，她又會突然被床頭的刮花、布料的抽絲或者某處可疑的污漬刺痛，意識到這些東西的廉價、粗糙，她本該早點意識到的，不該等到它們已經滿滿當當地充塞著這間屋子和她的生活才後知後覺地頓悟。它們經年累月地堆成城牆，牆上每一塊撿來的磚石都在無言諷刺：沙發上衣服堆砌的亂葬崗，過一段時間就要除冰的冰箱，一到下雨天就開始卷邊的牆紙，生拼硬湊在一起的不搭調的家具……一切都有可能引發她的無名火，而越是憤怒，人就越是感覺到無力，她可以掀翻這些家具，甚至一把火燒了這間房子，但她始終沒那樣做，她只是回過頭，將槍口對準周葦——這個與生活合謀的小偷，偷走了她的青春和生命。多年來，她反復說著一句不知從哪學來的台詞：「早知道跟周衛華借了這麼一個種，還不如把你拉到廁所裡去。」玻璃罐裡的一對母女蛾，無論如何撞擊，牆永遠在那裡，呈現出無動於衷的透明。於是，只能恨另一隻飛蛾。陳香蘭告訴周葦，是她毀掉了她這輩子最重要的機會。

「我本來可以去市裡的。」

「我本來能有一份好工作的。」

「我本來可以不生你的。」

「我本來可以……」

小學的語文作業要求用「本來」造句，九歲的周葦寫：「她本來可以不是我媽媽。」老師用紅筆畫了叉，附著二字批注：「荒唐」。周葦不懂「荒唐」的意思，拿字典查，上面寫「誇大不實」。許願為何不能誇大不實？後來周葦才弄明白，「本來」不是用來許願的詞，只是陳香蘭總愛拿它搭配夢想中的人生，使她誤會。語文老師找來陳香蘭，交出周葦的作業本，指著辦公桌前立著的一幅精心裝裱的書法，苦口婆心：「育人先育德，這是前幾年我受表彰時，部裡頒給我的，意思是讓我們做旗手，把這種教育精神發揚下去。孩子還小，不要打，好好說。」

陳香蘭沒有打，也沒有說。回到家，她只是麻利翻出一隻蛇皮袋，再更麻利地把周葦的衣服從衣櫃一股腦拽出，花花綠綠的袖子們、褲腿們你絆著我，我推著你，鬧哄哄像以為是要被帶出去春遊。可外面早已入冬，冷風把人的閒情逸致都刮乾淨了，街上每個人都縮緊脖子趕著回家，只有她們這對提著行李的母女逆著人流不知要去哪裡。

在長途汽車站門口，母女倆才終於停下腳步。周葦認得那個牌子，也認得站外的大巴和行李，鐵軌還沒鋪進這座小城的年代，要離開這裡去遠方的人都需途經此地。只不過她們到得太晚，當天最後一趟大巴的票已經售罄。車站空得像一口冷鍋，冷鍋裡零星散落著旅人，他們的厚衣服鼓起，瑟縮著脖子和面孔，是一個個冷掉的饅頭。很快，陳香蘭也成了這些饅頭中的一個，她抿緊嘴抱著臂坐在塑料椅上，袖管露出的一截手腕泛著白皮屑，看上去又乾又硬，出門時，它折疊過來一把拽住周葦時，周葦只覺得疼。但她沒開口喊疼，她知道陳香蘭在生氣，陳香蘭生氣時只會戳著她的腦袋說：「不疼怎麼長教訓？」好比不喝牛奶怎麼會長高，不吃點苦頭怎麼能成材。陳香蘭用「不」字圈出的世界，首要的就是別對她說「不」。於是，周葦什麼都沒說，沒問她們為什麼會來這裡，也沒提出想回家的念頭，即使這個念頭在她腦子裡早急得跳腳，她盡量小聲在暗地裡掩著嘴將它安撫：「別急，再等等。」其他人也在等，沒什麼地方比候車廳裝了更多的等。檢票員倚著鐵欄杆等著下班，哈欠打得下巴快脫臼，司機師傅和等著大巴出發的乘客圍在一塊吞雲吐霧，聯排塑料椅上，有人把行李鋪在身下，在睡夢中等待明日的旅途。至於陳香蘭在等什麼，周葦不知道。無事可做的她只能晃蕩著兩條腿，探出腦袋打量卷在衣服和髒被褥裡的人，他們看起來像長出了一層殼，殼裡藏著夢的軟體。沒一會兒，周葦就感到了一種傳染開的睏倦，就在腦袋開始一點一點搗起蒜的時候，耳邊忽然響起了陳香蘭的聲音：「餓了嗎？」陳香蘭盯著迷迷糊糊還沒完全清醒的周葦，抬起手替她捋了捋額角的碎髮。她一度很擔心周葦不能長出好的頭髮，她嬰兒時頭髮又黃又稀，剪過幾次後才像活過來的樹苗一樣，漸漸濃密了起來，如今倒像野草似的。這個孩子和她一樣，似乎怎麼樣都能活下去。陳香蘭放下胳膊，指尖摩挲著蛇皮袋磨損得有些發白的邊緣，沒等到周葦的回答，又來了句：「餓了就去那邊小吃攤買點吃的。」陳香蘭從兜裡掏出了幾塊疊得整整齊齊的錢，先給了周葦兩張，想了想，又給了幾張，給完之後，似乎有些心煩意亂，把剩下的錢往口袋裡胡亂一塞，打發周葦趕緊去。周葦拿著錢，看了一眼陳香蘭，又看了一眼小吃攤，搖搖頭，說自己不餓。陳香蘭的臉垮下來，不再周旋，語氣變成不容拒絕的命令：「讓你去你就去。」周葦磨磨蹭蹭滑下座椅，再磨磨蹭蹭把目光黏在陳香蘭臉上，好半天終於下定決心，咬咬牙兔子一樣飛奔了出去，邊跑邊回頭，只害怕回頭得太慢陳香蘭就不在原地。

　　小吃攤老闆正在忙著收攤，擺擺手，說要

關門了。周葦不說話，盯著他，盯到他心軟，老闆這才掀開一邊的菜罩，抬起眼：「還剩兩個肉餅，要不要？」周葦把頭點得像雞啄米，遞過去一張整鈔，老闆打開面前的抽屜，慢悠悠地在錢海裡撈來撈去，半天也撈不到想要的面額。等錢終於找到了，陳香蘭卻不見了，周葦站在只剩下蛇皮袋的塑料椅前，手捧肉餅，臉上還掛著傻乎乎的討好的笑。周葦往所有的地方看，所有的地方都沒有陳香蘭。半分鐘後，孩子的哭聲在空蕩又開闊的車站裡拉響警報，睡在塑料椅上的人只動了動腿又回夢裡去了，打撲克的打完一輪，轉轉脖子越過重重椅子看過來一眼，又被洗牌聲喊回去了，幾位好心阿姨走過來，問孩子家長呢。孩子不答，只一味地哭，彷彿壞掉的感應器，機械地歇斯底里著。

「我上廁所回來，隔老遠就聽見有孩子哭，走過去一看，結果是我家的。一堆人圍著，誰也勸不住。」後來，陳香蘭偶爾還會提起這件事，提起時她總是笑，彷彿終於在這個女兒身上發現了什麼幽默之處。「她還以為我不要她了，這孩子，從小就愛瞎想，後來老師說是有創造力的表現，這我才放心了。」

她講一遍，講三遍，講十幾遍，講到最後，話便說服了她，好比大量攝入酒精，規律注入毒品，二十一天養成一個習慣，最後成功把自己套進習慣裡，她開始相信自己所說的一切才是真相，相信她從始至終都不曾有過當初的念頭。她是那樣致命地需要著謊言，以至於願意做一具走屍，任由陳詞濫調來代替她發言。周葦發現了母親的軟弱，就像發現她身體上的某顆不易察覺的痣，先是令她驚訝，後來看久了，便覺得它是那樣的普通，所謂的肉體凡胎。可陳香蘭絕不會承認這一點的，因為軟弱從一開始就是獨屬於那個做了逃兵的男人的標籤。

「是你爸不要我們的。」

一句至理名言，掛在家裡客廳貼滿獎狀的白牆上，旁人看不見它，他們看見的是秋日碩果般閃著金粉的榮譽，只有母女倆能看見，它比獎狀更加耀眼，是始終灼燒著的太陽、不會腐壞變色的黃金。它是周葦還在牙牙學語時就開始背誦的「八字經」，陳香蘭用這句話來教導她愛與恨、孝與悌、忠誠和背叛，以及邁入人世間前所必須學會的樸素倫理。在一切表達關係的動詞之前，周葦最先學會的是「要」，然後是「不要」，一個人可以選擇要或者不要另一個人，比選擇要不要一張床還容易。

就像陳香蘭對那張鋼絲床早就一肚子意見，但始終沒將它換下。好多年裡，鋼絲床都在夜裡重彈著差不多的老調，吱吱哇哇地抱怨著自己一把年紀還要被折騰來折騰去的命運。陳香蘭只好找來一層層被褥把那張喋喋不休的嘴給堵住，可惜這沒能消滅床的聲音，它只是含糊不清了，聽上去反倒越發苦悶、委屈。那些夜晚，凸起的鋼絲透過棉織物頂上周葦的背脊，彷彿一排排老朽的牙齒，在不斷的張合中，她總覺得自己下一秒就會被吞進去。她沉溺於那種幻覺就像沉溺於童話，只不過在她的童話中，豌豆變作了鋼絲，畢竟，童話也要與時俱進。陳香蘭也懂得與時俱進，鋼絲床扎破了她原本的夢境，她便學會用一些科學方法給自己造出新的夢境。

夢境藏在一隻白色塑料瓶裡，擰開時並沒有神燈的白煙冒起，只有一顆圓頭圓腦的小白片鬼鬼祟祟地滾落進陳香蘭的掌心。起初，周葦好奇，從被窩裡擠出一雙眼睛，想要窺探陳香蘭夢境的祕密。可惜她忘了還有鋼絲床這個間諜，在她剛一行動時就用聲音將她出賣。

「要死啊？不睡覺！」

在需要造夢的夜晚，陳香蘭會變得格外暴躁，暴躁驅散雜音過後，夢境才願意緩慢地顯形。半粒白藥片是迷路的兵丁，在陳香蘭身體的燥熱雨林中小心開路，很快，他們就會落入那些驚悸不安的陷阱，更多的火力被派遣進去，白色制服的士兵前仆後繼，狹長猩紅的血管是曲折的巷道，他們等待、伏擊，二至四小時，炮火濃度攀至頂峰，然後便進入漫長的休整半衰期，每一個白日都是一片廢墟。廢墟中，一堆白色塑料瓶東倒西歪，被掏空了肚子。周葦將它們偷偷收集，藏進房間的抽屜，用筆在每一隻上詳細記錄下開封和空掉的時間，如同人們會在墓碑上所做的那樣，然而，那只是一排排空心衣冠冢，白衣士兵們都消失在了夜的雨林裡。

一九九七年八月——現在。

這場戰爭曠日持久，和中東地區世代糾纏的恩怨一樣沒完沒了。

每隔兩三個月，陳香蘭就會搭同一輛大巴去招兵買馬。每次她都坐在駕駛座旁邊凸出的油箱上，那一塊地方是司機留給熟人的，熟人不用去窗口買票，只需要一張笑臉和幾句問候。油箱上擱著一塊被無數免費屁股壓得又扁又薄的布墊，這可有可無的溫馨設置沒有讓陳香蘭放鬆，坐在上面時，她的腰桿總是挺得筆直。一直以來，不管坐在哪，她的腰桿都挺得筆直，她這樣做，不完全是為了腰，也是為了脖子、為了胸部，以及臉面，她對待自己的身體就像對待一把傘，一旦邁出門去，她就會將它最大限度地撐開，去迎接看不見的風或是雨。

有一段時間，陳香蘭繃得太緊，以至於收縮的卡口失了靈，就連躺在床上時，她也仍舊維持著撐開的姿態。她希望能夠將眼皮合上，但她發現，眼皮合上，眼前的世界確實消失了，另一個世界卻出現了，眼皮打開，另一個世界消失，而眼前的世界又回來了。她開始在兩個世界來回穿梭，哪一個都不允許她將眼皮徹底合上，就像開關鍵鬆掉了，電視機無視命令堅持發出瑩白的光與黑暗對峙，使人覺得可怖，又像剎車失了靈，不管不顧地一直開下去，直到衝出懸崖為止。

懸崖下，一座白房子避世而立。白房子裡，一個穿白大褂的男人等候多時，陳香蘭坐在他面前，依舊腰背挺直。男人對她說，你需要放鬆。需要放鬆的陳香蘭被領去一個白色房間，房間裡一張白床，一個頭戴白帽的女人遞給她一粒白色藥片，從一片白被褥中醒過來時，有一瞬間陳香蘭以為自己已經不在人世。但很快，她就明白過來她還在人世，她看見了另一個女人，女人坐在另一張床上，手指翻飛織著一件毛衣。只有活人才需要毛衣，死人不冷也不熱，一年四季都只穿一件壽衣。過了一段日子，陳香蘭知道了一些關於這個女人的事，譬如，她的床底下放著一隻箱子，箱子裡已經疊放了七八件織好的毛衣。女人告訴她，睡不著的時候，她會織毛衣，從天黑織到天亮，就可以送孩子上學了。女人把毛衣們翻撿出來，一件件擺在床上，每一件毛衣上都織了一隻小狗，女人說，孩子是屬狗的。又過了一段日子，女人去樓下散步，遇見了一隻流浪狗，狗渾身長滿了土黃色的卷毛，眼睛黑黑像兩粒扣子，就跟從那些毛衣上跳出來的一樣。女人把牠抱回了房間，和毛衣一起偷偷放在床底。某天，戴白帽的女人來給她們送藥，狗突然瘋了一樣狂吠起來，牠衝出床底，從房間的一頭跑到另外一頭。這動靜驚動了走廊，更多戴白帽的女人衝進來，想要抓住狗，狗一下蹦上矮櫃，衝出大開的窗戶。當晚，女人用一根磨尖了的毛衣針戳進了自己的喉嚨。白床單被染成紅色，打掃清潔的大姐來房間裡拖地，拖布在地上的那一攤紅色上卷來卷去，像條舌頭，吵鬧不停。陳香蘭記起某天在走廊的見聞，幾個女人圍在一起，你一言我一語地將某個三俗故事拼湊完整：女人是小學語文老師，她在學校加班批改試卷，老公在家裡和別人上床，女人走時忘了關窗，三歲的孩子被鎖在十層樓的房間裡，失足跌了下去。卷毛狗和女人消失後，屋子裡一直都瀰漫著一股消毒水都蓋不過的腥氣，陳香蘭不得不在枕頭和被子上都塗滿花露水。再後來，陳香蘭又聽說，女人沒死，被轉去了另外一個樓層。有那麼一兩次，她也有過去看看女人的念頭，女人在的時候總陪她聊天，但還沒來得及下定決心，白大褂男人就通知她，可以離開了。陳香蘭問男人，她好了嗎。男人說，可以出院了。陳香蘭又問，那如果還是睡不著怎麼辦？他指了指放在桌上的那個白色塑料瓶，說，吃這個就行。

造夢的故事於是從這一天開始。

故事的另一頭，藥片打響的戰爭使周葦的家園動蕩，以六歲為起點，連續幾年，她都不得不過著一種遊牧民族的生活。

一隻草綠色的旅行袋，上面繡著一隻白色的黑鼻羊，她提著它，如同牽著一匹馬，在這座城的地圖上來回輾轉。陳香蘭是佈置任務的首領，隔一段時間就交給她一個代號，讓她去按圖索驥，代號是「大姨」、「三姨」、「大舅」、「二舅」和「小舅」，衛星一樣散落在城市的各個方向，星系的中央，是名為「外婆」的那顆。「小姨」則是行蹤不定的哈雷彗星，拖著拉桿長如掃帚的行李，一年到頭以遊蕩為生。

周葦游移在星球與星球之間，登艙的方式固定不變，關上一道門，再叩響一道門，宇宙是有著高高拱頂的門的長廊，貼著褪色紅喜字的木門、鑲嵌著紅色暗號般門鈴的防盜門、鋼筋蜷曲成黑色觸角的鏤空鐵門……它們整齊排列，沉默如候立的守衛，她惕惕然立於門後，與那隻黑鼻羊一起，是等待被收容的流民。

大姨的星球是一萬顆費列羅堆疊起來的金碧輝煌，金色吊頂燈流出金色蜂蜜，流到地上凝固成被格紋切割的暖金大理石地板，金色桌柱從地上長出，又長出觸鬚般垂墜的金邊流蘇，上面一隻鎏金葫蘆的花瓶裡一把鬱金香如好奇又羞怯的閨閣姑娘，擠作一團，爭相看著這位灰頭土臉的來客。大姨坐在餐桌的北面，背後一隻金鳳凰僵如死的標本，被釘在兩臂長的巨幅畫框裡，一枚大敞著衣襟的金佛靠在大姨的胸前，始終微笑。周葦希望自己也有那樣一枚金佛，因為對她來說，笑從來都不是一件容易的事情。大姨也很少笑，但她有了那枚金佛，似乎就有了笑的替身，豁免於禮貌的奴役，人們見了她倒總是笑，笑得笑都堆不下了，只好從扭結的肌肉上滑下去，滑進他們手裡金的紅的黑的袋子裡，隨禮品一同附贈出去。周葦想，如果她能得到那樣一枚墜著笑佛的項鍊，她一定會把它緊緊地掛在胸前，就連睡覺也不摘下，如此一來，就算在夢裡，她也能在笑這件事上游刃有餘。畢竟，她所在的星系，小孩受歡迎的祕訣之一就是：見人笑眯眯。

在這一點上，表哥家偉從一開始就領先

於所有小孩。家偉五歲上學前班時拍過一張照片，照片上他穿一件小西裝，在所有孩子都還只知道紅領巾時，他已經率先打上了紅領帶，紅領帶趾高氣揚地在格紋馬甲紅磚牆後面露出一截方腦袋，對他們宣告了另一個世界的存在。五歲的家偉是預備役，等比例地縮小著另外那個世界的一切，迷你的領帶、迷你的馬甲、迷你的被鞋刷舔得鋥亮的皮鞋，就連笑也是迷你的，露出八顆迷你的潔白幼牙。大人們一眼就認出了那個笑，就像地球縮成一張半米的地圖，他們也依舊能輕鬆將地圖上某個黑點指認為北京或者紐約。地圖上，每段比例尺的橫槓上都站立著一個打著紅領帶的家偉，一個北京，一個紐約，以及一個提著黑鼻羊行李袋的周葦。在數學的絕妙彈性中，所有人都獲得了永恆，就連那個笑也是永恆的，永恆地受到千篇一律的喜愛和讚嘆。1＋1＝2，五歲的家偉和他的笑，昭示著一種自成一體的堅固秩序。「像家偉那樣愛笑」，家偉構成了定律本身，餘下的孩子就像學習算術一樣學習著笑的公式，當他們錯誤時，就會得到一個「叉」，「叉」寫在大人的臉上，由兩道豎立起來的眉毛拼湊，而嘴是充氣的會迅速鼓脹起來的鮮紅的「0」。人們用自己的臉打鉤、畫叉、給出0分，又用這張臉來微笑，就像周葦的磁性寫畫板一樣，有一種自我推翻的能力。在一切都可以被推翻重來的地方，只有家偉的笑穩定、堅固。

家偉一路笑著高歌猛進。他在國旗下演講時笑，在家庭聚會的餐桌邊笑，把笑貼在實驗二中的出入證上，笑接著鑽進布告欄的玻璃窗，每次做課間操經過時，周葦都能看見躲在玻璃窗後的家偉，他被框進邊緣清晰的四方形中，嘴角揚起神祕的弧度，如同那個供奉於藝術神殿被萬人觀瞻的微笑圖騰。直到周葦九歲那年，十八歲的家偉自己把笑從實驗樓上摔下來，摔在墨灰色鑄鐵的井蓋上，砸了個稀巴爛。再後來，玻璃後的家偉開始發黃、打卷，搖搖欲墜，被校工們用新的展板替換，舊的笑臉們通通被收入倉庫，與灰塵、鼠蟻以及肢體殘缺的桌椅做伴。

於是，大舅媽也不會笑了，就好像家偉表哥把自己的笑連帶著她的笑一起砸碎了。大舅在一年多以後離開了家，他說，他的人生還要繼續。像大失所望的耕作者一樣，帶著鐮刀、鐵斧和火具連夜逃離，身後是痛苦的礫石裸露地堆積。「沒辦法」，失去了笑的星球是患了石漠症的土地。他一路奔逃，奔逃到另一個還散發著無限生機的星球，星球上一個女人牽著一個男孩等候已久。初次家庭聚會，男孩穿一件馬甲，笑得像極了五歲的家偉。於是，「家偉」又一次回到了這個星系，只是，陳香蘭告訴周葦，這次她要叫他表弟。比例尺像被神祕磁場擾亂的羅盤針一樣瘋狂搖擺，周葦失去了秩序。在過去的無人知曉的某一段時間裡，存在著兩個家偉，她想，也許這才是其中一個必死的原因。

初中地理課上，老師一手拿尾綴麻花電線的燈泡，一手持地球模型。燈被關上了，教室裡漆黑如茫茫宇宙，燈泡是唯一的光源，「地球」被托舉著在光的周圍環繞。

「永遠只有一半的地方是白晝。」

太陽在一個地方升起就會在另一個地方落下，講的是非此即彼。不是一個家偉，就是另一個家偉。

那些年，當前一個家偉站在前面衝著大人們笑眯眯時，周葦跟家和、家樂就躲在層疊如幕布般的衣擺後擠眉弄眼。他們通過這種方式來傳遞訊息，是某種面部肌肉的摩斯密碼，眼睛眨動是短促的「・」，嘴巴張合是拉長的「──」，它們費力地扭動，在長長短短的停頓後從臉上跳躍出去，像前赴後繼的傘兵，冒著被某隻大人的偵察眼發現的風險，搖擺晃蕩著將信息送達到對岸。不過，信息往往都支離破碎，像是一堆部首偏旁都殘缺的象形字，實用的意義消失了，只剩下最純粹的玩樂和遊戲。

那樣的遊戲還有很多，多到足以裝滿周葦書櫃裡的曲奇餅鐵罐。它們在裡面橫衝直撞，把童年搖晃出撥浪鼓的聲音。

二舅家的家和與家樂是周葦最好的遊戲夥伴。家和比周葦大一歲，周葦比家樂大一歲，整齊得就像從勻速的流水線上滑出來的三個小孩。當周葦走路還晃晃悠悠時，家樂牽著她，另一隻手則被家和牽著，從低往高，構成三截緊緊咬合的階梯。大人見了發笑，拿起傻瓜機給他們拍照，三個人穿著厚棉衣，胸前各戴一件髒兮兮的白色圍兜，那是他們瘋玩一天的記錄簿，上面誠實地塗抹著兩三錢灶灰、四五顆硬飯粒子，還有橙子被開膛破腹時飛濺的金色汁液。因為害羞，他們的表情都顯出一種局促的張皇，緊張地一排立在那裡，如同被抓個正著的落魄小賊。一棵橘樹立在後面，明黃的小葉橘綴在油亮的深青色樹葉間，探頭探腦地看三人的熱鬧。

有一段時間，他們三個人幾乎形影不離。一到暑假，陳香蘭就會將周葦和她的行李袋一起打包塞進一輛米褐色的麵包車。麵包車的司機也姓陳，陳香蘭便叫他哥。每次，她都說著同樣的台詞：「哥，就拜託你了，幫我看著點。」司機陳師傅收過錢，轉頭看一眼縮在角落裡的周葦，如同看一件帶灰的行李，揚揚下巴：「放心，包在我身上。」

車是開往二舅家的，那是周葦漫遊的星球中最遠的一顆，無法通過公交、單車或者任何一種市內的交通方式到達，只能依靠那輛搖搖晃晃如甲蟲一般的中巴。

陳香蘭不知道的是，即使她付了錢，周葦每次也只能將屁股靠在其中三分之一個破了洞的坐墊上，另外三分之二則被司機安排出來擱置另外兩個屁股，晚到的屁股們甚至只能僵硬地半懸在空中，它們是的確良的、燈芯絨的、牛仔布的，隨著車身的搖晃而緊張地顫顫巍巍，屁股對面的人也顫顫巍巍，屏氣凝神，生怕一個剎車造成臉對屁股的追尾。不過，在那樣的時候，臉和屁股是沒有區別的，它們只是等待著被運送，像某個人腿邊那隻尿素袋裡不時咯咯兩聲的雞。人卻連咯咯聲也不發出，只有相似的疲憊在呼吸中漸漸瀰漫開，隨著無盡回旋的山路環繞成一個螺絲釘般的夢，螺絲釘不斷地旋擰、旋擰，對著天空，彷彿要扎破它。然而，最後被扎破的總也只是那個短暫的夢境。一個急停，車身如瀕死者顫抖幾秒，吐出一聲嘆息，夢境也便消失了。夢中的人們回過神來，神情茫然地張望，彷彿忘了自己置身於何地，直到看到窗外某張熟悉的臉，才死而復生一般恢復活力。屁股挪動起來，雞被拎得在袋子裡倉皇撲騰，一雙雙腳排著隊地走出去，走到外面，混進那些更為密集的腳的迷宮中，再難辨認。

不斷重複的一場夢遊，夢的終點，站著家和和家樂，還有永遠熱情的二舅媽。

「哎呀，怎麼又瘦了？你媽怎麼餵的？」

手腕被捏緊，二舅媽用虎口量她，用眼睛量她，在她身體上尋找蛛絲馬跡，片刻後才把量尺一收，手攀上手臂，構成個港灣的形狀。

「你二舅殺了一隻雞，燉在灶上了。」

二舅媽靈活地鑽進小貨車駕駛室，他們三人則爬上了敞篷車廂，靠在一起，緊緊地抓著車廂圍欄。車子發動，軋過還沒有被水泥鎮壓的石子路，「嘣嘣嘣」地顛簸起來。家樂最先開始蹦，然後是周葦，家和猶豫了一會兒，也開始蹲著蹦起來。鐵皮車廂被鞋擊打得啪啪作響，咯咯咯的笑聲氣泡一樣從喉間冒起來。

「坐好，別亂蹦。」二舅媽看著後視鏡，喊道。

但已經晚了，他們都早就跳出了後視鏡能夠抓捕的範圍，聽不到舅媽的呼喊了，他們跳到了半空中，跳進山邊的草叢裡，匍匐著身體捉沉睡在卷葉裡的害羞的幼蟲，還有那些身體纖長的蜻蜓，或者摘一把野豌豆，用指甲把豆粒擠到地上，掐斷一角，就可以吹響遊戲的號角。遊戲是無休無止無窮無盡的，奔跑是遊戲，躲藏是遊戲，大叫是遊戲，旋轉是遊戲，如果那時他們對「活著」有了概念，大概也會將「活著」歸納為一種遊戲。當然，這裡面必然沒有什麼故弄玄虛的人生哲理，而只是一種不假思索的反應。他們尚且只知道「活」，鬆脆的、利索的、一把就能折斷的「活」，直愣愣地站在「死」的對面，使鳥叫出聲，魚游到對岸，樹結出枝葉，使他們呼吸、大笑、從高高的陡坡上坐著紙板俯衝下來，使腿在撞擊沙石時感覺到疼痛。

當周葦進入遊戲時，她就忘了陳香蘭，也忘了那個水泥盒子。她心無旁騖，認真地數每一粒落到手背上的石子，或者每一顆被打進洞的彈珠，她觀察蟲子蠕動時皮膚如水波一樣泛起的褶皺，縱身一躍，化作一尾靈活的魚，輕輕鬆鬆跳進後山那片清涼的褶皺裡，河水在她肩頭滑來滑去，似乎拿不定主意要不要和她一起玩耍，她小心翼翼地把頭埋進它透明的身體之中，看見被浸泡得飽滿鼓脹的鵝卵石臥在河底靜靜發亮，如同河流母體正在孵化的巨蛋。她眼睛一動不動地凝視著那些白色的「蛋」，銀灰色的半透明小魚列著隊從蛋與蛋的黑色縫隙中進進出出，她伸出手去，魚群立馬驚恐四散，過了一會兒又出現了，什麼也不記得似的，把她張開的手指當作某個新建的遊樂場，來來回回地穿梭游弋。靜止也是遊戲，她雙腿懸浮不再用力，水波將她的身體輕輕地晃來晃去，像溫柔的母親，而她是需要被哄睡的孩子。有時，她可以這樣靜止不動好幾分鐘，直到家和拔蓮藕一般地將她從水中拔出來。那是他的樂趣，枯站在岸上，扮演沉穩的救生員，鷹一樣警惕地盯著水裡的她和家樂。他把每一次「救援」都計入功勞簿，好給自己冠上動畫片裡的英雄稱號。某天，他在電視上學會了心肺復甦，便讓周葦躺在河灘上。

「你要閉上眼睛。」

他蹲在那裡，對她下達第一道指令。

周葦閉上眼睛，仰面躺著，長時間浸泡在水中，她嘴唇發紫，皮膚呈現出一種浮腫的蒼白，已有了病入膏肓的樣子。一雙乾燥冰涼的手按住了她的胸脯。

「我要開始了。」

前胸被一股力量輕輕擠壓，鬆開，再擠壓，像某種勻速的催眠儀式。陽光曬得她眼皮發燙，一圈忽明忽暗的光斑在她眼皮上飛來飛去，她全身都被烘烤得暖洋洋的，裸露在外發皺的皮膚變得乾燥溫暖，像一塊正在被曬乾的濕紙，她舒服得快要睡著了。

「等下你要吐水。」

家和的聲音傳來，周葦想點頭，但隨即意識到自己正在扮演一個瀕死的人，於是，她繼續一動不動地躺在那裡。

過了一會兒，家和說：「可以了，快吐水吧。」

周葦感覺自己的嘴裡乾乾的，喉嚨像一截吸不出水的管道。她身體裡的水分都被陽光蒸發了，她沒法吐水。

家和開始催促：「吐水呀，吐出水就得救了。」

她突然想，或許她可以繼續演下去，演一個死人，她發現了遊戲的新玩法。

「醒醒。」

她感覺自己的臉頰被拍了拍，有人開始晃動她的肩膀。「哥，你不會把她壓死了吧？」

家樂的聲音依然透著一股傻氣。家和沒說話，更加用力地搖晃她，就好比在算命攤前拼命搖晃籤筒的大人一樣，他們似乎都相信，只要搖晃得足夠賣力，好運就一定會來臨。周葦仍舊閉著眼睛，她被搖得頭暈目眩，開始噁心。風吹過來，她胳膊泛起細細密密的疙瘩，疙瘩成群結隊地蔓延，在皮膚上安營扎寨，是大戰將至的場景。她開始覺得冷，眼皮上的光斑不見了，變成均勻的寒浸浸的灰。她掉進了灰裡，聽見家和和家樂的聲音隨著灰塵被撲到半空，渺不可聞。

三十九度八。

她燒得跟當天的氣溫一模一樣。傍晚，天空在熱熱鬧鬧地飛霞，她的臉也在飛霞，一路向下飛到了脖子，再鑽進被子裡，被子烤爐一般拱起，火在裡面烘烤著她小小的身體，她被一根針頭和兩塊膠布釘在床板上，源源不斷的液體穿過狹長的塑膠長廊前來救火。

「今晚要注意，燒成肺炎就麻煩了。」

肺是火情的重災區，燒得每一個細胞都在咕嚕咕嚕地冒泡，冒險闖進去的全都狼狽逃竄，身後一長串火舌追殺出來，燎灼得氣管發紅發痛。胳膊也痛，背也痛，每一處都在拉響警報，請求支援。她想要呼叫，聲音剛要衝破防線，就被燒成灰燼，澀澀地卡在喉頭。

家樂和家和站在一邊，表情錯愕，看她如看一棟正在焚毀的房屋，他們搞不明白這場火災如何發生，更搞不明白自己怎麼突然就成了縱火者。二舅媽在屋子裡來來回回，一邊撲火，一邊發火。她是臨時借調來的管轄人，既認為責任在身，又怨懟這多餘的責任。

二舅從牌桌上匆匆趕回來，走到床前，伸出三根手指去探周葦的額頭，像是在摸牌，牌面一片滾燙。他收回手，不動聲色，牌越是爛就越要不動聲色，這是老手的覺悟。他把牌局撂下，去客廳裡打電話。二舅媽攆走家和和家樂，跟了出去。

屋子裡變得像洞穴，水滴繼續從岩壁上滴滴答答地墜落。

滴——滴——滴——答。

電流載著聲音在空氣裡跑馬拉松，腳步在夜裡顯得長而疲憊，歸來時卻兩手空空。二舅媽把兩個孩子送進被窩，二舅還坐在客廳，拿著話筒抽菸。她走過去，一把扯掉掛著半截菸灰的菸頭。

「要抽去外邊抽。」

二舅悻悻地看了一眼被折斷在菸灰缸裡的白色菸屍，想起自己臨走時那張沒摸到的二條，幾乎是送到嘴邊的清一色自摸。他咂咂嘴，把聽筒放回座機卡口。

「你妹妹還真的把她女兒送給咱們了，心也是大。」

二舅媽打開臥室看了一眼，點滴還有三分之一。

「你不是一直想要個女兒嗎？」

「隔層肚皮，養不熟。」

熟透了，四五六個小時輪轉著烘烤，周葦熟得像一隻焦乾的脆皮豬。為什麼還是說不熟？她在夢裡急出一身汗，汗在爐子裡蒸發，滋滋作響。家和和家樂牽著手站在爐子前，她讓家和救救她。家和說，他只會救水，還沒有學會救火。家樂聳動著肩膀：「咯咯咯咯⋯⋯」

被爐壁亮紅的光映照，壁上突然開出一眼黑色小孔，周葦走進孔內，陰涼潮濕，狹窄柔軟如羊腸。有遙遠的水波聲蕩過來，她繼續往前，片刻後，便置身於羊腸的盡頭。她看見一方弧形拱頂的洞穴，洞穴的下方是一潭深色的湖水，而自己正側臥在水的中央，一左一右地搖晃。搖晃著，整個洞穴都在搖晃，湖面被搖晃成透明的彈珠，她被吞噬進中間，變成裂紋一般的彈核。然後，穴壁蚌殼一樣從中間分開。

光進來了，一張熟悉的臉浮現在眼前。

周葦開口叫：「媽媽。」

對面的人一愣，摸著她的頭：「這孩子，燒糊塗了。」

於是，整個童年隨之跌回到黑洞般的深穴裡。

啞巴鬼魂

一隻冰冷的金屬鉗在周葦的口腔裡攪來攪去。

「齲齒」，體檢醫生宣判完畢，擰開筆蓋，麻利地把它們放進面前的白格子監牢，齲齒的樓上住著一對共同作案的雙胞胎，視力0.8和0.7，樓下是整天都在哼哼唧唧的鼻炎。一整個上午，周葦都拿著這張搜捕令，樓上樓下地跑，偵查、搜捕所有下落不明的在逃犯，一一登記在案。

「你多少了？」

謝依然從旁邊的隊列走過來，對周葦招手。

「我還有三個。」

「我，兩個。」

周葦落後了，她還剩下身高、體重和胸圍。

「我也還沒有查那個，一起吧。」

謝依然把手指頭往紙上的「胸圍」上戳，目光則往周葦的胸前戳。兩人相攜走進一間拉著窗簾的房間，房間裡站著好幾個像她們一樣的女孩，她們又用彼此的目光朝對方的胸前戳，像戳白窗紙一樣，造一個剛好擱置住眼球的洞，然後向裡面張望、打探，期待看見點什麼，又害怕真看見什麼。兩個身穿白大褂的女人走了過來，目光朝著她們挨個地掃過去，說，脫吧。沒有人動。於是，其中一個甩下道聲音的鞭子，還做不做了？被猛地抽紅臉的她們這才想起自己的任務，各自背對著，窸窸窣窣地、遮遮掩掩地開始脫。

「誰身上沒長是嗎？扭扭捏捏什麼！」

白大褂一號扯過一隻橫陳的胳膊，把它擰成一個投降的姿勢。白大褂二號拿出一根皮尺，繞著城牆收割，收割出一串數字，再甩甩胳膊，抖落到格子間裡，用墨水上鎖。上鎖之後，供詞就變成了祕密，被女孩們藏在手掌之下，禁止探視。就像她們早就學會的那樣，用不同的招式來對付不斷擴張的肉體的疆域。最開始是貼身背心，材質是普通棉布，通常是白色或者粉色，然後，在背心的基礎上有了飛躍式的變革，多餘的下擺被剪除，只餘下土樓城牆似的一圈，緊緊閉合，有一段時間，還流行過那種掛在脖子上的吊帶，觸角一樣從後頸伸出，像八音盒上可以讓小人跳起舞來的發條，被後座的無聊男生輕輕一扯，女孩們就會尖叫著開始轉動，最後，是齒牙一樣緊密咬合的鋼扣，連帶著一圈彎曲的鋼絲，在肋骨上方劃定界限，收尾時打地基一樣地嵌入。一段小小的胸部的治理史，曠日持久且線索繁多，混雜著絲襪、碎花、蕾絲、棉布，卷帙浩繁地藏在每一個女孩的衣櫥之中。衣櫥與衣櫥相通，她們爬進母親、姐姐和阿姨們的衣櫥，在纖維和染料堆積成的迷局中，偵查、探聽、摸索，亦步亦趨地模仿著將自己套進那些陌生的色塊和輪廓。

過程中，一團糾纏的扁帶子從沙發坐墊裡露出頭來，鐵鈎觸手纏住周葦一截要揚帆離去的睡裙後擺，像在求救。周葦只好伸手拉起它，那團不明物隨即在「啪」的一聲中魚躍出海，撲了周葦滿懷，零星點綴的珠片魚眼一動不動地盯著她，中間飽滿如鼓起的魚腹，突兀地頂撞著手心，這是她第一次觸摸到女人真正的胸衣，它挺括、堅硬，張牙舞爪，生來就長了一副不容靠近的對稱盔甲，叫囂著讓冒失鬼周葦將它放回原屬地。

原屬地不在此處，而在那扇掛著粉珠簾的門背後。粉珠簾為這間中年女人的房子平添了一點兒介於羞澀和引誘之間的曖昧氣氛，也許那正是陳香蘭的目的，可這氣氛長久無人造訪，風乾在了牆壁和衣櫃上，發出滯澀的聲響：「嘎吱——」周葦推開第二扇門，「嘎吱——」，周葦拉開第三扇門。一片散發著樟腦丸氣味的海在她眼前淌開，那是兩千米以下的幽暗深海，艷麗的魚群彼此靜默相依，並不游弋，如同標本，已在那裡陳列千年萬年了。周葦立在原地的這一秒與千年萬年相遇，碰撞出電光，碰撞出火石，普羅米修斯的衝動灼燒著她的手她的心。不管下場是要被陳香蘭綁到山巔，還是被鷹隼啄食，她都顧不上了。她被要命的好奇心綁架，先是將門關上，再「嘩」地將上衣從頭剝出，然後慌不擇路地向那群五顏六色伸出竊取之手，抓起一件，隨便哪件都好，直到穩穩地將它扣到自己的胸前。儘管肺部的劇烈收縮膨脹造成了一些假象，但她的胸脯尚未真正地拱起，是史前輕微起伏的土堆，等待著地殼運動緩慢的推移。於是，那些胸衣只是略表敷衍地罩在上面，用一種宇宙般古老的空曠感嘲笑她的稚嫩和年輕。

白大褂們的嘴角也帶著相似的嘲諷笑意，她們動作輕快、果斷，計件工一樣熟練地把一具接一具的身體翻轉過去。

女孩們列隊取走自己的「案底」，從一道半開的門縫中擠出去，再擠進走廊上熙熙攘攘的目光裡。一群男生排著隊在等待檢測視力，在他們的轉頭注視下，她們就像一群四散的「E」等待辨認。

「是B吧？」

「那麼平，最多是A啦。」

「這個肯定有D。」

字母在空氣中亂跳，跳到女孩們的身上，變成海斯特·白蘭的「紅字」。

「嘻嘻嘻嘻。」

「紅字」咧成紅色的嘴，跟著男孩們一起笑。

早在女孩們知道自己可以被拉丁字母「ABCDEF」歸類之前，跟青春痘一塊早早熟透的男生就提前得知了這一訊息。他們鬧哄哄地衝上高地，像發現新大陸的殖民者一般興奮不已，他們叫囂著要給一切命名：平坦之地是「飛機場」，洶湧之處是「波霸」，就連在歷史土堆裡長眠的「太平公主」也被拿來湊數，公主的冠冕被他們拉扯得東倒西歪，下面一張滑稽的鬼臉，從課桌後面跳出來，「嘻嘻嘻」地笑。女生們拿起課本，趕蒼蠅一樣驅趕嗡嗡作響的臉，卻不過是徒勞費力，趕不走的，他們散開又湧上來，是沒完沒了的荷爾蒙潮汐。

周葦的格子裡裝的是「A」，一張不及格的試卷，被她做賊心虛地掃進課桌斗。謝依然七扭八歪坐在後面，伸出一隻腳敲她的桌凳，敲了三下，又敲三下，一張卷裹起來的紙蟲被敲出來。

紙蟲在掌心攤開：等下一起去廁所？

一個圓圓的圓珠筆勾勒出來的笑臉綴在後面，蓋了個不合規的章戳。

這樣的紙蟲周葦拳養了一盒子，被她放在臥室的抽屜，和最喜歡的髮繩、信紙、明信片擠在一起，每一張都來自謝依然。不過，很久之後，周葦才明白那句話的意思，它是一陣禮貌的敲門聲，禮貌到你不得不打開門，說，請進吧，然後對方便進來了，她坐在那裡，打量屋子裡的一切，也打量你。你們開始聊天，從童年聊到青春期，或許還會一直聊到戀愛、結婚、生子，聊到婚姻的破裂和孩子的離開，聊到最後，又只剩下你們，直到有一天，其中一個人累了，就靠在床邊睡過去，你坐在她的身邊，才發現一生已經過去。當然，大多數人都會不告而別或者在某個時刻因為爭執摔門而去，然後再去敲響別的房間。

謝依然敲響了周葦的房間，起先是用腳敲她的椅子腿，然後用筆頭敲她伏在課桌上的背，遇上週末，則會站在碼著蜂窩煤的樓道裡，一遍又一遍地敲她家的門。

「好慢啊。」

她拖長著聲音抱怨，就像經常玩的那套把戲，從嘴裡拉出一長條黏糊糊的口香糖，又立馬塞回去，衝對面人沒所謂地嘻嘻笑，然後伸出肉乎乎的胳膊卡在周葦的腋窩下，把她劫持一般推進屋子裡去。

她們每次都是直接走進臥室，像急不可耐只想直奔主題的偷情男女。她們在周葦那張鋼絲床上來回地滾，把自己拋到半空又摔回去，床被壓得吱吱嘎嘎地叫，叫得快要斷氣，她們也笑得快要斷氣。於是，扳直身體，坐回到床沿上，撫著胸大口大口地吸食氧氣。一根耳機線分成兩截，有一種共用吸管的親密，她們躺在床上，聽艾薇兒和披頭四，也聽羅大佑和孫燕姿，聽曼森在她們耳邊怪叫，發出猥褻的聲音。耳機線像裸露的血管一樣，讓她們變成臨時的連體嬰，直到陳香蘭推門進來將她們分離。

「作業做完了嗎？」

陳香蘭也不進來，只是倚在門上，笑著不重不輕地說一句。她們便只好像兩顆漏了氣的皮球被沒精打采地踢起，灰溜溜滾到書桌和座椅中間卡住，裝模作樣地翻開習題集，把目光對進那些密密麻麻的鉛字中間，想要擠得一席之地，但鉛字都變成了長短腳的黑色音符，順著白色的紙張一瘸一拐地跳下去，跳到她們的腿上，慫恿著四條腿在桌下惡作劇一樣地抖動起來。她們知道，要不了多久，一切就會恢復如初，因為陳香蘭「沒工夫管孩子」。

周葦上初一那年，陳香蘭從下崗工搖身一變成了老闆，她用買斷工齡的錢和不知名好心人的資助七拼八湊，湊出了一間茶館。十幾平米的小門面，緊巴巴支四張麻將桌子，邊角上立一隻煤爐，爐上永遠擱一壺熱水，等著給顧客泡茶，那是茶館裡為數不多能和茶扯上點關係的東西。陳香蘭成天就坐在爐子旁，一邊嗑瓜子一邊縱觀牌桌局勢，遇上三缺一，她就拍落手上的瓜子坐到桌邊去，補丁一樣把缺角補齊。打牌是最虔誠的入定，硬邦邦的冷板凳也能渾然忘我地從天黑坐到天明。鈔票在褲兜裡進進出出，尼古丁在鼻腔和肺腔裡進進出出，隔壁小餐館老闆端著搪瓷碗在塑料簾子下進進出出，而牌客們的眼眶早變成了鋪著絨布綠毯的木桌，只框得下牌張的進進出出。連句、湊對、同花，運氣被切割成一個個方塊，等著他們的碰、撞、吃。

嘩嘩啦啦的洗牌聲似曾相識，一如某個遙遠夜晚的潮汐，在墨綠色的聚酯纖維沙灘上侵入又撤退。二十出頭時，陳香蘭曾到過海邊，和周衛華一起。他們在一個夜晚從考察團的招待所逃離，順著腥羶潮濕的羊腸小路一路跌跌撞撞、磕磕碰碰，直到猝不及防掉進那片細軟潔白如新娘頭紗的沙灘裡。不遠處海水在月色下口沫橫飛，像白日喋喋不休的小組長，聯想、比喻、笑話、打趣，沙灘上接連不斷蹦出的快樂沙礫。他們笑得在沙地裡打滾，滾到最後停下來，疊著嘴唇，心慌意亂地嘗到了對方嘴裡翻滾的海浪，不過一眨眼的時間，他們就被卷進對方的愛之海裡。周衛華拉著陳香蘭爬上一方黑石，海在石頭下蔓延成無邊無際的荒原，月亮如銀盤在荒原之上，是幾千年之前的樣子。一瞬間就想到了永恆，以及愛情，並認為這兩者相似。

我既不是活的，也未曾死，
我什麼都不知道，望著光亮的中心看時，
是一片寂靜。
荒涼而空虛是那大海。

一本壓在母親衣櫃裡的艾略特詩集。切割整齊的白色書體是一塊倒下來的墓碑，僅作詛咒和仇恨使用，湖綠色的霉菌已經爬上來了，在人去樓空的記憶殘垣裡不辭不休地繁殖、增生，最終會將一切佔領。鋼筆在墓碑上刻下：致我的愛人。旁邊一株墨黑色的蘭花風乾了，枯萎在植物屍體編織的扉頁上。

父親既不是活的，也未曾死。他被關押在記憶的黑匣子裡，是死與活的疊加。

三歲時，周葦上幼兒園，學到的第一個知識點是：「左手牽爸爸，右手牽媽媽。」留著蘋果頭的小老師聲音像扭來扭去的橡皮糖，一直扭到陳香蘭面前，扭出個不像樣的問題：「孩子爸爸沒來呀？」陳香蘭並不慌張，扣好手提包的磁吸扣，拿出早準備好的措辭：「在外地工作，不方便。」蘋果頭老師笑著繼續扭，扭半天扭出了一個「沒關係」，然後牽起周葦空空的左手，分發糖果一樣把這三個字放進她的手心。日常對話序列中，「對不起」之後是「沒關係」，周葦握著這個「沒關係」，卻找不到另外那一半「對不起」。於是，她只好一手牽著陳香蘭，一手牽著「沒關係」，組成了一個臨時的三口之家。至於爸爸，爸爸和「對不起」一起缺席。等到周葦再長大一些，陳香蘭開始吃白色藥片，爸爸和「對不起」又一起回來了，他們被捆綁在一起，像兩個被緝拿歸案的逃犯，從陳香蘭的嘴裡被拖拽出來，面臨著一輪輪斥責和審判。「是你爸對不起我」，砸到桌面的碗是陳香蘭的法槌，她如是宣判。在這場審判裡，陳香蘭是原告、證人和法官，三位一體，而旁聽席上的唯一觀眾由周葦分飾。證據是那本發霉的《荒原》，上面的筆跡經過鑒定，確實出自周衛華之手。他錯在寫了太多的東西，被尼龍繩押解歸案的厚厚幾疊書信，每一封上都寫著「致我的愛人：蘭」。本應矜貴的蘭花被複製得身價一跌再跌，跌到塵埃裡，變成滋養下一簇花的泥。

十歲的周葦沉迷於《鹿鼎記》，以為世界上所有的書都可能是一部藏有羊皮地圖碎片的《四十二章經》，於是她開始在家裡翻山越嶺地冒險探尋。朱紅色矮櫃的暗格，衣櫃裡鼓起如油皮包袱的陳年舊衣，鼠蟻蟑螂經常光顧的蛛網巢穴，散落著幾隻丟失多年的襪子的床底，最後她跋山涉水、歷經艱辛終於來到那方掛著把黃銅鎖的棕色書桌。手是質地柔軟的探測器，鑽進旁邊沒上鎖的抽屜裡，左搖右晃地摸，摸到直挺挺的傘柄、兩條塑料手串、一把纏著頭髮的梳子。它顯然對自己的收穫並不滿意，於是再接再厲，繼續往前探進，直到探到一塊長方形的真空，一面柔軟的塑料片將手指撫摸卻又溜走，探測器嘀嘀作響——「前方有不明物體」——信號順著末梢神經一路傳回到中樞區域——「加急處理」。履帶咔咔咔緩慢挪移，動臂晃悠悠半垂在黑暗裡，信號斷斷續續，探測機器人陷入孤立無援的境地，一次失敗，兩次失敗，巨物被鈎起又重重地落回去。中樞台開始失去耐心。調整角度，加快速度，動臂落下又懸起。終於，一個薄薄的金屬片出現，尾部一根臍帶連接著母體。金屬世界裡的母鹿童話上演了。搖臂靈巧一揮動，指鉗死死地咬住金屬片，臍帶拖拽著母體往外挪，母與子俱被捕獲。

拖拽出來的屍體經過了防腐處理，外罩一層發黃的厚塑料膜，被刻意保存成下葬時的樣子。赤腳法醫周葦經過檢驗，倉促得出結論：右上角三角形中度骨折清晰可見，表面有多處陳舊性擦傷，湊近一些，一股輕微的硫化揮發物和霉變的氣味撲面而來。出於時間或者膽量之類的考慮，周葦決定把屍體偷偷運送到自己的房間，以待進一步偵查。

「屍體自己會說話。」三流古裝懸疑劇裡的四流仵作在她耳邊建言獻策。

她小心翼翼地掀起它軟塌塌的皮膚，俯身側耳傾聽，聽見一陣模糊不清如腹腔蠕動的低聲細語。哈姆雷特的鬼魂同伙出現，立在皮膚的疊縫處，鬼鬼祟祟、欲言又止，揮舞著雙臂，示意她跟著他走。

「你要領我到什麼地方去？」

他嗚嗚啊啊，繼續揮舞雙臂。一個啞巴鬼魂，傾訴無門。

他們縮減成米粒大小的微型人，鑽進了屍體微張的嘴，進入到祕密的深處。一個她生命史前的岩洞在眼前展開，上面鐫刻的是名為「陳香蘭」的年輕女人留下的遺跡。

年輕的陳香蘭留一頭彷彿剛經歷過爆炸的長髮，嘴唇鮮紅，戴一隻遮住半張臉的黑色墨鏡，對著鏡頭，面帶笑意。畫面的另一半被徹底銷毀，兇手卻囂張保留下明目張膽的作案痕跡——一道大面積的撕裂性傷口。岩洞洞壁則布滿象形文字的囈語：

1988年5月18日
憂傷因為你的照耀
升起一圈淡淡的光輪
在你的胸前
我已變成會唱歌的鳶尾花

1988年11月5日
把自己交付給他，毫無保留，這也是一種證明。
（大面積劃塗的痕跡）

1989年4月1日
他今天說要和我分開。
我在工廠裡哭了一天，登記數目的時候把7寫成了1。
結果，晚上他告訴我，今天是國外的愚人節。

1989年8月9日
今天去醫院，醫生說哭會影響胎兒的發育。
但是我沒辦法不哭。

1990年7月10日
小葦昨天又哭了一夜，真不知道那麼小的孩子為什麼那麼能哭！

1990年7月12日
媽來看我了，小葦還是哭個不停。她給她換了單層的衣服，她就不哭了，原來是被熱哭的。媽說孩子不知道喊熱，不舒服了就只會哭。昨天她又哭又鬧把奶瓶打翻的時候，我真想抱著

她從樓上跳下去，我不是一個好母親。

……

一把鋸齒刀斷斷續續地來回，把過去切割成殘卷，可供查閱的記錄終結於1992年。那一年，周葦開始蹣跚跟在陳香蘭的身後，笨鸚鵡一樣大著舌頭叫「媽媽」，「媽媽」然後是「抱」，是「餓」，是堅定的「我要」，又是更加堅定的「我不要」，是一個接一個手榴彈的密集進攻，炸出一面牆的水彩筆塗鴉，一堆堆髒兮兮待洗的衣服，炸出濕疹、感冒、水痘、鼻炎，炸得陳香蘭手忙腳亂，再沒有工夫拿筆。「投筆從戎」的故事講不通，在這裡順序應該互換。

「等你當媽了就知道了。」

有一段時間，這是陳香蘭的口頭禪，每當她對周葦感到無計可施時，就會拿出這句祕訣，就像童年時拿出一隻撥浪鼓或者會亮燈的玩具手槍，而現在她扔出的是一個虛構的世界，懸浮在未來的某一天裡，有著虛構的嬰兒床、玩具車、餵奶瓶和一個會不停變大的孩子。一種模擬人生的遊戲，只不過規則需要重寫。可這個遊戲聽起來也並無什麼吸引力，因為似乎終極的獎勵也只是破解了「知道」後面的東西，而陳香蘭的生活就是「知道」後面的東西。周葦只覺得恐怖。

「看，這就是生你留下的。」

陳香蘭和九歲的周葦一起光裸著身體，站在浴室裡。她對著半身鏡，觀察自己的身體，周葦順著她的目光造訪：被風吹過的褶皺拱起的環形沙漠，下面一片林立的肋骨凸起如史前巨獸留下的骨骼化石，然後是那處「你小時候最愛用牙咬」的地方。周葦卻感到陌生，耷拉如燭淚一樣凝固在中途的乳房，有一種靜默的疲憊，使她想起在書中看過的某幅低垂眼瞼的聖母肖像，她恍悟，原來成為母親就是一種往下的垂落，垂落到荒蕪的腹部平原，周葦曾作為尚未進化完全的物種在那裡安眠棲息，如今只留下一條死去蜈蚣的屍身趴伏，假扮化石遺跡，面目猙獰地訴說著那一場災變是如何降臨。鏡子裡另一具身體則新鮮、飽滿、平整而光亮，漫長的地殼運動才剛剛開始，等待著推移、拱起，最後風化。

裸露的肉色大地上，最先出場的是兩隻綠螳螂，相擁著在寶藍色神祕夜空下起舞，探頭探腦的大頭蜂是打頭樂隊，奏響婚禮的前奏，音浪在不斷的旋轉中累積、重疊，直至拋落砸成兩道水漬剪影，搖曳在神經質的燭火中。一隻螳螂死去，另一隻螳螂被捕，螳螂的愛情是一方將另一方吃掉。愛情與死亡被裝扮得花哨艷麗，掛著天真與恐怖僅有一線之隔的笑容，降臨在周葦五歲那年，她開始懷疑，自己出生時的襁褓或許是父親的裹屍布，那樣便可以解釋他的消失。

然後，一塊低垂的蕾絲花紋白布出現了，在二舅家的銀灰電視機上罩成頭紗，未掀開的世界裡有一位羞澀的新娘，笨拙地藏在沉默裡等待。直到某個仲夏午後，真相被一群孩子冒失地揭開：不是新娘，而是赤身裸體的女人躺在床上，一隻如同從奧特曼動畫中走出的龐然怪獸從窗邊爬進來，爬到那具汗淋淋的裸體上面，整個房間都開始搖晃。吊扇和床吱悠吱悠地和諧共鳴，家和、家樂和幾個鄰居男生坐在電視前目不轉睛，腦門上滲出汗珠，沿著鬢角流到下巴，再滑落到胸口，在衣領暈開深色的印記，像是青春期床單上會留下的證據。冰汽水喝完了，周葦把吸管吸得嘩嘩作響。家和這才發現這個從臥室溜出來的不速之客，於是慌忙走到電視機前面，用身體擋住怪獸和裸女。聲音卻擋不住，劇烈、凶猛地從他背後搖晃出來，男生們急吼吼叫嚷起來，讓他趕緊滾開。家和被聲音狼狽地推搡到一邊，幾雙眼睛立馬湊攏，一動不動地盯著那兩具怪異交纏的軀體，彷彿童年時觀察蟲蟻，直至最終，在彈簧收縮般的猛烈顫動中，怪獸驟然倒下，如同遭到了奧特曼的致命一擊，它倒在裸體女人的身上。女人臉色潮紅，閉著眼睛，像是死了。

世界隨之安靜。

「她死了嗎？」周葦盯著女人閉起來的眼睛。

一個比他們都年長的男生哈哈笑：「死了，爽死了。」

家和臉上浮現出可疑的紅，把周葦拉到一邊：「今天的事，別跟大人說。」

小孩的王國已初見雛形，在大人身後的陰影裡，懵懂地讓本能引領著胡亂壘砌。「別跟大人說」是王國的唯一暗號，每個試圖進入的人都必須接受信任的盤檢，以天真之名起誓。

這中間仍舊存在一種祕不可宣的傳承，從一具身體過渡到另一具身體，密宗儀式一樣的教學從很早就展開了。

講席是張開如帳篷的被子，在留宿大姨家的夜晚，周葦仰躺著快要睡著，耳邊忽然傳來表姐的低語，她新學到了一個遊戲。

還沒等周葦驅散睏意，遊戲便宣告開始。表姐匍匐下來，如同倒下的石碑，稱謂和文字也齊齊倒下，倒在周葦的身上，暈成語焉不詳的儀式圖騰。世界的重量第一次清晰地墜落，由皮肉和骨頭組成，不足一百斤，然後，重量開始晃動，周葦嶙峋突出的盆骨變成了三角坐墊，表姐在她身上騎自行車。表姐表情冷峻、惜字如金，只是一個勁兒地往不知道什麼方向騎，不是往前，也並非退後，物理定律在這無言的震動中統統消失，砸向牛頓童年的是一個蘋果，而砸向周葦的則是表姐。

騎到半程，表姐開始談論一部電視劇。

「你記得那個趴在女主角身上的男生嗎？」

周葦不記得，卻還是點頭，點頭就意味著不會有問題再繼續。

「他做的就是這件事，大人都會這樣做。」

表姐開始在她的身體上複製，複製出一部蹩腳電視劇的橋段。複製使一切看起來情有可原，畢竟，模仿是孩子的天性，跟在大人世界的後面，他們最先學會的是成為一個孩子。

許多年後，周葦讀到一段關於「桌子」的論辯，世界上是先有桌子的概念還是先有桌子，而她想知道的是，世界上是先有性還是先有性的概念。性是表姐皮膚的灼熱，在她的身上流淌成岩漿，概念在塑造出成形胚胎前就早早地熔化。她只覺得沉重，卻還並不知道沉重這個詞語在含義上的廣闊，這一方將她們籠罩其下的被窩太過狹窄，根本無法容納。

和怪獸一樣突如其來的抽搐之後，表姐終於停下來了，她沉默了許久，彷彿在穿越最後的黑暗甬道，甬道裡周葦依舊維持著原有的姿勢，以靜止表達初來乍到者的謙卑。直到表姐扔下一句，睡覺吧，周葦才終於敢閉上了眼睛。過了片刻，她感到自己的手被輕輕地抓了一下，按鍵似的，表姐將她按滅，一切就此歸於沉寂。表姐竟然沒使用那句兒童王國的密語——「別跟大人說」——就好像篤定她會保持緘默，雖然事實上也確實如此。

周葦把事情包裹在嘴裡，像包裹一顆半化的水果糖，她很難想像自己伸出舌頭把那團黏糊的東西展示給大人看的場景，他們只會覺得驚詫、不解甚至是噁心。小學放學的路上，周葦撿到過一串方格塑料袋，回家之後，她撕開鋸齒，拉出一個濕答答的半透明橡膠，攤開在手心，如同開口過大的氣球。周葦試圖將其吹大，可就在橡膠將要膨起的瞬間，陳香蘭用一個巴掌結束了整個遊戲。

「叫花子嗎？什麼髒的臭的都往家裡帶！」

挨打的是周葦，可陳香蘭的臉卻奇怪地漲紅。那種紅使人覺得一切都變得灼熱，殘留的濕意開始燙手。周葦漸漸明白，成人世界的蛛網是由紅外線組成的，必須足夠謹慎才不會引發尖銳的鳴笛。

表姐在紅外線與紅外線的空隙中拉著周葦小心前行，她張開雙腿，輕巧地擺動身軀，沒有文字也沒有語言，一招一式都是身體力行的傳授，周葦如武俠小說中被揀選的主角，在被褥高拱的洞穴中潛心研習。但那場教學中仍舊存在著一些模糊的奧義沒有被說明，表姐不肯再多說了，只是一次又一次將之前的動作重複練習。

黑格爾的主奴幽靈早早地顯形，關係必須由雙方完成，周葦永遠是服從的那方，因為身體被壓制、語言被封鎖，就連事情發生的時間和場合也全由對方決定，固定的假日晚上和一張安全的床，上演著同樣的樣板戲。只有一次，在客廳隔壁空蕩的麻將室，周葦突發奇想去擁抱表姐，手還未抵達就遭到了毫不留情的反擊，表姐擰著眉，表情是意料之外的不可思議：「瘋了？」周葦的頭便如受驚的含羞草那樣瞬間低垂下去，勇氣隨著好不容易張開的肢體收縮。表姐很快走回到客廳裡圍坐的大人中間，呈現出得心應手的乖巧。學習的方法於是變成從錯誤中學習正確，一種經驗上的疼痛機制被建立，劃定疆界是統治和馴服的第一步，也可能是唯一一步，疆界邊緣藩籬圍繞，掛著荊棘和電網，冷酷地張燈結彩。表姐依舊溫良恭儉讓，在長輩面前吐出一連串俏皮話，雙臂繞在大姨胳膊上，笑容溫婉地叫人叔叔阿姨，妥帖得彷彿被撫平了所有褶皺的衣服。周葦也被撫平了，被表姐那雙纖細的骨節分明的手從頭撫過，順著長長的空曠背脊滑到尾椎，尾巴在漫長進化史中斷掉了，她撫摸著那塊微凸的骨頭，彷彿在既虔誠又漫不經心地瞻仰某處遺跡。

再小一些時，周葦被大人笑稱是表姐的尾巴，走到哪跟到哪，就連上樓梯也要拽著對方衣服的下擺，生怕被丟下。有一次，陳香蘭來接她，周葦站在樓梯口死死地拽住扶手不肯下去，彷彿邁一步就是萬丈深淵。她在深淵前號哭，表姐笑得溫和，無可奈何地表示，那就再玩一天吧。周葦攥緊表姐的手，劫後餘生一般斷斷續續地抽噎，陳香蘭臉色不好，轉頭對大姨說起客氣話。小尾巴聽起來無限討巧，裝飾品一樣地綴在童年和少年時期，周葦尚未明白尾巴的意思，只知道快樂的時候左右搖擺，不高興就垂落下來，直來直去，理所當然。尾巴自以為掌握了撒嬌和耍橫的訣竅，卻在漸漸長大之後，讀到了尾大不掉和壁虎斷尾的故事，講贅餘和被動，講一塊將要離岸的狹長島嶼，尾巴是身體的殖民地，於是又變成了那個關於要和不要的故事。

不要是「雅蠛蝶」，日本女孩光著屁股在鏡頭前欲說還休，不要也是要，男生在中學就開始學習的辯證法，盤繞在真理的石柱上螺旋上升、彼此成全。哭泣變成了濕濕的笑，把直線暈成曲線，固態暈成液態，世界就變成了黏糊糊的一團和氣。痛苦也委頓了，軟趴趴的像是誘惑，快樂在等著圍魏救趙，目光躲閃又無辜。城池在戰火中傾塌，《傾城之戀》講的是混亂顛倒的二十世紀，而周葦從表姐那裡讀到的是，每個人都有自己的二十世紀。

三姨的二十世紀由拳頭書寫，一字一句沉甸甸地空投下來，在她身上砸出連天的炮火，害怕的時候便如鼠竄，從客廳逃到臥室，再逃進洗手間，洗手間的玻璃被砸得飛濺四射像下雪。很久之後，周葦在書中讀到「暴力美學」四個字，發黃的紙頁突然就開了口，露出猙獰的森森黃牙。黃是菸抽多了的惡果，三姨夫總在屋子裡抽菸，周葦記得，他每次捻滅菸頭都如同在掐人的脖子。

某日，剛經歷完一次掐脖子事件的三姨坐在沙發上對著鏡子塗紅藥水，紅色鋪地毯一樣在她破裂的嘴唇上鋪開，鋪過了界，歪在唇角，整張臉也跟著歪到一邊。

「他就是這麼打我的，一巴掌下來我直接摔到地上。」

歪出的紅藥水被紙巾舔乾淨，留下一道淺粉色的新生傷口。沾著藥水的紙又被拿去擦臉上的眼淚，然後是轟隆隆洩憤的鼻涕，擦成一朵黏糊糊、濕答答的紅白色棉球，一團接一團飛進垃圾桶裡，亂蓬蓬摞成一樁凶殺案的樣子。

「這是人幹的事嗎？」

三姨伸出一隻胳膊，上面烏雲堆疊，剛下過一場密集的拳頭雨。周葦想起第一次見三姨夫時的場景，他笑著蹲在一群小孩面前，伸出兩個拳頭讓他們猜，五六根手指在拳頭間來來回回，拿不定主意。於是他把笑收攏，定了定拳頭，眼睛掃過面前一排排比拳頭大不了多少的臉，申令：「買定離手。」四個字綁在一起捶下來，於是，手指嚇得縮回去，籌碼似的乖乖摞成兩排。隨後，拳頭緩緩將謎底揭開，兩把明黃色的檸檬糖皺巴巴地蔫在掌心，等得筋疲力盡的樣子。「每個人都有」，三姨夫的笑回到臉上，孩子們高高低低地叫成亂飛的鳥，敏捷地銜走屬於自己的那一顆，周葦卻覺得失落，原來三姨夫的拳頭遊戲裡並沒有規則。

兩位舅媽坐在沙發天平的另一頭，試圖讓局面平衡。

「你也別跟他硬碰硬，吃虧的還是咱們女人。」

「對對對，男人還是要哄，你順著他一點，哪就能鬧成這樣。」

「你二哥脾氣也急，我要跟他計較，那真是沒完。」

「我家那個好到哪去？男人嘛，都這樣。」

二舅媽發完言，小舅媽緊跟著，兩人毛線針一樣來回，用語言織出一件規勸的毛衣，比畫著往三姨身上套。「緊點沒關係，多穿穿就合身了。」一種婚姻的實用主義在房間裡蔓延，她們列舉方法、尋找竅門、分享經驗，像對著將死的人佈道，細數自己見過的聖跡，聖跡漏洞百出，而被認作是光透進來的地方。

「不可能，我跟他沒完。」

三姨歪在沙發上，冥頑不靈地將對抗進行到底。兩位舅媽互相看一眼，噤了聲。二舅媽掃了掃褲腳，掃去不知何處惹上的塵埃，小舅媽拿起茶杯淺淺地啜，啜一下，吹一下，跟茶葉調情。陳香蘭垂著眼皮在那裡砸核桃，一聲聲，捶木魚似的。核桃殼被捶得四分五裂，像被砸破的頭，裡面小小的核桃乾露出來，皺巴巴的，是裝滿了痛苦的腦仁。

腦仁被掃進白色搪瓷碗裡，加上天麻，在火上慢悠悠地蒸，蒸到舅媽們都離開了，三姨安靜地躺在沙發上，睡著了。陳香蘭讓周葦拿點什麼去給她蓋上，周葦從房間裡抱出一張厚厚的毛毯，蓋上去的時候三姨突然睜開眼，看見是周葦，警惕的神情放鬆下來，目光在她那張與自己有幾分相似的少女的臉上逡巡了一圈，似乎在辨認她是否應該已經瞭解些什麼或者已經瞭解了什麼。

然後，她開口了，以臨終遺言的語氣：「你以後可別像我和你媽，要擦亮眼睛。」

周葦點頭，一副乖順面孔，心裡卻並不十分明白她所指的「以後」。三姨筋疲力盡的模樣讓她想起一則匪夷所思的新聞，墜機前最後一刻，母親托舉起自己的孩子，從而使她免遭四分五裂的厄運。看見她點了頭，三姨就安息似的閉上了眼睛，把毛毯緊緊掖進身下，掖成一個安全的襁褓，她被包裹在裡面，像一個衰老的嬰兒。

這之後又是新生，二十一世紀的新標籤覆蓋在二十世紀發黃的截面上，裂開的嘴唇重新彌合，瘀青污漬一樣被時間洗去，恢復成刷牆漆那樣無瑕的白。難得的元宵夜，白雕塑三姨端坐在飯桌邊，身邊是賠笑的三姨夫。他夾起一隻油汪汪的雞腿，放進三姨的碗中。以形補形，周葦腦子裡冒出這四個字。她看見三姨的胳膊和雞腿重疊在一起，漸漸變成一體，折斷在白瓷碗裡。

「兩口子磕磕碰碰難免的，以後還是要好好過日子。」

大舅坐在上首，呷一口白酒，率先開口。

「動手是不應該的，男人打女人，不像話。」

二舅跟著說。他忘了大舅也打老婆。從四

樓踹到三樓，圓滾滾的前大舅媽就像一隻晃悠悠的桶，滾到牆壁上，又滾到欄杆上。這一刻，她又滾進大舅的腦子裡，在他那塊柔軟的海馬體上來回碾壓。家樂還在扯面前的玻璃轉桌，大舅被旋轉的前大舅媽和白瓷盤晃得開始眼花，於是大喝一聲，扯住轉盤，終於將目光定住，一抬眼，正對上對面垂首吃飯的三姨。

大舅清了清嗓子，把場面上的話筒悄無聲息地捏進手裡：「你也是，脾氣該收的也收一收，平常人家過日子，小打小鬧一下就得了。」

「小」和「鬧」把「打」擠在中間，使得它不起眼了，一種語言的障眼法企圖在酒桌上蒙混過關。三姨剛想開口辯駁就被三姨夫一把按住肩膀，他呵呵笑著當起和事佬：「大哥也是為了我們好，之前我做得不對，以後你多監督。」

大舅沉著臉，轉頭就認為妹妹是仇敵了。

「她從小來脾氣就大，爸還在那會兒，她就敢跟他對著幹。」

「你做哥哥的不得讓著妹妹一點？」

二舅媽說完，大家都笑起來，笑聲落在餐碟裡，被家樂兩根指頭重新撥弄著轉起來，轉成一座載著笑的旋轉木馬，這是元宵的遊樂園，其樂融融的合家歡。三姨面前的白瓷盤裡，半根雞骨頭橫陳，像月亮上受刑的桂樹，被吳剛一次次揮斧相向，疤裂開又癒合，周葦恍悟，陰晴圓缺原來是長長久久的詛咒。

「三姨和三姨夫為什麼不離婚？」

回家的路上，周葦跟在陳香蘭的身後，像個拖長的問號。

「小孩子家家，問那麼多幹嘛？」

「我已經上中學了。」

陳香蘭被中學拽住，停下腳步，比起周葦的問題，更讓她疑惑的似乎是自己的女兒為什麼突然這麼大了。

「你再大，在我眼裡也是小孩。」

母親的這句話滴下來，松脂一樣將她罩住了，她被包在黏糊糊的母愛中，變成一個永生的小孩。

皮鞋遊戲

小孩曾見過一雙巨大的皮鞋，在某個尿意洶湧的夜晚，體內驟然的漲潮推著她迷迷糊糊、跌跌撞撞地一路游出房間。昏暗的過道裡，巨型皮鞋撲成一對正反卦，吉凶難辨。雙子鞋船來得悄無聲息，顯然是趁著周葦沉睡放鬆的時機，偷偷駛抵了這片港灣。鞋船船體龐大，周身黢黑，與港灣中停泊著的紅辣椒高跟、白鴿子網鞋、兔耳朵棉拖都大為不同，一個古怪的到訪者，目的不明，形跡可疑，大剌剌佔去了狹窄過道水域的一半，有種反客為主的囂張。這顯然不是一個鬼鬼祟祟的小賊，而是明目張膽的侵略者，在半夜划動木槳，波紋無聲把黏稠的黑色推開，方便入侵。腦中拉響警報的守衛者周葦慌慌張張一路小跑到一城之主陳香蘭的營地報告，在即將推開門的瞬間，卻先被一陣「吱悠吱悠」的聲音推了回來，推得她猝不及防，差點絆了一跤，好不容易才倉皇扶穩「吱悠」晃蕩的尾調。於黑暗中，她多疑地揣摩、撫摸那聲音的形狀和質地，似曾相識的感覺在攏成耳郭的手掌中顯形，在表哥家悶熱流汗的客廳，他們曾短暫地打過照面。

還有一些哄逗小孩的對話。

「讓你媽給你再找一個爸爸怎麼樣？」

「想要個弟弟嗎？」

「有個弟弟多好，以後就有人給你撐腰啦。」

「不過，生了弟弟，你媽可能就不要你了哦。」

逗小孩的話接二連三地被拋上天，周葦是新手雜技演員，她張著嘴仰著頭試圖去接。對方角度刁鑽，她笨手笨腳，對方栽培心切，她敷衍了事，結局可想而知，話豆子總是一而再、再而三地砸落一地。

她還要故意踩上兩腳，扮演劣徒上癮。

「我不要弟弟！」

「有了就扔進垃圾桶裡。」

「我媽才不會不要我。」

……

一律被視為孩子氣，勘破一切的過來人笑得十拿九穩：「等真有了弟弟你就不這麼想了。」

一個薛丁格的弟弟，藏在陳香蘭時胖時瘦的肚子裡，與周葦血脈相連又勢若水火。日子在很長一段時間裡都風聲鶴唳，電話、沉默、嘔吐、晚歸都是杯裡嘶嘶吐信的蛇影，或許早就有了一個弟弟，大舅家小家偉的翻版，將在某一天尾巴一樣地從陳香蘭身後長出來，得意揚揚、煞有介事，而周葦就成了壁虎斷掉的那根累贅，被扔在牆垣上，萎縮、乾巴，無人問津。弟弟來意不善，而她心術不正，他們絕做不了一對會手挽著手跟在同一個媽媽身後的家庭姐弟兵。

可弟弟始終沒有出現，只有一種過度飽和的紅，貼在陳香蘭的唇上，在某些夏天的夜晚，與玉蘭花膏的甜膩香氣、朱紅連衣裙以及高跟鞋的嗒嗒聲組成一套完整的進行曲，華麗、喜悅、熱鬧中帶著慌亂，熱騰騰散成跳動的波浪卷，在將暗未暗的夜空下，半掩的門扉後斜掛著一道陌生的人影，倒真的像一幕電影──《我母親的祕密年代》，針腳嚴密的樸素棉布上的一根抽絲，探頭探腦、神色詭異，暗示著有一些事情被錯過了，在周葦知道針織物的連通性原理之前，陳香蘭就小心地將它剪去。

一幅光滑、平整的肖像畫，中世紀的聖母馬利亞，抱著孩子面容恬靜，即使有裂紋，也全是時間的原因，你總沒辦法精準避開那些糟糕的氣候、磕碰、動亂和閃光燈，而母親的肖像甚至因此變得更加聖潔和光輝，一種飽受摧殘的偉大。這就是關於母親肖像的全部祕密。

有一位先天的母親，包裹著所有具體的母親，從語言開始侵蝕後者的輪廓，最終變成一種標準化的產品，然後精準地框進嚴絲合縫的畫框，右下角張貼一張微不足道的標籤，謙遜地加以說明。

有母親的肖像，就有女兒的肖像，屬於周葦的這一幅在她十六歲那年已初具雛形。在此之前，有許多捏陶器一樣的曲折來回，參考模型由陳香蘭斷斷續續口述，成績、脾氣、言語、勤勞……每一項都標準既定，向好不向壞，就像瓶口總是收束，而瓶身則溫順地容納。的確也存在一些材質頑固不化、難以塑形，周葦卻絕非其中之一，她幾乎時時主動地拱進那一雙縱情傾訴掌控欲的手，討好地被捏圓壓扁，以接近理想中的標準態，而這只是因為她發現，世界分為裡面和外面，而它們並不需要一比一還原複製。

一整個暑假的白天，周葦都在竭力扮演乖乖女的角色。繫著圍裙學習做飯，從基礎的番茄炒蛋到進階的魚香肉絲，她學會制服跳脫蒜瓣的方法，即，毫不留情地一刀拍扁，像是殺魚，重重地甩到砧板，然後用刀背斃命，當然，她還沒有勇武到可以殺魚，這些都是清晨菜市場的見聞，類似的酷刑還有：竹籤刮骨、利刃放血、沸水脫毛、烈火燎皮……陳香蘭忙著把菜肉、零錢以及菜市場熟人送來的幾茬新鮮八卦裝進菜兜時，周葦則忙著把這些行刑的浮世繪裝進眼睛裡。她們都收穫頗豐，結束了，便手挽著手，像全天下最親密無間的母女，心滿意足地走回家去。接著便是溫馨的午餐時間，兩人於餐桌前對坐，無人理會午間購物台主持人喊破喉嚨的「機不可失」，母女親情自然要排在九塊九毛九的按摩儀前面。陳香蘭給周葦夾魚眼睛、魚腩肉、雞大腿、一盤豬肉中更瘦的那一些，留給自己魚頭、魚尾和乾癟的雞胸，周葦不明白動物身上的某些部位為什麼總比其餘的更飽含多汁的愛意，但還是一口一口吃下去。然後，在某天，陳香蘭回旋鏢似的甩給她這些：「我對你哪點不好，什麼不都是先緊著你，好吃的好穿的，你良心被狗吃了嗎？」她才明白那不僅是愛，也是證據，肉身在曹營心在漢，終有一日會在肚子裡與陳香蘭一唱一和地指責她「沒良心」。

不過，沒良心也不算冤枉。午間溫馨時光結束，洗碗槽裡洗潔精的泡沫還意猶未盡賴在那裡不肯散去，周葦卻已經開始花言巧語又旁敲側擊地煽動陳香蘭快點出門去做生意：氣溫升到四十度了，先去把窗戶開了透透氣，店裡的瓜子沒了，要買一點嗎，順帶信誓旦旦地保證自己一個人在家沒問題，完全沒問題。當然沒問題，只要門鎖一扣響，周葦便會忙不迭化作一尾逃出砧板的魚，先是一挺身躍到窗邊，探頭探腦確認陳香蘭是虛晃一槍還是已確實提著小包走遠，危險一經解除，立馬從回形針樓梯滑落下去，一條狹窄的背陰巷道作為接應，掩護她一路滑進某個不起眼的門臉，裡面，謝依然正坐在一台大頭電腦前「與世界接軌」。

謝依然仍舊圓潤、嬌小，中考一結束就迫不及待地穿起吊襠褲和破洞T恤，把頭髮剪成亂垂的蓬勃吊蘭，而小麥色的臉被新刷成一面不均勻的粉牆，睫毛膏和深色眼影則長成巨翅蝶停在眼睛上，桌面上被鼠標拖動拉長的羽化半徑讓眼球不斷膨脹，一種奇特的後現代裝置作品，被她花了好幾天製作成傳單照片，順著輸入鍵和漫長光纖促銷式分發，與照片一同附贈的名字變幻莫測——有點↗小情緒♀後是ヤ；擱[淺灬メ，再變成忄的傷痕是灰së的げ，字符在頭像的彩色玻璃窗上懸浮成哥特新娘的黑色蕾絲紋，她說代表著她對某人的愛情至死不渝。

曾有那樣一個晚上，周葦和謝依然將被子撐成圓弧，躲在裡面，握著手電筒看情書。她們如同初次用火的遠古人類，被一種從未見過的人造光亮所吸引，順著藍色水筆字鋪就的回旋階梯慢慢往下，兩人深入到來信者幽謐的情感腹地，那裡傳來一陣蠕動似的低語：

「那一天在食堂，於千百人之中遇見你。沒有早一步，也沒有晚一步。時間的無涯的荒野裡，我懂得什麼叫一見鍾情。」

張愛玲被拆解重組，頭變了形，一條柔軟的尾巴在身後討好地搖晃。字跡倒是刀頭燕尾，落在天藍色浮動著卡通雲朵的信紙上，就像疾衝掠食的鷹隼搖身一變成了笨拙學舌的花哨鸚鵡。鸚鵡說，偶耐你。被子被兩人的笑聲頂得鍋蓋一樣一張一合。笑完之後卻是一陣奇異的沉默。就像光亮突然滅掉了，她們被甩進沒頭沒尾的黑暗中。只能靠摸索，可手指是遲鈍的器官，傳來的訊息總是模稜兩可，是圓柱，是水管，也是大象的腿，世界在約等號的波浪中滑來滑去，無法把握。

海德薇投來的第一封白色信箋，未知的魔法世界在十字車站發出召喚，歡迎儀式是千百人的虛妄陣仗，一顆心從人潮中突破重圍，等待著在另一顆心上著床、生長。

化學課上，老師枯著嘴唇講元素週期表，周葦趴在桌上看謝依然塞來的書，上面寫：愛情是一種化學反應。

頭頂的電風扇轉成催眠旋渦，在老師第三次折斷粉筆時，周葦「啪」地掉入一支狹長的玻璃試管，懸浮於透明液體裡，一隻手將她輕輕搖晃，幾種結晶的顆粒滲出皮膚，在短暫的混亂中又各自尋找歸路，一重一重疊起來，如分層雞尾酒。苯基乙胺輕浮地漂在頂上，是不安分的紅，紅在心室裡泵進泵出，泵成一顆鼓脹發燙的心臟。去甲腎上腺素是砂糖下了雪，每一根血管都是加班加點的製糖工廠，產出一顆顆「甜心」和「蜜糖」。「想要一口把你吃掉」——化學實驗中的俏皮話。穩定的多巴胺奶油夾心，把身體與身體黏合成擁抱的形狀，然後一起倒在綠色的內啡肽的花海，一片人工種植的罌粟花田中，腦垂體垂著腰忙碌採摘。故事走到了尾聲，後葉催產素和後葉加壓素交換戒指，如是宣誓：「無論順境還是逆境，無論貧窮還是富貴，無論健康還是疾病……」

然後，一切又漸漸消退，只剩下懸浮的周葦和底部的不明雜質。

周葦撥動著兩條腿往下，滿懷希望如正奔赴鐵達尼號的沉船處打撈那顆下落不明的「海洋之心」，結果只看到：一本鏽紅的結婚證、幾頁散落的藍色情書、一堆皺巴巴的檸檬糖紙和半根雞骨頭。

下課鈴聲尖著嗓子將玻璃試管震破，分層的愛之海消失無形，只在下巴處殘留著一團黏糊糊的可疑液體。一張粉紅信封粘在臉上，周葦將它輕輕撕下，上面的字跡已被浸泡得鬆軟腫脹，像被打撈起來的沉船遺跡。這是第四封了，從上個月起，每週一封，固定如按時分發的推銷傳單，不用打開也能將內容提前洞悉，無非是：琳琅滿目的愛意，細節精細，創意巧妙，包您滿意！如欲訂購，請撥打……只不過，商家忘了留下聯繫方式，一個致命的失誤，使得一切淪為無頭冤案或惡作劇。周葦只好將它們一股腦塞進桌膛深處，和卷邊的試卷、習題集、沒水的圓珠筆擠在一起，不見天日。謝依然把那裡稱作「垃圾堆」，因為周葦從來不費心收拾課桌。混亂使她覺得安全，一旦事情混亂了，就沒法變得更亂，混亂和混亂彼此相似所以能輕易地彼此原諒，顯得多麼善良，就像初三一開學，班主任就將班裡的「落後分子」統一調度，集體搬遷至最後幾排。「你們反正也不學習，要說話就到後面說。」他們被好心地鏟到角落，一個被棄置的貧民窟，藏在節節拔高的在建樓宇後面，是教室裡新長出的一塊蘚。周葦和謝依然連體嬰的命運被就此斬斷，周葦坐在第三排的正中，謝依然被流放至倒數的角落，只有在課間，兩個人才能在走廊的拐角處、廁所的隔間、操場的單雙槓下，以及堆滿了易開罐、泡麵盒子和校園八卦的小賣部短暫重聚。

她們編造花樣百出的理由從課間操中逃出

來，在《時代在召喚》的嘹亮節拍聲中，化身巡邏警，在人去樓空的走廊和教室裡晃蕩，捕捉那些躲在樓梯間私會的情侶。格子衫A和紅裙子B，校服C和藍外套D，兩個腦袋交疊又分開，一條銀絲細線被拉出來，轉眼又被兩張嘴給吸回去，與此同時，一隻手消失於寬鬆的上衣下擺，伸向她們再也看不見的地方，悄悄地做起情侶間的廣播體操。伸展運動，第一個八拍，掌心向前，同時身體前傾，腦袋向後，俯身，還原成坐立；第二個八拍，左手向上衝拳，掌心向前，捶打對方的肩膀，一二三四。四肢運動，第一個八拍⋯⋯一聲集合口哨猝不及防劃破耳邊，劃出一道銀河，幽會的牛郎織女們只好倉皇鑽回星河人流之中，變成無數顆難以辨認的頭顱中的一顆，而她倆則手挽著手，如同散場時走出漆黑影院的愛侶，在一種模糊的尾韻中默契地沉默著。

謝依然的沉默是看完戲的百無聊賴，周葦的沉默卻不是看戲，而是觀刑，觀刑完，囚徒又被鎖回了漆黑無聲的囚牢，無法告解於是只能自我懺悔。然而，她還必須表現得天真，彷彿對這個世界的另一面毫不知情。她想起表姐在她耳邊說的，只是一個遊戲。真實世界坍縮進無邊廣闊的虛擬世界，用詞語來貶損現實似乎就能將沉重變得輕盈，然後從一切的表面上玩世不恭地掠過。

於是，一切變成了遊戲。

情書是遊戲，親吻是遊戲，告白是遊戲，婚姻也是遊戲，身體是塑膠操作手柄，被擠壓、被磨損，變形、扭曲。陳香蘭的遊戲角色是憂鬱單親媽媽，在廚台前爭分奪秒地忙碌，照顧嬰兒和生活裡頭皮屑一樣抖落不停的瑣事。周葦的遊戲角色是背著書包的過關闖將，在獲得高分時會有獎勵的金幣掉落，伴隨著清脆的罐裝喝彩。表姐的遊戲是馴化的遊戲，僅供黑夜反復試練。

某個夏夜，周葦和表姐平躺在鞋盒似的小臥室裡，像是兩隻整齊擺放的鞋，她們已不玩從前的遊戲，於是表姐找到了新的遊戲。她在鞋盒中輕輕地翻了個身。

「睡不著，來聊會天。」

即使眼皮重成下一秒就要傾瀉的山洪，周葦還是沒骨氣地「嗯啊」點頭，她早就被切除了對表姐說「不」的神經。

「你有喜歡的男生嗎？」

語氣有種女孩子捂在被窩裡分享祕密的黏糊親密。周葦不是第一次被問到這個問題，它是女孩祕密世界「芝麻開門」的暗號。當表姐叩響這道門時，周葦卻只想裝作門後無人。然而，門不過是虛掩、是裝飾，表姐沒等到答案，直接伸進手來搜尋，搜出一堆「咯咯咯」的驚悚笑聲。

「說不說？」

審訊逼供的語氣。據說撓癢癢在古時候也是一種酷刑，人的意志力又脆又薄，是一捅就破的窗戶紙，疼痛可以穿過，笑也可以穿過。周葦的窗戶紙被表姐的手指捅得千瘡百孔，一雙眼睛在孔眼後窺視。

「沒有，沒有喜歡的男生。」

手指停頓幾秒又開始作惡，周葦蜷成了蝦，臉被蒸熟了一樣發紅，有一刻她覺得自己快要死了，因為懲罰彷彿真的會沒完沒了，她央求表姐停下來，她說她要死了。人怎麼會被撓癢癢撓死？表姐當然不信，變本加厲。

「喜歡，我喜歡班裡有個男生。」

最終，周葦捏造出某個同伙，供認了自己的罪行。表姐停下來，臉上掛起一副瞭然的、偵破的笑。

「喜歡多久了？長什麼樣？」

不過片刻，男生就真的出現在周葦的腦海裡：一個不存在的人，有五官、身高、性格和愛好，從班裡男生身上剪下來的碎布料，臨時拼湊出的「洋娃娃」。表姐抱著「洋娃娃」，心滿意足如同聽完睡前故事的小孩。

「小葦長大了。」

故事結束，表姐嘖嘖地笑起來，舌頭跟上顎鼓起了掌似的。周葦卻彷彿被打了個巴掌，似曾相識的羞恥感順著脖子升上來，捏緊。

初三下學期，一位「品學兼優」的高中生被班主任請來做中考前的經驗分享。

他穿白襯衫、藍褲子，走進來時，一截天空被裁剪均勻。周葦抬頭時最先看見一張薄薄的側臉，攤在午後的陽光裡，被一層柔軟的金邊鑲嵌，他笑起來眼睛彎得像大姨脖子上的金佛，是了，他也是來普度眾生。金佛乘著掌聲的雲飄到講台後，清了清嗓子，喉結音量條一樣上上下下地調試，終於找到一個剛好的位置。

「我叫何方，『何妨吟嘯且徐行』的『何妨』少一個女字。」女字是折斷的粉筆從黑板上掉下來，佛從名字上就六根清淨了。白襯衫是當代的袈裟，一排扣到底的紐扣把肉身包裹得密不透風。佛的履歷金光閃閃，許多個第一名掛在佛殿前成為招攬香客的金字招牌，底下一張張被試卷和分數折磨得淒風苦雨的眾生臉，仰望已經渡河的他如同對著神祇許願。神說：「每個人在最初都是一張白板（許多年後，周葦才知曉這句話來自英國，是打了折的舶來品），所有的經驗都是後天得來的，你選擇塗抹什麼就會成為什麼，只有努力了，才會有所收穫。」應試教育的佛偈被他參透，化為樸素的成功學試圖點化信徒。謝依然卻冥頑不靈，只覺得他犀顱玉頰如同待塗抹的一塊純淨白色。

古代愛情的現代傳承，高二教學樓長廊上長出的望夫石，多巴胺原來是一種凝固劑，謝依然在凝固中變作了一個全新的人，晶瑩剔透，一眼就能看到底，冰雪王國裡的雕塑一樣，開誠布公地展示著自己。何方變成了H，專屬於她們兩人的暗號，H是穩固的金門大橋，謝依然牽著周葦在上面呼嘯著來回奔跑，就像她們曾經一同跑出校門那樣。謝依然希望周葦能同她再度分享這份隱祕的快樂，而周葦卻只覺得金門大橋長得看不到頭。

就像夏天也長得看不到頭，筆走過的試卷滾成一張長長的白地毯，上面布滿躊躇倉皇的腳印。晚自習從兩節拓成了三節，所有人面孔麻木像乘坐礦井電梯無限深入地心的工友，共享著一趟沉默。只有九點半的鈴聲響起後，黏稠的時間才會突然變得稀薄，加快流速將他們沖向分流的河口，那裡，站在昏黃燈泡下的麻辣燙老闆早等得打起哈欠。

周葦卻不著急回家，陳香蘭的茶館裡賭客們激戰正酣——「天亮之前見分曉」。學校外的「成功書屋」還未打烊，老闆每次都歪著腦袋在收銀台後的藤椅上打瞌睡，有好幾回，周葦都幾乎認為那只是一種稻草人邏輯的裝置，專門嚇唬囊中羞澀的偷書賊。這讓周葦不免心虛，因為她總用手指壓過一片片書脊，冷不丁選中一個倒霉鬼抽出，窮書生一樣地站著讀，末了只在每月固定的日期買兩本薄薄的雜誌。雜誌要麼軟得像帶魚，要麼小小的可以藏進校服寬大的衣袖裡，周葦帶它們回家就像帶見不得人的早戀伴侶，從門縫裡滑進去，然後飛速地將其塞入床墊和床板中間的空隙。

陳香蘭愛把屋子收拾得彷彿荒漠石林，雜物通通被關押進抽屜或者櫃子，視野裡只留凸起如巨岩的光滑家具，就連周葦的小小臥室也難能幸免，每週都要經歷一次格式化的清理。故而，周葦從不樂觀地認為那是屬於她的伍爾夫式的房間，那只是一個隨時會被鳴響警笛的軍營，而陳香蘭塑膠拖鞋的嗒嗒聲響是十足壓抑的前序提醒，警告她在門鎖扭動前讓一切回歸原位。書是不能買的，陳香蘭厭惡一切與學習無關的書籍，那會讓她無可避免地想起周衛華，那個自行車筐裡都放著書的男人，一個月大半工資都砸在書上，堆起沉重的黃金屋，卻也會在陳香蘭抱怨時說她是他讀書才碰上的顏如玉。對此陳香蘭無可辯解，一開始她的確是被他戴著眼鏡文質彬彬的模樣吸引。只是後來，文質彬彬變成了蚊子嗡嗡，令人厭煩地盤旋在變質腐臭的記憶裡，掃不去也殺不死。於是，只能將恨轉移，消殺書籍變成一種情感上的蒙太奇。太多的象徵意義，在周葦明白過來以前規則就已經在她的人生中鋪得滿滿當當，使她只能在夾縫裡小心挪移。譬如，在陳香蘭晚歸的夜裡，將被子蒙成鼠洞，小心翼翼扒開紙頁如同扒開一具屍體，把手捏成精細的鑷子，一點一點地檢索字句。

羞澀的少男少女們在光滑的彩頁上相遇，六月的香樟和冬日的忍冬，植物是校園戀愛的僵直佈景，再翻過去就變成都市的鬼怪傳說，懸念繞成毛線球，一寸寸捋到頭，尾巴上勾著的又是個狗血的愛情故事，像是鬼打牆，轉來轉去始終被圈在原地。但還是買，一本接一本地帶回家，看完後又塞進書包丟入上學路上的垃圾桶，十分需要又十分無情的樣子。直到某一天，雜誌裡所有男生都長出一張整齊劃一的臉，笑眼彎彎的金佛勘破一切，即使合上雜誌，臉依舊光斑一樣纏著眼皮，揮之不去的白色蛾子，執著地反復撞擊，像是非要把某層窗戶紙撞破。隔天再見到謝依然時，周葦的沉默突然就變成了沉重，何方的名字從謝依然一張一合的嘴裡飛出來，又是那只白色蛾子，和蒙在被子裡的夜晚一樣，扇動著雙翼再度地撞向周葦的耳膜。每一次撞擊都伴隨著心臟劇烈的一跳、秒針沉重的一次顫抖，以及掛在教室後面日日更新的倒數。

一片白色蔭翳開始在眼皮上定居，紅操場上勻速挪動的白色圓點，走廊裡一閃而過的白色鬼影，忍冬樹叢邊升起的一團白霧，謝依然總是能精準地捕捉，用一聲驚喜的低叫將周葦的目光引過去，靈巧得像是在轉動一把狙擊槍。周葦落入到一種等待射擊的焦灼中，可謝依然依舊舉棋不定，只是神經質地拉著周葦在校園裡來去，像在棋盤上漂浮著逡巡，細數她偶遇的神跡：

熙攘的操場，何方在右上角揮動手臂，身體隨著跳躍運動高高地彈起又落下，謝依然的心也彈起又落下；樓梯的拐角處，何方穿一件灰色羽絨服從樓梯上慢慢飄下來，飄到謝依然因為羞怯而低垂的頭顱上，堆成一朵厚重的鉛雲，醞釀著雷雨；有一次，真的下雨了，雷在天邊炸開，把路邊的人都炸到公交站牌下，謝依然和周葦被擠在一堆潮濕的衣服中間，看路邊積起的水窪，水窪邊一雙白鞋就要踩過來，周葦剛想開口提醒，一抬頭看見那張臉，嘴便在半空中凝固，謝依然順著她的目光也快速地凝固，最後碎冰一樣坍塌進水窪激起一片水花，水花雀躍著迸濺到何方的褲腿上，暈作一團深色水漬，謝依然開始在周葦耳邊祈禱雨再下久一點，久到將世界下成一片海，只剩這座擁擠的方寸孤島，於是肩膀與肩膀依靠成綿延的山體，是不能分開的樣子。

在夜裡，山體又分崩離析，變成周葦和何方對峙靜立，也許是在教室或者某間空屋子，周圍的世界都在虛焦中漸漸隱去，而他們卻因為對比獲得了一種純淨的不被打擾的清晰。周葦很少能看清何方的樣子，擦肩而過時，她總是膝跳反應一樣地把目光緊緊地收回到眼眶裡。他被周葦刻意困在一片白色的陷阱裡，只在無人知曉時，她才會慢悠悠地搖晃著想像的繩索，把他一點點拉扯出來，讓他提線木偶一樣地在她的腦子裡晃來晃去，變成不會開口的啞巴殺手、戴著面具的白馬騎士、心事重重的流浪漢，或者僅僅就是一尊笑眼彎彎不普度眾生只普度她的金佛。想像是串聯的燈泡，開關一旦打開就接連不斷地亮起，夜的甬道被照出曲折往復的原形，周葦躡著手腳在裡面穿行。白天，又一副心無旁騖的模樣，跟在謝依然身後，面不改色地與她一同漫遊逡巡，偵探分隊一樣在校園裡尋找何方出沒的蹤跡。

一對陰陽兩面的雙生子，一個佔據白天，一個劫持黑夜，最好的友情就連愛情也要分享，彷彿這樣才能徹底地體會對方的心情。謝依然高亢的愛意是火山岩漿噴濺，而周葦的熔漿則在地殼裡陰鬱地滾動翻騰。於是，就連情書也是共謀。

悶熱的初夏教室裡，老師背著手立於講台後方，講鯉魚躍龍門，台下五六十隻人工養殖的幼魚趴在書的假山上奄奄一息。蟬鳴和電扇轉動的吱悠聲攪成一股睏意的旋渦，一顆顆頭顱昏昏欲落，每一個字符都是一粒飼料，填鴨式的灌注養殖法已初見成效，池魚們在初夏驟起的炎熱中撲騰著就要上岸。謝依然在課桌上趴成一條鹹魚，面前是五顏六色手絹一樣花哨的信紙，她苦惱於簽字筆筆頭的粗細，不知道什麼直徑才能精確表達她那纖細又磅礴的愛意。旁邊是周葦寫好的情書模板，旁徵博引造出的一座文字迷宮，純潔、正直、陽光、孤獨……周葦幾乎帶著惡意地將詞語濫用，辭藻變作形狀各異的積木，被一塊塊累積起來，堆砌成謝依然的愛之殿堂，工期冗長，始終在建。殿堂裡何方被供奉如塑了金身的神像，裹滿狂熱、虛誇的幻象。周葦花了一整個晚上用舌頭撫過每一塊詞語壘砌的牆磚，變身長途跋涉回到耶路撒冷的信徒，對著它們低聲祝禱和傾訴，像最虔誠的告白，又像是事不關己的旁白。

扒去那些華麗點綴的詞語的修飾，裡面光禿禿的事實是，她對何方一無所知，全部的素材不過一些捕風捉影的片段，她自己寫自己的傳教故事，默讀，然後相信，相信存在著一個何方，等於每天課間操她們在拐角處等著遇見的那個何方，就像一等於一，即使第一個一是周葦用無數個零碎的小數拼湊而成的，小數們在紙上磕磕巴巴、吞吞吐吐，一副老老實實胡編亂造的樣子。有時，謝依然會對她的作品點評一二，譬如，他並不擅長打籃球，三步上籃總是在最後一躍時功敗垂成，周葦卻大量杜撰他在籃球場上的風姿，這顯然言過其實。周葦答覆她，誇張是表達崇拜的最好方式。謝依然總是很容易被說服，她相信周葦在文字上的權威，畢竟後者的週記總會被老師挑選作為範例。在這一點上，周葦繼承了周衛華的基因，他們都擅長用文字來雜耍獻藝。於是，挑燈夜讀到深夜的周葦，用習題冊做掩護，筆頭轉動卻是在為戀愛的戰場輸送成堆的文字兵，就像當年周衛華扎起成捆的詩歌贈予陳香蘭做見面禮。

家族史裡的老掉牙愛情傳說，三姨曾悄悄地對周葦提起：「那時候都羨慕你媽，多浪漫，一週一首詩。」曾經有過好日子，在周葦出現之前，然後就是壞日子，跟著周葦一同從產房裡呱呱墜地，哭叫著，吵鬧著，把寫詩的紙變成擦鼻涕和糞便的紙。這種文字災害的後遺症一度拓展到學校的科目，「學好數理化，走遍天下都不怕」，陳香蘭試圖用粗暴的口號將周葦馴化。初一的物理考試，周葦也曾經體會過風頭一時無兩，隨著公式越來越複雜，她精於記憶的文科基因就漸漸力不從心。陳香蘭以為她有選擇，後來才發現，選擇從最開始就已經做好，周葦終於無可挽回地再度走到她巧言令色的父親踏出來的老路上了。

然後，有一天，所有的祕密信紙都遺失在一次慌亂的搬家途中，它們從貨車鬆垮的圍欄縫隙中逃出，在秋日強勁西風的鼓動和助力下，順著寬闊的水泥馬路四散而去，落進昏暗下水道，溜進陌生人家的陽台，掛在樹梢偽裝成枯葉，或者鑽進另一節車廂，被帶到千里之外的某處。總之，它們被拆解得七零八落，愛之宮殿也自此坍塌，變成記憶中的廢墟，又或者只是露出了它本來的樣子。

對此，另一位當事人謝依然表現得輕描淡寫，她聳聳肩，嘴裡吐出一串魚泡泡煙圈，那是她從新男友那裡學會的絕技，曾不止一次對周葦炫耀著展示。被一同展示的還有一個戴著耳釘的長髮男孩，他總是和一輛滿身貼紙的山地車一塊出現在晚自習後的校門口，載著戴著同款耳釘的謝依然呼嘯而去。

謝依然說，她終於找到了真正的愛情。後來，這成了她每一場戀愛的開場白。但是，謝依然從未跟她說過，究竟什麼是真正的愛情。

謊言小史

謊言的歷史由來已久，最開始是十二色的彩筆，周葦最愛裡面的螢光黃，塗在紙上像星星被揉碎了。她用這個顏色來畫太陽、畫房子、畫樹、畫爸爸……畫上爸爸白臉金頭髮，同桌的男生搶過她的畫，笑嘻嘻叫嚷出爆炸性消息：「周葦的爸爸是個洋鬼子！」結局是周葦和男生打了一架，她抓破了他的臉，男生抓破了畫。

聞訊趕來的陳香蘭質問她為什麼要和同學打架。周葦難得理直氣壯：「他說我爸是洋鬼子。」

然後是看圖說話，一個戴著帽子的男人牽著小孩過馬路，全班同學寫的都是《警察叔叔幫助我》，只有周葦寫的是《和爸爸的週末》。分析試卷時老師特意點她站起來，問她怎麼分不出警察和爸爸。周葦紅著臉，用藏在背後的手指臨時捏出一個謊：「我爸爸就是警察。」

開家長會，老師笑眯眯跟遲到的陳香蘭寒暄：「她爸爸在忙吧，現在當警察不容易。」

回家的路上，陳香蘭的嘴抿成一條鋼絲線，周葦踮著腳尖踩在線上顫巍巍，一進門，鋼絲線就將她掀翻在沙發上。

「小小年紀就學會撒謊了！」

周葦掛在沙發的扶手上，軟趴趴如達利畫裡快融化的鐘錶，校服褲子被扒下來一半，在腿上掛起一面蔫頭耷腦的白旗，可陳香蘭顯然不打算尊重《戰俘公約》，下一秒竹掃帚就在她的屁股上彈起了狂怒曲。陳香蘭在激昂的琴音中被鼓勵，彈入了迷，恍惚以為自己是李斯特在世。音節起起落落，尖叫高高低低，脫落的指針懸蕩在半空，踟躕不決、三心二意地故意使壞，快樂的時光總是短暫，那痛苦的時光如何？痛苦的時光在屁股上齜牙咧嘴，樂開了花，一群白吃白喝的厚臉皮慣犯，過了五六天才意猶未盡地分批離開。

最後是待填滿的黑線白框，交卷時，六百個格子也只填了四個，上面像所有人一樣寫著「我的爸爸」。一週以後，分數下來，周葦的名字從排行榜的第二摔到了二十，十八層的高度，當場死亡。老師坐在辦公桌邊，拿著試卷敲筆，認為還可以搶救一下：「是不是沒有時間了？」周葦背著手沒說話，白卷交上癮了，不是沒時間，是沒爸爸。「死腦筋，不知道編啊，你不是會寫嗎？還寫不出來一個？」白卷還是落到了陳香蘭手上，皺巴巴的顯然過度緊張，周葦卻不緊張，她早從警察的故事裡總結了經驗教訓，此時正好派上用場：「瞎編那是撒謊，您告訴我不能撒謊。」「還給我頂嘴？」白卷「啪」地對她倒戈相向，在周葦茫然的臉上畫了個憤怒的紅叉。「那……那些大文豪寫的都是真的？孫悟空是真的？這不叫撒謊，這叫創作。」

陳香蘭也開始談創作，周葦以為這是周衛華的專利，現在才明白它原來是夫妻共同財產。

於是，周葦只能學著創作一個爸爸。

語文期末考的試卷題目：《最敬佩的一個人》。周葦這樣寫：「我最敬佩的是我的父親，他是一個詩人，在光明大道與獨木橋中，選擇了後者。」河邊的告示牌上標明：獨木橋僅限一人通過！這樣，他就不必帶著她和陳香蘭上路。「他是我心中的英雄，選擇了人跡罕至的一條路，遠離了熱鬧，選擇了孤獨。」熱鬧多麼普通，早七點的菜市場，提著用過三次的超市塑料袋，與小販為了兩毛錢唇槍舌劍，兩菜一湯或者三菜一湯，吃剩的用盤子蓋起來，再拿出來時盤子掉在地上砸碎了，順道砸出絮絮叨叨的埋怨：「跟著你過日子連個碗都是缺的。」「那就別過了！」「當年嫁給你時，唯一的聘禮是一堆重新刷漆的破家具。」……面目模糊的男人推開椅子從餐桌上離開，端著缺了個口的瓷碗去電視機前關心中東局勢和美國油價了；或者是醫院的兒科，繳費單上的數字預支了明天要交的喪禮份子錢，正心煩意亂，治療室裡孩子被扎出嗩吶的高音，嗚嗚啦啦，全在討債。英雄爸爸則被試卷紙小心包裹起來，裹成了個精緻禮物堆在聖誕樹下，和一閃一閃的文字彩燈手拉手組成彌天大謊的邏輯鏈。孩子歪著頭，一臉天真：「聖誕老人是真的嗎？」「別問！孫悟空也不是真的！假的又怎樣？」一到暑假五集連播，孩子們照樣端著小板凳坐在電視機前聚精會神盯著會忽大忽小的金箍棒。這一次，周葦拿著作文滿分的試卷詐屍還魂再度殺回排行榜首，英雄爸爸的故事果然經久不衰。

周葦嘗到了謊言的甜頭，很快上癮。

有段時間，她甚至把它掛上了脖子，招搖過市。藍色塑膠卡套裡，白色出入證被折成三疊，只露出一戳圓圓公章。保安坐在校門口的塑料凳上，用眼睛掃描。周葦看起來太乖了，校服和脾氣一樣被熨得平整，腦後馬尾溫順地垂下，沒有劉海的腦門上獎狀一樣掛著「好學生」三個字。於是，漫不經心揮了揮手，讓她和謝依然漏過網眼成功出逃。

公章是用手腕粗的蘿蔔刻的，紅色印泥被蘿蔔汁浸潤，邊緣透出作偽的模糊。整個工程耗費了整整一節音樂課，老師把手指按進電子琴琴鍵，周葦就把薄薄的刀鋒按進蘿蔔肉，到最後，半個桌膛都是雕殘了的蘿蔔，擠在一起，像不孝子哪吒自己長出來的藕臂。

周葦的手臂則掛在謝依然的手臂上，跨出校門的一瞬間有種亡命天涯的驚險感。謝依然拉著她在巷道裡跑得飛快，跑到心臟快要被加速度甩出喉嚨，兩人才氣喘吁吁地停下來，然後大笑，笑完又親親密密地挽著手，用腳掌纏纏綿綿地拍打地板。

遊戲廳裡，方形、柱形的音塊從周葦的面前錯位地滑過去，她手忙腳亂像一隻撲騰的水鴨，謝依然卻輕車熟路，鼓槌落下，音塊便順滑地消失。連連失敗，周葦投降似的把鼓槌一甩，兩人又去外面小商店買雪糕吃，逃學會做的事無非這幾樣。

「你被我帶壞了。」

謝依然咬一口周葦的脆皮，遞還給她。周葦不說話，牙齒輕輕咬在謝依然留下的月牙形上，有一種奇異的親密感，接吻一樣。周葦為自己的想法感到羞恥，謝依然卻在說她帶壞了她，這都是誤會。

就像謝依然的媽媽朱阿姨喜歡她，某天兩人坐在謝依然家的電腦前看少女漫畫，朱阿姨推門進來，鼠標快速切換成學習網頁。朱阿姨把手裡貼心插好牙籤的切塊水果放到桌上，摸一摸周葦的頭髮，表示，要是謝依然有她這麼聽話、成績這麼好，她就心滿意足了。周葦感覺自己正被那些話編成的麻繩吊起來抽打，就像五歲那年她突發奇想從陳香蘭的抽屜裡偷出五十塊錢去揮霍，然後在學校的小賣部被當場抓獲後那樣。

一個天生的小偷、無師自通的騙子，過關斬將地騙過了暴躁的陳香蘭、多疑的表姐、天真的阿姨，就連謝依然她也騙。

某天，謝依然的斜挎包裡突然出現了一盒香菸，印著天安門的紅中華，貨源地是謝依然爸爸的黑色旅行袋，裡面的香菸金條一樣齊整堆疊，那是他某一次出差的「意外」收穫。這樣的意外總是在她家發生，夾在空心套裝書裡的信封，打開後一疊灰色人民幣簇新得像剛被印鈔機舔過，又或者是黑色垃圾袋裡驚現燕窩、蟲草——謝依然的媽媽朱阿姨永葆青春的祕訣，當然，最常見的還是裝在普通禮品袋裡的香菸和白酒。多年以後的某場大雨泡壞了謝依然家某處江邊閒置的洋房，朱阿姨卻只在打牌時對那一堆放在地下室裡的茅台表示了惋惜。

「我爸都不記得他究竟收了多少條，他從來不數。」

地主倉庫裡唯一的家鼠，他們可愛的長著圓圓腦袋的女兒，明目張膽地將紅中華揣進包裡，大搖大擺地穿過客廳，甩一句「我去找周葦給我補習」，忙著敷面膜的朱阿姨便哼哼唧唧點點頭放行。

權威通行證周葦，車輛年檢一樣年年拿三好學生的進步分子，深受家長信賴的孩子們的良師益友，也會在天台上夾著一根紅中華吞雲吐霧。香菸世界的新手，第一口下去直接從鼻腔裡躥出來，顱腔失火一樣。謝依然笑得前仰後合，新塗的口紅沾上了牙齒。通向成人世界的這一課，周葦還需要學習，課程羅列如下：怎樣熟練地過肺，怎樣吞吐出經久不散的菸圈，怎樣擺出瀟灑不羈的抽菸姿勢。尼古丁先生張嘴教導，滿口黃牙是陳年的化石，什麼都是需要講求時間和經驗的，好學生太冒進也會栽跟頭，下面是關於尼古丁世界的故事——

先是伸出魚嘴嘬緊菸頭，煙霧陣隊順著溫和的北風安全抵達口腔，隨即一陣旋風從腦後刮起，穹頂被刮得遠了，腦後皮膚撐起帆一鼓作氣，好讓陣隊平穩滑入氣管水域，水域狹窄，不少士兵身先士卒落入血之河中，杳無音信，大部隊繼續進發，目的地就在前方，一片遼闊的氧氣大陸，未開發的處女地。「一鼓作氣！」菸草殖民隊伍躊躇滿志，另一個世界等著被染指、登陸和規訓，踏上粉色新鮮土地的第一秒就開始辛勤播散尼古丁，在溫潤、光澤的髒胸膜上，一片一片地耕作，縱橫交錯的血管河道源源不斷地灌溉、搬運。

「一個新世界會在你的眼前拔地而起。」頭目A戴著高聳的黃邊禮帽，面對遼闊大陸揮舞著手杖描述理想之景，「你會獲得身體到心靈的輕鬆，想像漂浮在陽光照拂的海面，微風輕輕吹過，空氣裡有尼古丁燃燒的香氣，所有的煩惱都留在了焦土遍地的舊世界，而我們的公民獲得這一切所需要做的只有一件事。」

「什麼事？」

「呼吸，盡情地呼吸，吸入尼古丁，呼出舊世界的廢氣。」

火光的盡頭，一切消失。香菸世界的試用裝，時間總計四分二十秒，從龍宮返回到村裡的漁夫周葦意猶未盡。

「怎麼樣？」

周葦雲淡風輕，聳聳肩，吐出個「還行」，學著謝依然把菸頭捻滅在腳下。如果不是微微鬆弛的括約肌、指尖殘留的酥麻感以及一陣返潮似的噁心，周葦都快要被自己那巧言令色的虛榮心騙過去。

「那你可真厲害，這菸勁兒很大，我平時都只抽女菸。」

「女菸什麼樣？」

「喏，就是這樣的。」

一包扁扁的薄荷綠菸扔下來，精緻又纖細，和周葦手裡的紅中華站在一起就成了土大款和他裊裊娉娉的情婦。抽出來的煙更細，彷彿一掐就斷的腰和脖子，細得簡直帶著惡意。周葦吸了一口，煙薄薄地散在口中，前面是磅礡的航海隊，而眼下就變成了湯瑪斯·曼筆下快要斷氣的結核病女士。原來菸還分男女。

「沒什麼味兒。」

「嗐，女生抽的嘛，沒那麼重，主要是抽個感覺。」

謝依然半倚在欄杆邊，過短的上衣拉出半片肥潤的白腰，臉側成個剪影，緩緩吐出一團白煙，像個空白的對話框，浮在半空中。周葦想，難怪電影裡的人無話可說時就一根接一根地抽菸。

那之後，一包菸偷偷潛進周葦的床底。在陳香蘭熟睡的夜晚，周葦光著腳爬到窗台邊，把頭從預留的窗戶縫隙中伸出去，對著對面黑乎乎的樓房一口一口地吞吐煙霧，偶爾，有一兩個房間亮著燈，像是夜行的監視器，冷冰冰地記錄著對面的一切，而周葦則用一閃一閃的紅菸頭來做回應。風和恐懼在周葦的皮膚上吹起一粒粒警惕的哨兵，尼古丁帶著她頂風作案。或許鄰居已經認出她就是那個白天在菜市場遇見的優秀生，然後第二天轉頭就可以在等待殺雞的間隙將這件事透露出去，或者乾脆下一秒驚醒的陳香蘭就會破門而入，看見她的乖女兒正在窗台上，衣衫不整地像個二流子一樣夾著香菸，自甘墮落，就像她的好父親，「好好的家不要，非要當個孬種和逃兵。」誰知道呢，或許周衛華已經在異鄉成了一個殺人犯、詐騙者，又甚至已經在牢裡寫懺悔錄、獨白詩。

有一段時間，周葦堅信周衛華已經死了，像托爾斯泰或者隨便什麼不起眼的流浪漢一樣死在某個髒亂差的車站長椅上，要麼就是被半道上認識的同伙從輪渡上扔進了江裡，被魚吃得連骨頭都找不到了，也或許被忽悠進了黑心窯，在一次突如其來的爆炸中葬身煤海，只有幾萬年以後的人類在挖掘礦石時才會讓他的屍骸以難以辨認的化石紋路的形式重見天日。總之，他必然是死了，而且死得措手不及，連他自己都來不及產生任何想法，或者留下只言片語的遺書。他死得沒頭沒腦，就只能怪老天，拆散了這一個可能會破鏡重圓的家庭，留下一對未亡的可憐妻女。如果非要秋後算帳，錯也不能完全歸到一個人的頭上，否則會顯得周衛華太重要，而周葦和陳香蘭則太不重要。

周葦上中學收到的第一份禮物，來自家族的流浪者小姨，一本卷在夢幻塑料泡泡中的天外來書——由硬紙板圈起來的威赫語言之城——最新版本的《英漢大詞典》，翻開時興奮得像乘著輪船即將在赫德森河口緩緩入港，目光落到白茫茫的紙海上，映入眼簾的第一塊英語書寫的歡迎牌：abandon，（不顧責任、義務）離棄、拋棄。新大陸自由女神用堅硬火炬給的當頭一擊，看吧，逃到哪裡也能用一個詞就將你打回原籍。

原籍是柔軟的扁梨形宮殿，位於暴躁的膀胱和優柔寡斷的直腸之間，一顆小小的浮游精子剛結束一次艱苦卓絕又聲勢浩大的洄游，其間躲避過難纏的陰道分泌物，穿越了逼仄漫長的子宮頸，億萬個兄弟都倒在身後。它是千里迢迢從異星球奔逃而來的最後的種子攜帶者、基因傳遞的唯一信使，肩負著重建星球的使命，關於x和y的歷史被刻進去，染色體的殖民史，從皮膚、毛髮一直深入到腦神經，肉體的陸地在一片汪洋中浮起，版圖是蜷縮的嬰兒形狀。然後，突然有一天，嬰兒尖叫著滑出產道，灰撲撲皮包骨的臉蛋和四肢，模樣古怪、神情茫然，像剛被抓獲只好揮著四肢求救的不明外星生物體。

有一種民間傳說，某些孩子並非出生在產房或者臥室，而是來自垃圾桶和大橋橋洞。周葦七歲前的鄰居，一個被收養的長著牛眼的大腦袋呆姑娘，父母卻尖腮細眼，現實裡的大頭兒子和小頭爸爸，湊在一起像是找破綻的遊戲。周葦也試圖對著鏡子尋找臉上的破綻，她眉毛濃密，而陳香蘭的稀疏，她鼻頭圓潤，而陳香蘭鼻頭尖尖，她嘴唇薄得像是總在難為情，而陳香蘭的則有種喋喋不休的豐腴和飽滿。懷揣著證據，壓抑著興奮，周葦在某一天小心翼翼地開口：「媽，我是不是你撿的？你看，我們一點兒都不像。」陳香蘭冷笑，拿著遙控器頭也不抬：「你長得確實不像我。」希望的火苗搖搖晃晃。「你倒是挺像周衛華，不都說女兒像爸爸？也不知道我養你幹嘛？」火苗「滋」一聲被澆滅，周葦的民間傳說之旅早早地宣告終結。

可周衛華的臉始終模糊，有過一張黑白照片，被壓在一塊霧蒙蒙的灰玻璃下，和他兄弟姐妹們的照片一起，組成懷舊博物館的一片櫥窗。周葦背著手如同參觀的遊客，櫥窗裡十幾歲的周衛華眼珠漆黑，一圈薄薄的絨毛掛在薄唇上，看起來又老又年輕，像是已經知道來不及讓她瞭解他的未來和過去，於是一併倉促潦草地展示了。婆躡著小腳，單手攀在玻璃的邊緣，像學步的小孩，對著那張照片，轉動指間佛珠，念：「阿彌陀佛，阿彌陀佛，保佑我的兒和我的孫。」

佛祖顯然對這個家庭無暇顧及，或者根本就是有心無力，一家三口跪在佛堂前上香也八成心思各異，佛總不能厚此薄彼。於是，只能自生自滅，選擇人間蒸發、憤懣抑鬱、陽奉陰違，搶方向盤一樣搶著做撞毀列車的肇事者。當然，陳香蘭認為她是踩剎車的那一位，只是在她伸出腿之前，周衛華就一腳將她踹下列車，頭也不回瀟灑離開，而拖油瓶周葦還拉著她哭哭啼啼、糾纏不休。

一方月台，人群散了，只有圓盤鐘錶還在踱步。一開始，周葦號啕大哭，傾盆的雨洩洪一樣下了幾年，漸漸地就是斷了線的珠子，抽抽噎噎，在陳香蘭警告的目光中，眼淚掛在眼眶裡畏畏縮縮地要落不落。後來只剩下漫長的枯坐，枯是淚腺的枯，眼睛的井逐年地乾下去，等意識到時周葦才發現哭彷佛已經是上輩子的事了。當然，人的眼淚總是越來越少，祕密卻越來越多，堆在枯井裡蔓生的雜草，糾纏在一起，還有那些疙疙瘩瘩的石子，誰摔進去，誰就會頭破血流、斷胳膊斷腿。大多數時候，只有井口處投來的一瞥，瞥見墨汁一樣的黑，那是還沒有成形的語言在腹腔裡打轉。於是，她們就這樣端坐在往事的月台上，等待一輛車的到來，就像等待果陀，而果陀則在車上，隔著窗玻璃漫不經心看過來，如同看一處無關痛癢的標識，標識上注明：此地廢棄。

謝依然常去的那間網吧，也由廢棄的歌舞廳改造而來，或者根本沒有改造，只是搬走了原來的桌椅，換上了十來台大頭電腦，所有人都在一顆碩大的宇宙球燈下敲擊鍵盤，聲音是踢踏舞步，從天黑響到天明。末日的「千禧蟲」也沒掙脫會分泌電子罌粟汁的英特蛛網，提前歇菜，翻過兩千年的坡頭，人們不再用腿跳舞，而是換作手指在鍵盤上跳舞。移動光標的小箭頭是一把萬能鑰匙，當謝依然忙著在聊天室裡打開陌生人的心門時，周葦則攥著它在數據迷城中一道接一道地闖空門，門後的情況出乎她的想像，好幾次，素未謀面的裸女都將胸部直接彈到她臉上，只為推銷某部「勁爆色情片」，路過的周葦看著被高光加粗的勁爆二字，不解，難道這世界還存在著不勁爆的色情片？對於初涉慾望叢林的少男少女們而言，色情片就是勁爆本身了，從天而降的原子彈，拔地而起的蘑菇雲，蘑菇都是陰莖的形狀，成年的樂園裡，這樣的比喻是雨後滿地的菌林，周葦踮腳從菌群中穿過，繼續開下一道門。直到有一天，一道通體黢黑的門出現在她眼前，黑到她誤以為是顯示屏宕了機，或者電源線被某隻過路的腳給拔掉了，直到螢光的電子螞蟻從上而下爬出來，列隊拼成方塊的文字陣隊，周葦這才趕緊扒在門後的縫隙處，偷看起電子螞蟻們的祕密演練。

一個五彩電子世界中裂開的黑色蟲洞在她眼前張開，周葦誤打誤撞跌進去像發夢的愛麗絲，洞底壁龕陳列著剖開的五臟六腑，無頭鬼們飄蕩著坦誠相見，或者根本不見，只有一串串文字從黑色泥淖中不斷冒出，冒成吉卜賽巫婆烹煮著的汩汩作響的氣泡。生病的「孩子」在氣泡裡蜷縮成福馬林裡的胎兒，「孩子」在這兒是不言自明的代號，與上帝、宇宙、桌子或者阿彌陀佛一脈同宗，或許來自某個藏匿的先知創世者，它揑出代號、支起黑色幕布，被加粗放大的「病」字是被念咒般召喚著吐出的絲絲蛇語，受到誘引的「孩子」們便自動順著長長的網線爬進來，開始自發的表演。表演的形式有且只有一種——獨白，碎碎念的腹語、歇斯底里的抒情詩、被句號打斷的結巴話，排著隊悉數登場，陳述自我的病症：被迫緘默的倒錯之愛，與被窩合謀的手淫，恨與愛殊途同歸的恐懼，反復發作的自戕蕁麻疹⋯⋯所有表演都以沉浸的形式進行，在病的深潭中受洗一番，然後又回到陽光底下去繼續做人，這裡奉行一種內外的涇渭分明，匿名制提供了一種新型的豁免權。

然後，某一天，備受鼓舞或蠱惑的周葦也嘗試用鍵盤敲下自己的開場白：

今天，我又被我爸爸打了，用43碼的皮鞋，鞋在我的手上蓋一個紅色的鞋印，像犯罪現場不小心留下的證據。我打算去給自己做一個這樣的紋身，但如果被我媽看見了，一定會連皮帶肉地把它剜掉，因為她可以忍受我殘缺，但沒辦法忍受我變壞。

爸爸也用皮鞋打媽媽，有時候用皮帶，或者用領帶捆住她的手，像綁尼龍口袋一樣地把她綁起來，在房間裡拖來拖去，有一個不死心的媽媽在口袋裡掙扎，爸爸就再補上幾腳，她就老實了。「老實」是爸爸打媽媽時的口頭禪，後來變成了打我時的口頭禪，就像警察抓捕犯人時會說的話，我想我和媽媽身上一定有什麼還沒招供的罪行，否則爸爸為什麼會那麼執著地說那句話。也有不挨打的時候，爸爸牽著媽媽，媽媽牽著我，三人兩足遊戲一樣綁在一起去逛商場。媽媽站在貨架前給爸爸挑選皮帶、領帶和皮鞋，爸爸則一屁股陷在休息區的沙發裡，只一雙眼睛在店裡女人們暴露的腿間走來走去。這時，媽媽拿過樣品在爸爸的身上比畫，就像之後爸爸在她身上比畫那樣。結過

帳，我們一家人就開開心心地走出門去，誰也不知道媽媽胳膊上挎著的購物袋裡裝好了最新的刑具。

這也是為什麼每次到了行刑時我總沒辦法對媽媽產生同情，因為在某種程度上一切都是她咎由自取，她本來可以不花錢買下那些結實的刑具，這樣一來，爸爸或許就不會那麼順手地抽皮帶或者解領帶，他會孤立無援地站在客廳的中央，發現全身的武器都被卸下來了。有時候，我甚至希望爸爸能夠打得再厲害一點，打出紋身一樣洗都洗不掉的傷痕，這樣媽媽或許就沒那麼容易原諒他，畢竟，她沒辦法忍受任何紋身，但不管爸爸多麼用力地繃緊手臂、掄起胳膊，媽媽總是可以像湯姆貓一樣被壓扁了又恢復原形。我也想過死，和媽媽一起，可媽媽大概不會願意，她只會反過來給我一巴掌，說，我們有什麼對不起你的？

一篇囉囉唆唆的小作文，寫完後周葦就迅速地點擊發佈。她感覺身體裡有什麼結實的東西從那清脆的按鍵聲中滑出去了，滑進那片黑色的泥潭裡，一瞬間就被翻湧上來的泥漿給吞噬。一種被需要的感覺充盈著她的內心，那一刻，她幾乎甘心以肉身餵飽夜行的飢餓野獸。

虛空並未讓她難得的慈悲之心落空，給予了以下回應：

「父母之愛是人類創造出來的最大的謊言。」

「不要對陌生人說話。陌生人，你好嗎？」

「我爸爸也是這樣，但他拿刀，把我的耳

朵砍掉一半，可惜後來醫生給我縫上了，給我包紮的護士說我像梵谷，哈哈。」

……

像是在封閉池裡撒下一把餌，魚兒們頃刻間游弋而來，或者說更像是在水裡自戕，血腥氣一散，鯊魚群就聞風而動。在這裡，人們爭相啃噬記憶這具巨大的屍體，又產出新鮮熱乎的殘骸去堆積出更大的墳冢。周葦做出的卻是一具假體，沒有那樣一根皮帶，也沒有那些殘酷的疤痕，自然也沒有手挽著手在商場閒逛的溫馨場面，好的壞的一併沒有，於是，只能在空白的廢紙上隨意塗鴉，而畫面在落筆前就走進了顱腔，先入為主地替她安排好父親的形象，一個蠻橫的暴力狂，被關押在家庭的鐵籠中，以摧殘籠中的弱者為樂，又或許沒有樂，暴力就是暴力，天生如此，如同新聞裡那些掐頭去尾的描述，故事的細節被藏在龐大骨架的陰影中，無人在意。一個壞的父親比一個好的父親更讓周葦覺得親切，這樣一來，他的不存在就變成了赦免而非掠奪，是老天爺對她們母女真誠的饋贈，她應常懷感恩之心。

陳香蘭也是這麼教育她的：「你還有什麼不滿足的？」日常的發問，問到周葦也啞口無言，還有人沒有胳膊、沒有手臂，有人一生都得躺在氧氣機邊過活，「比起這些人，你算幸福得不得了的了」。幸福的人生都是相似的，不幸的人生各有各的不幸。電視裡只要不斷轉台總會遇到的人間慘劇，一種參差的幸福宣傳，世界在相對理論的威逼下步步退縮，在痛苦面前最先學會的應當是謙虛。

可謝依然顯然並不需要遵守這一原則，僅僅是半吊子的失戀就足以讓她的宇宙經歷一場大爆炸似的崩潰，炸出委屈的酒嗝、香菸的碎屑和蛇一樣滑進周葦脖子裡的眼淚。當她靠在周葦耳邊時，嘴裡呼出的騰騰熱氣都在幫聲控訴，控訴為什麼對方對她毫無回應。謝依然談起禮貌，即使出於禮貌，男生也應該有所回應。這些話聽上去熟悉，陳香蘭不止一遍地強調過，「出於責任，他也不應該這樣一走了之」。有什麼東西被避而不談了，走投無路時，更加威嚴的詞彙——禮貌、責任或者是良心——便會代替當事人來發聲。可沒有禮貌，沒有責任，更沒有良心，只有一端的沉默鐵塊，重重地壓下來，讓另一端的心如坐雲端、不能著地。像在遊樂園被機械搖臂猛地拋上半空又突然停下，笑聲也卡住了，時間被切割成地上和地下的部分，上有天堂，下有地獄，創世的對稱性，上帝一定是個強迫症。

「沒有天堂就沒有地獄，相對論就是這個意思。」

一個陌生的帳號在周葦關於謝依然的故事下留言，像是神諭，又像大言不慚。

「那有的是什麼？」

「中間的部分，沒那麼好，也沒那麼壞。」

聽起來像是一種本分的實用主義，等到周葦想要進一步刺探，發言的陌生人就像一隻狡猾的枯葉螳螂，藏進叢生的黑色草葉之中，無處可尋。

鞋碼人生

高中剛剛落成的游泳館裡，周葦划動著雙臂，透過半透明的藍色水波，看見高挑的泳池穹頂如拱起的巨大鯨脊，捐贈者的名字鑄成黃銅招牌，被發白的陽光浸潤流出赤金的光澤，四周淺色瓷磚上水波粼粼浮動，一如青春期裡大腿和屁股上悄無聲息迸裂的蜿蜒生長紋。周葦和謝依然從池子的一頭游到另一頭，游成兩尾飽食終日而無所事事的彩色熱帶魚。彩色是緊裹住身體的游泳衣、夏天長出的第二層皮膚，冰涼、光滑，毫無贅餘地將少女逐漸擴張的曲線勾勒出來，走在池邊時，總有可疑的目光從她們身上輕輕掃過，探測儀一樣試圖從裸露的皮膚上尋找些什麼。

那些目光是逐漸走向成人世界時長出的增生，提醒著周葦有什麼東西正在變化，她並不厭惡這種變化，但厭惡變化的緩慢，像是鱗片需要一顆一顆掉落，或者是慢鏡頭下艱難的蟬蛻，在新生前必須經歷一段痛苦的焦灼。有幾年，周葦總變成鳥，一到夜裡，就開始在床上飛行，終年大霧的灰色夢境裡，她毫無障礙地盤旋在高低錯落的房屋樓頂，一會兒滑過得了白內障的窗戶，一會兒又折身鑽進一片毛髮旺盛的叢林，當然，最多的還是在濃霧覆蓋的荒原上漫無目的地飛行，像是末日後一架被地球人不小心遺落的飛行器。最後，總是無一例外地在驚惶的失重感中墜回床面，狼狽如同被海浪無情拍上岸的魚，嘴還在半夢半醒間一張一合地大口呼吸。與此同時，周葦的身體開始竹節一樣地躥起來，躥破了一米六的封鎖，一路狂奔到了一米六五的半程，最終在一米七的紅線上剎住了車。據生理衛生課老師的說法，這都歸功於她那些不停墜落的飛行，骨頭打造的列車在夜裡飛馳，她費力攀緣在車壁上卻總是被慣性摔出夢境。同樣被摔出去的還有短到腳脖子的長褲、氣喘吁吁趴在背上的T恤，以及無法再讓搭扣牽手的胸衣，唯一沒有遭到驅逐的只有鞋，腳走到37碼就再也不肯多走一步，這一點和陳香蘭相似，她到四十歲還只穿36碼，周葦好歹在媽媽的小腳印上往前探出了半釐米。

「你腳大，走得比我遠，我就是吃虧在這雙小腳上，一輩子都困在這個小地方。」

陳香蘭有一套關於鞋碼與人生的對應理

論，彷彿40碼腳的人就應該衝出地球奔向火星，對此，周葦從來不去反駁，她把這當作陳香蘭對她為數不多的祝福之一，即使隨著這祝福附贈的還有一連串的試探。

「我知道，你早晚會跟你那個渾蛋爸一樣跑掉的，到時候我就一個人待在這，你也不用管我，老了就去養老院，現在養老院的條件多好，還有人陪我聊天，我就當沒生過你。」

多少年了，陳香蘭還是這一套迂迴戰術，要是周葦被蠱惑真的跳進陷阱，她就會一把鼻涕一把眼淚痛罵她不忠不孝，然後開始真情實感地哀嘆自己命運的不幸：十月懷胎，肚子大得看不見腳背還要走十幾里山路去鄉里電站，羊水破的那天跪著挪到門口找鄰居幫忙，還有黑白顛倒的漫長育嬰期，奶是母親的血肉組成的，以及坐月子時爬上腰背的頑疾，「一下雨就頭痛，因為那時候吹了風」，風吹了十幾年也不停，周葦被吹成了將近一米七的大高個，37碼的腳已經夠她走到地球的另一邊了。陳香蘭恍然悔悟：「還是你小時候乖，我指鼻子，你就說鼻子，我指眼睛，你就說眼睛。」說的是周葦早忘得一乾二淨的某個童年遊戲，據說人無法保留三歲之前的記憶，陳香蘭卻堅持認為那是屬於她們母女的最好的時光。這當中必然有某些細節出現了錯誤，以至於結果與預期有了巨大的偏差，陳香蘭不明白，她含辛茹苦、忍辱負重、全心全意養育出來的女兒為什麼最終卻變成了她的仇敵，而周葦不明白的是，為什麼她一絲不苟、戰戰兢兢、竭盡全力地向陳香蘭的完美目標靠近卻總是在快要成功時又被她一把推倒在地。黏黏糊糊的掛了滿臉的淚水，順著歲月鑿出的皮膚鴻溝流成了河，那些驟然到來的雨季，周葦不得不扮演一隻渾身濕透的小狗，企圖用同樣淚汪汪的眼睛、輕聲的示好犬吠以及從出生就應該攜帶的忠誠基因來乞求風平浪靜。怨恨卻悄無聲息地在雨季瘋狂滋生，周葦厭惡陳香蘭認為眼淚是有用的，想必周衛華消失的那段日子她沒少哭，而她卻全然沒有吸取上一段教訓，轉頭又義無反顧地在自己女兒身上重蹈覆轍。染色體的集合，雙面碟周葦，A面放著清純乖女兒的甜美歌謠，翻轉到B面就變成逆子將吉他撥出不耐煩的噪聲，周衛華冷血基因的唯一繼承人，陳香蘭對著她哭成了一個孩子，孩子自己只覺得身份被盜取。

於是，孩子也學著扮演大人。

周葦的第一次戀愛（並非初戀，她固執地認為那屬於白衣何方），開始於高二上學期的初秋。在一次冬日散步中，眼鏡男孩小余將她的手揣進了自己的口袋裡，他們在厚重的棉織物裡學習牽手，十指交握時有種榫卯結構的精準。小余白淨瘦削，手指摸上去光滑、冰涼，如同雨後被晾乾的竹節。周葦被這個突兀的動作本身打動，像是第一次撫摸小狗柔軟的肚皮，世界把它藏著掖著的部分展露出一角，等待著被碰觸。

一片柔軟的蚌肉，藏在堅硬的外殼裡，名為「愛」的珍珠被輕而易舉地擠出，潔白無瑕的玲瓏一顆，小余將它從日常的詞海中打撈起來放到周葦手心。周葦理應有所觸動，可心臟卻像沒了電的遙控器一般讓她洩氣，高亢反復的愛之告白在耳邊劃過成汽車的鳴笛，只引起一陣緊張的震顫，過後則是淡淡的惱怒，惱怒於它的堂而皇之，彷彿天下再沒有比愛更加理所當然的事情。這種時刻，周葦就變成了不能解讀唇語的聾啞人，或者身處於斑斕春天的盲人，她也曾試圖模仿這種堂而皇之，結果卻變成跛子的邯鄲學步，滑稽透頂。她並不意外地明白自己並沒有那樣一雙健全的腿可以用來在愛之跑道上狂奔不停。可缺失又使她病態地需要那些聲音、色彩和肢體，需要小余不厭其煩地傾倒愛意，如同傾倒不能隔夜的垃圾。不僅是「愛」，小余還善於將「永遠」見縫插針地塞進這段漏洞百出的戀情裡，譬如，和晚安捆綁出現的「永遠愛你」，聖誕卡上附帶著愛心貼紙的「永遠在一起」，校外飾品店老闆兜售給他的情侶項鍊，字母拼湊的一長串「forever」，在周葦的脖子上纏成一個冰涼的莫比烏斯環，無限循環地進行愛的宣誓。但她說不出愛，只好舔一舔有些乾枯的嘴唇，禮貌地說「謝謝」，除了謝謝之外她就詞窮。直到臨近畢業的某天，小余說出了「拜拜」，周葦才終於獲得了對仗工整般的平衡。

一則簡單的初戀故事，掐頭去尾再清理掉那些略顯肉麻的細節，僅剩下一些支離破碎的鏡片，反射著並不完整的情節。

他們在學校七樓的畫室接吻，一旁是半乾的顏料和支起的畫布白帆，不遠處一顆粗糙的大理石頭顱冷眼看著這對情熱的少男少女。因為害怕接吻後的四目相對，只能將吻長長久久地彷彿沒有盡頭地繼續下去，親到最後唇瓣都被摩擦得充血發腫，才多此一舉地把頭轉過去，看畫布上歪歪扭扭的頭顱素描，或者用指尖去蘸黏稠的顏料，好讓對方在走神中重新變得熟悉。她記得，在那些片段中被風餵飽後鼓脹起來的窗簾，像牆上長出的巨大白色鳥蛋，有什麼東西亟待破殼而出，但最後又總被風吸得乾癟，這讓她覺得傷感。這時候她又變成敏感憂鬱的青春期少女，不肯忽略那些一閃而過、似是而非的細節。她總喜歡盯著小余害羞時透明發紅的耳垂，以及臉頰上那些如同植物經脈般伸展開的纖細血絲，這讓他看上去接近於透明，接近於消失。為此，她原諒了他伸進自己嘴裡的舌尖，以及有意無意擦過她胸口的手臂。她甚至希望他能夠下流得徹底一點，但小余始終保持矜持，以掩蓋人生第一次面對另一具身體時的慌亂和茫然，這讓他的動作常常矛盾地毛躁又溫暾，彷彿急於走進迷宮，又對迷宮竟然如此複雜而感到生氣。

其實，他大可不必生氣，用不了多久，他就會像主人一樣大搖大擺地在迷宮裡穿堂而過，熟悉每一個轉向和按鈕，泰然自若地下達指令，就像表姐那樣。當然，表姐屬於無師自通的天才，深諳如何擺布身體以及人心。小余是後進的勤學者，一步一個腳印地通關，順序已經排列在腦子裡了，從躍躍欲試的手指到在等待中輕微戰慄的嘴唇，再順著凹陷的腰部游弋到凸起的胸，按圖索驥的路線，像觀光客拿著指引圖遊覽。未來，還有許許多多如出一轍的迷宮在等待，翻過這座山，還有那座山，闖關遊戲的世界才剛剛開始加載。

加載完成的世界就藏在周葦的臥室裡，一位結識於小黑屋裡的好心陌生人發來一部《飯島愛作品集》，那時這個人名還沒有成為某部小清新電影譯名的諧音。飯島愛的後面還跟著蒼井空、北條麻妃、藤本愛玲娜、小田梨亞里沙……名字串成一條由東而來的傳教長隊，一張張陶瓷面孔被印在廉價的海報上，掛成女色的眾聖堂，低眉斂目地普度眾生。

「這是男生的啟蒙聖經。」

陌生人從數據線的那頭敲擊出一句自白，周葦的目光隨即掃過「聖經」目錄，驚訝於它們的瑣碎和龐雜，地點囊括了你能想起的幾乎所有生活場景，廚房、客廳、街道、電車、教室，甚至還有空無一人的客機，似乎它們每時每刻都在發生，光腿的叢林世界，性愛的蠻荒之島，現代的佈景不過是一種反差的點綴。在陳香蘭熟睡的深夜裡，周葦端坐在那台出於學習目的在高一購入的液晶電腦前，乘坐著圓頭鼠標潛艇暢遊於幽謐的情色世界。這是一個男人總是面目模糊的世界，他們以背影、側臉、後腦勺、低吼以及命令語的形態出現，而女人則袒露成一望無際的沙漠，任由前者去冒險探尋那起伏的丘陵和零星的芳草地，兩者搭配成薯條配可樂的速食快餐，一天售出一百萬份。就像電視機裡反復播放激情澎湃的廣告語：「某某奶茶，一年賣出七億多杯，杯子連起來可繞地球兩圈。」事實上，地球早已被這些舶來錄影帶覆蓋，甚至不止於此，它們多到地心引力都超載，一路飛出太陽系、銀河系，浮游成宇宙中失重的垃圾，直到某一天，墜落在億萬光年外的某個星球，被另一種生物拆解、觀摩、研究，作為文明的素材。就像電腦前的周葦那樣，器官特寫成出擊的直拳，她驚異於它們的醜陋、古怪，如同凸起的腫瘤，散發著一種病入膏肓的氣息、一種造型上的邪惡，像是造物主開的惡意玩笑，快樂與邪惡的孿生法，一體兩面的教義，她發現，高潮時人們的臉總不自控地扭曲。

表姐也曾經大發慈悲，或者是心血來潮，試圖教導周葦如何去開啟身體的祕境：順著三角地帶一路往下，撥開蔓生的叢林，濕熱的野生峽谷過去無人問津，手指的探險者分隊在那晚第一次造訪。「感覺到了嗎？」表姐在黑暗中追問。周葦躺在一種雜糅著疲憊、輕盈、驚悸和微微震顫的陌生尾韻中，雙眼緊閉。不過，她一向都雙眼緊閉，即使睜開眼也是黑暗，可黑暗與黑暗有所不同，睜眼的黑暗是整片洩露的石油之海，封閉、窒息，她是通體烏黑、黏稠、發爛的鳥，失足落入，自投羅網。那是唯一一次，表姐忍受了問題的有去無回，彷彿刻意的縱容，在這種沉默的縱容中，周葦察覺到她們突然成了隱祕的同謀。表姐當然知道，她感覺到了。

高二結束後的暑假，小余要去外地集訓，出發前一天，他邀請周葦去他家坐坐。最初，兩人真的就是坐坐，一個坐在床邊，一個坐在電腦桌前。窗簾被提前拉上了，午後陽光被濾成暗黃的半透明，他們在裡面浸泡成兩具靜止的標本。畫板變成地板，深一塊淺一塊地疊著陰影的素描，白窗簾變成了藍窗簾，藍色溢到窗邊的單人床上，就有了藍被子、藍床單、藍枕頭，穿著藍T恤的小余像是床上飄出來的昨夜未做完的夢，他正低頭對著電腦的藍屏幕尋找一部可供情侶觀賞的電影，這樣他們就不必再思考要將目光放到何處比較合適。最終，小余挑選出了一部叫《空房間》的片子，簡介一欄寫著：「纏綿悱惻的愛」。然而，先纏綿起來的不是愛意，而是睏意。睏意從屏幕上女主角的床上懶散悠閒地爬出來，爬上周葦的眼皮，童年被陳香蘭強制午睡的後遺症多年後再度發作，倒在那片棉織物的藍海裡時，周葦幾乎是一腳就跌進了夢裡。夢裡塞滿了稻草一樣的陰影，逼近的熱度捲起一陣無法擺脫的焦灼，半夢半醒間，一陣壓抑的抖動將她從夢裡搖晃出來，脖頸若隱若現的濕熱，像是有小狗在舔舐，她聽見了小余的聲音。周葦決定繼續躺著，等一切過去，他們現在疊躺著的姿勢太像電影裡的那對男女。結束後，小余鬼魂一樣地飄下床，又打開窗，讓風吹散了那種人造的熱，然後鬼鬼祟祟溜去洗手間，轟鳴的水管洩漏出和鞋船造訪陳香蘭的夜晚一模一樣的聲響。她當然感覺到了。她還是躺著不動，直到小余回到房間，把鍵盤敲擊出心虛的聲響，她才多此一舉地揉著眼睛彷彿從漫長的午睡中回來。

「電影放完了？」

小余點點頭，沒有轉身。

「好看嗎？」

又點點頭，還是沒有轉身。

有一段時間，周葦偏愛那些演技拙劣的演員，看到那些無意間露出的馬腳，她會覺得親切。

某日，挽著謝依然的手在晚自習時偷跑出來閒逛的周葦，撞見了同樣挽著某隻手的陳香蘭。他們一對站在街的東邊，一對站在街的西邊，像魯迅的兩棵棗樹，站得各有道理。換作往日，陳香蘭必定會橫衝過街，像一輛剎車失靈的大卡車，在聲帶憤怒地按壓出的尖聲鳴笛中，與逃課的不孝女同歸於盡。這一次，有所不同，她顯然被什麼絆住了腳，哦不，是絆住了手，那雙粗壯的男人之手，勾住了陳香蘭本要奔湧而出的騰騰怒氣，使它們只能暫且委身於一種教養良好的矜持之中。隨即，她把男人的手褪下來，像褪一隻想要又不能買的鐲子，然後，耐心地等待紅燈轉了綠燈，才調整好腳步朝這邊走來。「怎麼在這裡？今天不上晚自習？」「對，最後一節取消了。」然而，褶皺的川字眉和緊抿的一線唇抖露了陳香蘭煎熬翻滾的心，「那還不回家，在外面瞎逛什麼？」你不也在瞎逛？和一個來歷不明的男人，渾圓的肚子頂起Polo衫像懷胎六月，難道是為了牽孕婦過街？回擊的話在周葦的肚子裡打了一圈轉，最後還是咕嘰著被軟弱消化掉，目光卻溜著號往男人臉上瞟。在家裡耳濡目染了多年人情世故的謝依然十分有眼色地救場：「阿姨，是我讓周葦陪我來買本練習冊，我們這就回去。」台階擺出來，陳香蘭決定寬宏大量地先走下去：「嗯，你先回去，我還有點事，等會兒就回來。」說完，還用手指勾了勾周葦要掉不掉的碎髮，卻在別人都看不見的角度，狠狠地瞪過來一眼。

周葦終於知道自己拙劣的演技遺傳自何處，陳香蘭那副道貌岸然的樣子簡直是漏洞百出，但她還要裝腔作勢到底，回到家就把高跟鞋連同對周葦的回答一起甩到對方臉上。「我需要向你交代什麼？倒是你，想一想要跟我交代什麼！」揣著明白裝糊塗，可陳香蘭說的句句在理，周葦這次沒有站在任何高地。過了一夜，這件事就和被子一同被翻過去，誰也沒有交代出一個子丑寅卯，就當什麼也沒有發生過，繼續吃飯、上課、上班、看電視、睡覺，為雞毛蒜皮的小事拌嘴，房間裡的大象都等得不耐煩了，像詐騙犯遇到油鹽不進的敲詐對象，只好帶著憤恨、不甘和失望連夜逃掉。

「我一向自認為是一棵彎曲的樹，所以尊敬那些筆直的樹。」

周葦也是一棵彎曲的樹，品行、道德、價值觀都隨著九曲十八拐的花花腸子一起彎得徹徹底底了，但她和詩人不一樣，冬天光禿禿的白楊在家外站成盯視的哨兵，她背著沉重的大書包經過時常常會狠狠地對著那直挺挺的樹幹踹上一腳，有時能踹下幾片責備的枯葉，但大多數時候只踹出腳心的鈍痛。就像她總無法面對小佘說起「愛」時的理直氣壯，於是，只好花樣百出地折騰他，一會兒要吃校門口東邊的燒餅，一會兒要喝食堂裡不加糖的豆漿，然後，咬著吸管無動於衷地看他凍紅的臉，紅是熱情的顏色，沒心沒肺的周葦以消耗它為樂，就像拿著一塊新買的橡皮擦在紙上無意義地來回摩擦，一直摩擦到兩手空空為止。

其實，如果順著白楊那些筆直的紋路直往

深處看，會看見每一條紋路都褶皺彎曲，一種遙遠的障眼法帶來了欺騙。但周葦選擇不往深處看，不去探究那個陌生男人的神祕來歷，不尋找那隻鞋船的主人，不對陳香蘭的夜晚時間打破砂鍋問到底。十歲以後，她就沒有試圖向任何相關人士打探過周衛華的歷史和蹤跡，就像數學老師對她的評價：聰明有餘，但缺乏鑽研的精神。她傾向於讓萬事萬物從她的頭頂游過去，而她躺在水底，看浮光掠影。她不知道距離究竟能不能產生美，但小余離開的日子無疑是他們最好的日子。

在那些日子裡，兩人用電話粥延續溫情，當手指下意識地轉動著卷曲的電話線時，周葦會產生一種錯覺，自己彷彿一位立身廚房攪拌湯粥的妻子，正溫柔地等待著晚歸的丈夫。丈夫告訴她遠方的奇遇：坐著豪華大巴從長安街打馬而過，道路闊得像廣場，人是灰撲撲的芝麻點，訓練班裡的油畫老師脾氣壞得像卡拉瓦喬，每次都拎著一瓶紅酒走進畫室，藝術要解放天性，學生們背地裡卻說他大約是懷才不遇，然後就是沒日沒夜地畫，胳膊都快畫出筋膜炎了，素描、水彩、油畫，每天換下來的衣服五顏六色像被揍了一頓，連帶著人也被揍了，卻毫無還手的力氣，挨著床就仰面一躺，人事不知，舍友男生的襪子硬成雕塑，在床尾擺成一場小型當代藝術展，終於逮到某個休息日，四五人結伴去著名美術館，展廳冷氣開得像停屍間，孤零零的十來件裝置作品是打了蠟的光滑屍體，一圈看下來，領頭的男生斷論它們「全無靈氣」，末了放言要將自己的作品放進美國的大都會博物館。電話那頭小余在長達幾分鐘的冷嘲熱諷後忽然停下來，語氣在情緒宣洩後的空白中束手束腳變得赧然：「是不是很無聊？」

可他一定是誤解了無聊的含義，下面就由周葦來為他講述什麼是真正的無聊：

無聊是一天被鬧鈴的尖利聲波鋸齒鋸成兩半，按下開關鍵之後的十分鐘裡，耳朵還在餘震般轟鳴，就著轟鳴飛速刷牙、洗臉，套上鞋襪和外套，爬出房屋像爬出蝸居的戰壕，屋外的街道和天空都黑著臉，早餐店的老闆娘也黑著臉，店裡零星幾個顧客沉默著埋頭吃麵，吃出了行刑前最後一頓的了無生趣，然後，蔥花和蒜的氣味纏上來，在漫長的早讀時從張合的嘴裡溜出去，溜進那些荀子、倒裝句、歷史意義和代表大會的沸騰聲響裡，咕隆隆像在煮粥，日光燈下的同學白著一張張臉，白成被泡發的飯粒，「要像海綿那樣吸取知識」。在知識的海洋裡，他們腫脹發胖，知識點塞滿周身的毛孔，塞出癢痛的青春痘，「要等成熟一點再擠出來」，沒有成熟的只好暫且忍耐，等待那一刻的到來，那一刻被無數形容詞的糖紙所包裹，「曙光」「黎明」「最後的戰役」，而在此之前的日子，是臥薪嘗膽，讓苦味檢視過每一粒舌苔，然後再將糖剝開放上去，於是，只能拖曳著沉重的身軀勉力浮游，以免在汗水灌注出的鹹濕的知識海洋裡窒息。可周葦卻時常感到窒息，古人是頭懸梁，她的繩索卻掛在脖子上。只有小余從遠方遙寄而來的浮木能讓她暫時鑽出水面，呼吸片刻，彷彿鐵達尼號上的傑克和蘿絲，只是傑克已經乘坐另一艘大船揚帆遠航了。但蘿絲仍舊選擇等待，倒不是為了別的，僅僅是因為小余確實有著傑克一樣的好模樣，在這一點上，她完整地繼承了陳香蘭的基因。

說到底，周衛華還是個美男子，那張壓在玻璃板下的照片可做憑證，另外還有一隊證人的發言。

一號證人，三姨：「那誰當年第一次來咱們家，媽還說太俊了，看著靠不住。」

二號證人，外婆：「我說的沒錯吧？不聽老人言，吃虧在眼前。」

三號證人，張阿姨——陳香蘭多年好友，嗑著瓜子：「那時候長得確實俊啊，像哪個明星來著。」歪過頭像是要把往事倒出來，耳蝸裡慢悠悠爬出隻記憶之蟲，猛咬一口，張阿姨叫喚得大家都轉頭看她：「哎呀，黎明嘛！《甜蜜蜜》裡的那個！」

四號證人，陳香蘭自己，血淚的教訓傳給獨生女：「以後找男朋友不能光看臉。」

高三寒假，漂泊在外的小姨終於回家，順道還帶回來一個準女婿。一家人去山裡吃農家飯，飯後，幾姐妹坐在燒火的堂屋裡談心。陳香蘭作為負責任、有良心的姐姐毫無保留地交出了自己半生經歷漚出的口頭心經：「你們年輕人找對象，不要老是看樣子，首要要看的還是條件，要買得起房、買得起車，給的彩禮也不能少，少了叫人看輕，不會珍惜你，我當年就是……」

陳香蘭的話在砂紙似的水泥牆上蹭來蹭去，蹭得周葦耳朵發癢，就揣手溜出房間，出門撞上坐在外間的準小姨夫。房間並不隔音，陳香蘭斷續的話火星子一樣在冷空氣中炸來炸去。準小姨夫只能尷尬地笑，一口口地往肚子裡灌茶水，喝到一半靈感乍現似的，眼睛朝一旁百無聊賴玩手指的周葦湊過來，終於攀上根話題的浮木，問：「讀高幾了？」

「高三。」

「那壓力很大啊。」

周葦乖巧地笑了笑，不接話，想把他從浮木上推下去。她很為陳香蘭害臊，但她又希望陳香蘭能把破罐子再摔得更響些，順道把那些陳年的破爛都從這個家裡的犄角旮旯裡翻撿出來，把這個穿著亮頭皮鞋的愣頭青給嚇退回去。她瀟灑的哈雷彗星小姨也要嫁人了，掃把上很快會綴上丈夫、孩子和待洗的碗筷髒衣，他們會拖拽著她一頭朝地面撞去，直到撞成一顆焦黑的醜陋隕石為止。

看看陳香蘭就知道了，她甚至沒有真的進入婚姻，卻已經讓生活焦土遍地了。喋喋不休的未亡人，讓永不熄滅的憎恨之火燎盡一切話題，她不停地說，當年，當年，當年，聽起來就像拿腦袋撞往事的鐘，這是她數年如一日的清修、聲聲沉鬱的苦行。

周葦從撞鐘聲中走出去，她喜歡冬天的風，有一種刮骨的寒意，彷彿把身上陳年的罪孽淤泥都刮乾淨了，只留下光禿禿的自己，樹也光禿，山也光禿，被卷盡枯葉的道路潔白得像聖人的心腸。她不想做聖人，於是一腳接一腳地踩地。踩到沒有人也沒有聲音的荒野裡，她拿起小姨給她新買的粉紅翻蓋手機給小余打電話。

小余的聲音聽起來躲閃。

「我現在不太方便，在畫室。」

「哦。」

本來想說「我想你」來著，周葦把沒說出口的廢話和腳下的枯枝一齊踩斷，踩出電視劇裡擰脖子的脆音。

「你在哪裡呢？」

「我也不知道。」

「什麼？」

「我也不知道。」

沉默和風呼啦啦地瞬間就灌滿聽筒，周葦的耳朵出現一陣若有似無的轟鳴，像溺水，又像升空。荒地裡一隻吸飽了風的塑料袋在半空中飄來飄去，她想起《美國麗人》裡那對私奔的小年輕。「私奔」，多古典的詞，她想到就笑了。小余又問她笑什麼。她說沒什麼。小余有些不高興，說，有什麼就說嘛。周葦說，真沒什麼。兩人在電話兩頭玩起擊鼓傳花，傳到後面都沒了耐心。

「你為什麼老是這樣？」

「什麼樣？」

「算了算了，沒事我就掛了。」

「嘟——」

周葦沿著原路返回，一路上撿了三個松果、兩顆黑石子和一根掉落的鳥毛，也許是雞毛，她把它們擺在一起，用手機拍了張照。如果小余沒對她說那些話，大概她就會把這張照片傳送給他，雖然她還沒搞明白怎麼傳彩信。不知道怎麼傳彩信這件事又讓她難過了一陣，不僅是彩信，還有長安街，還有那些所有的遙遠的沒有一絲現下生活氣息的東西，她都一無所知。她的生活就是外婆家後面的那潭被綠苔悶死的綠水池，只有日復一日滿灌的生活垃圾和永遠不肯散去的蒼蠅蚊蟻。陳香蘭還在她的耳邊嗡嗡旋繞，她永遠拍不死那道聲音。她終於想明白了小余說的「這樣」是什麼意思，「這樣」就是，這裡永遠都一樣，這一次，她十分難得地贊同了他的評語。

不然還能怎樣呢？穿過大半片田野，喝了一肚子冷風，和男朋友小吵一架，再進行了長達半個小時的反思之後，周葦一踏進屋子就聽到了陳香蘭的聲音：

「這麼多年，我就當他死了。」

海的女兒

說起死亡，周葦算不上熟悉，但也與它打過照面。

那是一棟低矮的兩層樓房，周衛華的父母——周葦的公和婆——的穴居之處，從半開的單人寬捲簾門鑽進去，貓腰時有一種被押解的狼狽，房間也暗得像地牢，白天裡是不開燈的，「電費流起來像水」，可水龍頭也不常開，只微微地鬆一鬆，黢黑的水池裡放一隻桶，滴答滴答走一天，走得整棟樓都浸出岩洞的寒意，便足夠晚上燒沸了溫暖身體。一度，公懷疑鄰居家搭線偷了他們的電，找上門去卻被對方用木棍打青了腰，在與幾個女學徒糾纏多年的桃色緋聞中，他早忘了自己已不是那個徒步幾十公里山路的鄉村醫生。老男人總盼望著在年輕女人的身體上找回青春，然而青春的妙處之一恰好是冷酷，面對糾纏不休的老男人不耐煩了便一棍子打倒在地。至於婆，婆是無知無覺的肉身雕像，半坐在一張筋肉暴露的破皮沙發上，終年如一日地捻著一串檀木佛珠。

「一句阿彌陀佛是一個功德。」

泛黃的功德本上畫滿了正字，一筆代表一百句「阿彌陀佛」，婆不識字，寫出來的「正」歪斜如佛語中的卍字法印，堆疊起無量功德的金山銀山，捧到佛祖面前以期換糧換米似的換取陽壽。佛珠走到盡頭便能走到一個看不見的陰陽黑市，在某一天，婆會踩著短暫裹過的小腳拿著那個破舊的記帳本，等待著掌管壽數的神明割下一片壽命如割下一塊豬肉，然後，小心翼翼地揣回來，烹煮給整個家庭分而食之。不過，豬肉婆是不吃的，就連夏天的蚊蟲在她乾枯的手臂上著陸時，她也只是輕輕挪動一下坐姿，動作緩慢有一種神明的慈悲，在餐桌上卻也會把大塊的肉排夾進周葦的碗中，於是便又從高高的無色界天中落回到欲界天，變成另一種柴米油鹽的長者的慈悲。又或者是一個蘋果，藏在一扇雕花紅漆木櫃門裡，需要跨越堆積數十年的衣服、腐爛的廢紙箱、一隻老痰盂和折了天線的收音機才能抵達，婆不是走進去而是掉進去，掘墓一樣掘出那個蘋果，周葦將它握在手裡時像握住了一顆軟塌塌濕乎乎的心。

這樣的場景屈指可數，每一次，陳香蘭都只將周葦送到小樓前的巷道口，讓她自己去敲響那道門。她是連接斷橋僅剩的鋼筋、敵國間多餘殘留的仇恨血脈，於是字正腔圓的爺爺和奶奶變成了含在喉嚨間語焉不詳的公和婆，古石碑上被磨掉一半的甲骨文、勉力強支的枯朽獨木，以及陳香蘭從未喊出口的公公和婆婆。傳承千年的孝道衣缽是過大的冠冕，戴在周葦頭上生疏而滑稽，陳香蘭半蹲著替她整理衣冠。

「意思意思就行了，他們倒省事，白撿個便宜孫女。」

意思和意思撞在一起，撞得小周葦如墮雲霧。唯一一次，周葦在婆家過夜，臨睡前，婆端來一個用熱水溫著牛奶的碗，周葦不愛喝牛奶，可婆來不及知道，於是，她還是戳開吸管，在婆殷切的目光中將紙盒賣力喝到抽搐。半夜果然被尿意脹醒，躡起手腳往衛生間走，中途卻被一陣交談絆住腳。

「你對她好，人家不一定感激你。」

啪嗒啪嗒的走路聲，公的塑膠拖鞋向來大得像蒲扇。婆的聲音小，蚊蟲嗡嗡的，很快就被公的聲音扇到一邊去了。

「她媽這些年來看過你一次嗎？逢年過節連個水果也沒拿過。」

吃過的蘋果在周葦的肚子裡攥成拳頭，開始報復著擊打胃壁。婆繼續蚊蟲嗡嗡。

「你心善我知道，有些時候，意思意思就得了。」

意思意思，牙齒交錯成木鋸，前前後後拉扯著鋸開周葦薄薄的面皮，露出裡面羞怯的紅肉，紅得像紅富士。她慌不擇路地枕回到床上，牛奶頂得小腹的堤壩鼓脹變形，然後一股腦衝進床底落灰的搪瓷痰盂，淅淅瀝瀝又叮叮咚咚，黑夜裡小耗子鬼鬼祟祟的小步舞曲，差點被主人抓住提起尾巴倒掛在門梁，末了，鑽回被窩鼠洞裡，咂摸著嘴裡纏牙的酸腐味，還白眼狼地覺得果然不喜歡牛奶味。

多年後的某個雨天，十五歲的白眼狼周葦躲在陳香蘭身後，被領進黑屋子裡看一眾人繞圈，唵嘛呢叭咪吽，六字大明咒燒成彎曲的蚊香煙，頭頂一個聲音的旋渦，下面一個人列的旋渦，旋渦中間盤腿坐著個和尚，右手敲木魚，左手捻珠串，周伯通的功夫已臻化境。

「去吧。」

陳香蘭推她出去，自己抱臂原地不動，即使到了敵營，也要分清漢界楚河。

「公。」

對面的老人是棋盤上穩坐如山的將軍，直到二姑拍了拍他的肩，耷拉著的眼皮才醒過來，惺忪地動了動。公老成了年畫裡的壽星公，連眉毛都長過了界，白色蘆葦穗一樣垂下來，連著鬢角，和整片頭顱鋪成蒼茫的蘆葦蕩，只有大開的鼻孔門口露出的幾根毛髮還陰鬱地青黑著，或許是久不見光也不見人的緣故。

「是小葦，小葦記得吧？」

二姑湊到他耳邊，聲音大得蓋過了誦經。

公戒備的目光在周葦身上上下地來回掃，像是紫外線在排除贗品的可能。如假不包換，周葦被腦子裡冒出來的詞語逗得想笑，卻又意識到不是笑的場合，她應該哭，哭得越傷心才越合情合理。可從那一天電話打過來時就哭不出來，出殯的這天下了雨，又是風又是雷，王裒該奔進竹林裡涕泗滂沱的天氣，來的路上周葦坐在公交車裡，玻璃窗全是斜掛的水痕，連天都哭得比她認真，只有她的眼睛還處在旱季。

老人啊啊兩聲，口水代替回答順著嘴角流下來，一旁二姑手裡拿著抽紙顯然早有預料，被擦著嘴的公突然變成了嬰兒，嘴裡嗚嗚啊啊，徒剩手指在椅背上揮來揮去。聽說是中風了，在一次分割家產的聚會上。擦完了嘴也還在揮手，二姑又扯著嗓子問他要什麼，說不明白，兩人像在泥淖裡你拉我我拉你，最後一起在聲音的泥漿裡滅頂。

「都那樣了？」

走了出來，陳香蘭嘖嘖兩聲，臉上的表情跳台一樣變了又變，卻也沒有再說什麼。

婆的遺像放在大廳中間，棺木是多年前就做好的那具，原先停在小黑樓一層的裡屋裡，小時候，周葦以為裡面真裝了具屍體，可此刻卻又覺得眼前的棺木是空的，而婆還端坐在那張軟皮沙發上，像佛立在佛龕裡。這一次，陳香蘭終於沒有甩開周葦，也跟在隊伍後面，走上前去默哀鞠躬。

出門後，兩人遇見正在張羅席面的大姑，對方一見到周葦就抓起她的手。「這麼大了啊？」說完又拉過不遠處的一個顯懷的年輕孕婦。「這是你二堂姐，還記得嗎？小時候帶你去買過糖。」

是有那麼一次，周家年節裡突然要照全家福，周葦被小姑打電話叫過去，和一堆人生第一次見面的親戚拍照。二三十個人煊煊赫赫地排開去，快趕上一次正式的畢業照，裹著一身厚重紅棉襖的周葦站在第一排的最邊上，像個點綴節日氣氛的紅燈籠道具。後來又去了展銷會，除夕後過季的衣服堆成布料的屍山，不像是打折，而像是一棍子打死。海鮮市場的死魚總是比活魚價賤，可在姑姑嬸嬸的眼裡，衣服只要穿上身就能活過來，你拽著我我拽著你一股腦豪放撲倒在綾羅的海洋裡，揮舞著手臂抓捕。孩子們則從布料的邊角溜出去，溜到賣水果糖、夾心酥、薩其馬的甜蜜海域，海水泛著糖漿的光澤，白色結晶的不是鹽粒而是糖霜。周葦吃得兩隻手黏糊得像長了蹼，二堂姐帶她去展銷會的河邊洗手，冬天的水真涼，冰攥著骨頭一樣，拿出來就變成紅彤彤兩截蘿蔔，然後被仔細抹上一層軟軟的雪花膏，白茉莉的香氣在冷冷的空氣裡散開，周葦和二堂姐拉著手走在路上，走成兩截春天裡新發的樹枝。

散落在關於周家的記憶木匣裡的吉光片羽，曝露在光線中後便一瞬間氧化，二堂姐笑得很客氣，一下就變成熟練的大人，問陳香蘭她在哪念書、上幾年級了，沒一會兒又開始聊起肚子裡的孩子，預產期、婦科醫院、奶粉和母乳，肚子尖尖生男孩，肚子圓圓生女孩，話題的毛線球一下子滾到周葦看不見的地方去。她盯著堂姐被棉被一樣的羽絨服裹起來的肚子，看不出有什麼形狀的差異。

可一轉頭，陳香蘭就開口：「肯定是個女兒。」

「你怎麼知道？」

「他們周家這兩輩全生的是女兒，有一個兒子嗎？說是祖墳埋得不好，還悄悄請人看了。」

陳香蘭的語氣裡有一種看熱鬧的閒適快

意，忽然便忘了自己也生的是個女孩。兩人站的廊檐下支著灶台，師傅點了火，紅辣椒滾進熱油鍋，家族的祕辛刺啦一聲爆在空氣裡，又被驟然響起的一陣淒厲哭靈給蓋回去了。

最後的片段是一個接近於真實的夢。

周葦沿著被房子排擠得只能一人側身通過的小路往上，一直走到衣服上全是被粉牆剮蹭的白灰，正懊惱拍打著，一陣風卻將她忽地吹上山腰。手中的塑料袋飄到墳頭前拉開自己，裡面紅的是香燭，黃的是冥紙。一個灰撲撲的男人蹲在墳前，她知道那是周衛華。不過，就連夢裡也沒有出現什麼孝子下跪的場面，只是平淡地蹲在搪瓷盆前，默默地燒紙，來自陰間的地獄之火伸長著舌頭，像餓了好幾天的野狗，很快就將圓餅似的冥紙舔食得只剩灰黑色殘渣，但還是餓，男人又從腰後的一隻黑包裡掏出厚厚十幾疊冥幣，豪放如同乍富後的衣錦還鄉。

「媽，到了下面別再省了，該吃吃，該喝喝。」

男人消失了，只剩下聲音。

周葦的目光繼續順著火焰往上搖晃，眼前擦亮的墓碑褪去了灰，露出黢黑發亮的面孔，刻下的字是爬了滿臉的皺紋，周葦的名字垂在下頜處的「賢孫」後面，前面的還有一排堂姐和姪女，周玲、周婷、周曉悅、周子薇，周家的女子軍，走到最後才看見一個反串似的周程鵬吊在車尾，那是二堂姐的兒子，陳香蘭看走了眼，周家大費周章遷墓祭祖的工程終於感天動地，引進陽氣衝散了陰邪。

也許，周衛華曾在某個月黑風高的夜晚偷跑回來過，帶著一隻破包袱，同那些乘坐夜班車的疲憊返鄉人一起，在改建了數次的月台上茫然四顧，發出賀知章式的恍惚感嘆。當然，他也許早忘了那些陳年的詩句，變成一個沉默寡言的男人。這些周葦都無從得知，周家向來守口如瓶，陳香蘭也曾歇斯底里地討要過說法，在正月裡上門去，破口大罵他們一家人都是騙子、幫凶，公氣得把桌子拍得快吐出一肚子木屑，憤憤然揚言早就和周衛華斷絕關係，婆流著淚握著陳香蘭的手試圖懺悔，「是我們周家對不起你」，說完就捶胸口，捶得周圍一眾人都膽戰心驚。周衛華的好大哥，周家這一代的長子，這時出來做一家之主，先禮後兵，一開始表明「誰也不希望這樣的事情發生，」接著來了句，「非要鬧下去，對誰都沒有好處」。

「我要他周家什麼好處？我不過要的是一個說法。他們周家沒一個好東西。」

陳香蘭選擇一竿子打死一船人，她忘了周

葦多少也算在船沿上有一席之地。周葦被陳香蘭的話頭打翻，隨著一群據說與她血脈相親的陌生人浮游在冰涼刺骨的罪之長河裡，只有陳香蘭自己還在河上年復一年地玩著刻舟求劍的遊戲。

在一些傾訴欲旺盛的夜裡，周葦把這些泔水往事一瓢一瓢地舀進信筒裡，它們散發出一種過度腐敗後的陳年臭氣。「陌生人」對這個故事十分感興趣，他在裡面看到了婚姻制度的腐朽、個人意志的勝利以及小家庭裡近似胡鬧的魔幻現實主義。大詞堆在大詞上搖搖欲墜，拆開信封，轟隆隆地砸下來，砸得周葦眼冒金星。彷彿有一個稜鏡，故事從一方進入，出來就南轅北轍地朝著吊詭的方向而去。手握稜鏡的「陌生人」沉迷於展示自己分析、拆解和昇華的能力：「不要執著於現象，要透過現象看清本質。」順著他的指引，周葦深入到那一片冰冷光明的晶瑩之地，在那裡，周衛華同陳香蘭靜靜地躺在一起，躺成兩具等待剖解的軀體。周葦無心做敬業的法醫，只覺得就這樣躺著也不失為一種解決途徑，躺成一對生同衾死同穴的恩愛夫妻。

但陳香蘭從來不肯那樣老實躺著的，陳年的白色藥片在短暫地發揮奇效後逐漸式微，這具向來有著強大意志的身體在經歷了最初的潰不成軍後痛定思痛，拿出新的方案應對化學藥劑的狡猾攻勢。陳香蘭又開始起夜，在各個房間裡恍惚夢遊，拖鞋、飲水機、瓷杯、碗櫃門、木床腳的聲響綴成聲勢浩大的百鬼夜行隊，而陳香蘭是唯一威嚴的領頭人。周葦的房間是隊伍的必經之地，有時候是窗戶上掀開的一條縫，陳香蘭的眼睛在縫裡滑來滑去，捕捉到還未入睡的周葦，就堂而皇之地推門進來，「以表關心」。偶爾，她會對著桌上的一兩本書冊若有所思，似乎在疑心那上面是否有她不可管控的蛛絲馬跡，但也或許只是在回憶她的讀書年代。確實有那樣一個年代，對周葦而言是遙遠得需要考古的某段歷史。當周葦無意在知識上流露出一絲傲慢，譬如，講出令陳香蘭接不上話的英語，或者在算家庭帳務時運用起多餘的公式，陳香蘭就會立馬用另一種輕蔑將她壓過：「我當年要是有你這個條件，比你強不知多少倍。」「要不是生了你，說不定現在我也是個主任了。」陳香蘭暗示她，有什麼東西把自己的人生偷去了，而周葦就是共犯之一，而她竟然還沾沾自喜地拿著偷盜的東西對受害者炫耀，簡直罪加一等、罪無可赦。

　　唯一的贖罪方式是六月的考試，在那之前，還有無數場小考、月考、模擬考，沒完沒了的試卷，翻滾著白色波紋，侵蝕著時間的沙地，留下結晶的汗漬鹽粒。風扇在頭頂懸成恐怖的割頭刑具，風把午間潮濕的夢扇動得一張一合，在漫長的高原期裡，疲憊押解著所有人拖沓著沉重的腳步拼命走出埃及。

某個悶熱又普通的初夏夜晚，小余回來了。

逃掉第二節晚自習，久別重逢的情侶在夜間操場重敘舊情。小余顯得心不在焉，專心致志地踢腳下的一個易開罐瓶子，瓶子受虐狂一樣發出歡快的哐當聲。他寧願選擇跟一個瓶子打鬧，也不再像以前那樣，趁著黑暗對周葦動手動腳。只有被太陽曬得疲軟的橡膠跑道在糾纏著拉扯鞋底，不依不饒。周葦走在小余的側後方，因為她疑心自己身上是否正飄出若有似無的汗味，就像那些擦肩而過的夜跑者一樣，或許還會有狐臭，但她沒好意思抬起胳膊去確認，幾個月不見，她發現自己有些近鄉情怯。有一陣，她還試圖表現得矜持，挺直腰桿，步子邁得像一個真正的淑女。但很快，她就放棄了裝腔作勢，畢竟，那樣的姿勢對於久坐一天的人無疑是自討苦吃。

「我累了，坐會兒吧。」

在周葦率先投降後，小余領著她翻過欄杆，坐到看台上。操場蒙著打烊的黑布，看台上並無任何熱鬧可看，他們是多餘的觀眾，只好自娛自樂。自娛是周葦，自樂也是周葦，此刻的場面在意料之外，她拿不出新東西，只好用幾個老掉牙的課桌笑話應付過場，無非是班主任又用掃帚在課桌上畫圓，又或者哪個同學在晚自習放了個驚天響屁啦，周葦盡量做到繪聲繪色，可響屁的威力還是被轉述的方式過濾得所剩無幾，在短暫卻足以讓空氣凝固的沉默後，小余的喉嚨裡終於老鼓風機一樣鼓出了幾聲力不從心的笑。不想笑就別勉強了。周葦該把她的這句台詞說出口，可她沒有，她還在絞著腦汁試圖絞出「輕鬆一刻」。小余離開這麼久，現在回來也算客人了，他腳上的新球鞋還沾著首都的沙塵，多少會有些水土不服聽不懂本地笑話，她能理解。周葦手指絞著校褲的抽線，腦幹絞著笑話，絞到神經和皮肉都快要齊齊抽搐翻白眼了，一聲嘆息在耳邊響起。

那嘆息既無奈又無辜，偵破了自我絞纏的周葦，把她一點點解開。「聽我說。」小余拉起線頭，周葦抬著臉扭了扭背，「有件事我不想瞞你。」一個急轉直下，線頭原地轉動一圈，引起一陣暈眩，迂迴的障眼法，為接下來要出場的主角打起掩護。

「這次我遇到個女孩。」

一個女孩，周葦盯著自己露在涼鞋外的腳

趾，這才發現自己忘了剪趾甲了，長趾甲帶來的羞恥感無從解釋，就像狐臭、腋毛和其他某些從軀體上延伸出來的東西。緊接著鑽進周葦腦子裡的念頭是，那個女孩也會有這些東西嗎？她應該都把它們處理掉了，至少在小余面前會這樣。

一個趾甲乾淨的女孩，小余遇見了她。

故事兩句話就能講清了，比她的響屁故事還要沒意思，小余還要畫蛇添足給故事加個狗尾巴：「反正我對她沒什麼意思，她對我，有點意思。」周葦只好也在這出狗血劇裡再添上一筆了：「那你是什麼意思？」意思藏在小余汗津津的手裡融化了，黏糊糊一團：「我也說不好，但我不想騙你。」周葦把手從試圖將她拉拽著往下的詞語泥沼中抽出來，卻又被小余一把拉住了，他大半個身體都陷進去了，徒留一雙嘴唇還在一張一合地虔誠告白：「你相信我，你對我不一樣。」

操場的錐形燈光賦予這一刻一種過了頭的戲劇性，塑膠椅頂著光澤度飽滿的全妝一排排張著嘴在等著與他們合唱，愛之歌、恨之歌，又或者說是應該有聖潔白鴿飛過教堂拱頂的婚禮進行曲。臨時搭建起的教堂裡，她牽著小余，小余牽著女孩，三人兩足的遊戲裡，周葦因為太關注腳上過長的趾甲而提前絆倒了。

周葦發現，自己對忠誠並無期待。

一截兩頭張開的彩色滑梯，滿灌的誓言和證詞呼嘯著從中穿過，快樂是摩擦的過程，織物與織物的肌膚相親，聚集在小腹酸脹的失重，被風吹開膨脹的大笑，頭髮緊張地拽住頭皮和落地時一次完美震動。滑梯並不試圖兜住什麼，徹頭徹尾的及時行樂主義者。小余還試圖兜住什麼，譬如自投羅網的魚或者某種貪吃的小型獵物，即使是他自己率先將網扯破。周葦則致力於做一尾漏網之魚，一連好多天，在走廊上路過也不曾打招呼。有時他穿印著黑色英文字母的白T恤，有時是藍色天空襯衣，但大多數時候是條紋衫，工整嚴密，如一間移動的牢獄，他把自己封閉於內，禁止探視。他顯然有怨氣，怨氣從緊抿的嘴角一路爬到了發黑的印堂上，他疾步如風地從周葦身邊走過時，周身都籠罩著不祥的灰色雲霧，夏季的第一場雨在他身上醞釀著。

然後，高考的前一天終於落了下來。

雨整整下了三天三夜，街道成了滿灌的河床，河上漂浮起數不清的雨傘，五顏六色，一朵一朵，開成夏日花海，順著水流緩緩流入被騰空的考場。雨傘也沒能遮住學生和家長的愁容，汽車喇叭一聲蓋過一聲，嫌人多，嫌人慢，走時還洩憤似的濺起一陣浪，傘下便又罵起來了。「一到高考就下雨，老天爺也要考驗這群娃娃。」過來人站在街邊發著有神論的感嘆。陳香蘭倒變得樂觀：「遇水則發，是好兆頭。」民間諺語被她臨時拿來做彩頭。除此之外，還有被擺成「100」的油條和包子，「門門都考一百分」，陳香蘭說完，又捻著三根香去燒，對著去山裡佛門請回來的一尊瓷菩薩念念有詞地禱告。周葦忍住了告訴她滿分是150的衝動，那太不吉利，會被陳香蘭視為「凶兆」，觸霉頭的事最好別做。乖乖女周葦選擇老老實實吃下那堆彩頭。「水就別喝多了，省得要上廁所。」沒了豆漿作陪的包子和油條嚼在嘴裡乾巴巴像吃香灰，儀式完整得菩薩都挑不出錯。

出門後，一輛銀灰色轎車停在樓道口。周葦正打算繞過去，陳香蘭一把將人抓住。車窗搖下來一張男人的臉，周葦一眼就認出，馬路對面的大肚佛。

「麻煩你了啊，老鐘。」

「跟我客氣這些，快上來，別耽誤了，現在堵得厲害。」

母女倆你攙著我、我拉著你，一對笨手笨腳的溺水者，慌忙拽住那根粗糲的聲音稻草就往裡鑽，坐進去前，折疊傘卡在最後一個骨節處，死活收不起來。

「別弄了，就這麼拿進來吧。」

周葦還固執地想要收傘，陳香蘭直接一把拽過傘，再一把拽過周葦，利落地關上車門，門外有鬼似的。

「這個天啊，是不好打車。」

「可不是嘛，唉，真的是沒辦法，不然也不會麻煩你。我大哥開車去外地出差，老小那邊也安排不開。」

「小事一樁，我反正沒事。」

……

太客氣了，一來一回，嚴絲合縫得像是演練過不止一次。那麼，是在什麼時候、什麼地方演練的？是否有一個祕密舞台，在周葦蒙被大睡或在學海不進則退的關口，緊張籌備著一出不為人知的戲碼橋段？又或者，戲早就開演多時，只不過她沒有被邀請做台下的觀眾，那現在為什麼突然又被獲准入場？「唉，真的是沒辦法。」幾分鐘前陳香蘭的話就埋伏在那裡，此刻跳出來扮演答案。「天要下雨，娘要嫁人。」古人早說得清楚明白，不是周葦一個人遭遇過這種情況。

那場雨真大，把世界沖得破破爛爛，看不清了。周葦只好看車內，看繃起如肌肉男的皮椅背，看後視鏡上懸掛的「平安是福」金吊牌，看一張冒出半截的軟抽紙隨著車身輕浮晃蕩，看男人等紅綠燈時搭在方向盤上的手指——無名指上果不其然空空蕩蕩，看陳香蘭裹著絲襪的腿，上面幾滴半乾的泥像時興的波點，看她腳邊倒扣的折疊傘，濕乎乎的傘面粘在一起了，傘邊一攤暗黑的水漬還在不斷擴大。周葦悄悄地將腳移了過去，輕輕地用鞋底摩擦，她以為這樣能讓水漬攤開，加速蒸發，結果沒想到卻只讓腳底的泥與那攤水混在一起，變成一團更髒的污漬。

污漬在答題卡上暈開，像筆管落下的一滴墨，指甲蓋大小的橢圓，周邊一圈齜牙咧嘴的鋸齒，鋸齒慢慢啃咬周圍的白卡紙，咬過一格一格答題框，四分之一的框已經塗黑了，它負責讓剩下四分之三的框也一齊變黑。可全黑是沒有意義的，全黑的考卷就等於白卷一張，辯證法不會不懂吧？或者更簡單地說，物極必反，泰極否來，貪心不足蛇吞象。周葦急得團團轉，想要用衛生紙來吸掉那不斷擴張的墨團，可她找了一圈，桌子上除了一隻扁扁的塑料文具袋，什麼都沒有了。紙去哪了？桌肚子裡空蕩蕩，周圍每一張桌子也空蕩蕩，教室裡只剩下她一個人了。墨團已經佔領了大半張答題卡，眼看著就要漫過考號和姓名……

一個夢的橋段，是否真的出現過，周葦也說不好，也許只是午夜閒來無聊的杜撰。杜撰和夢藏在鏡子的黑膜後，對真的世界含沙射影。一種轉移責任的說法，僅憑粗暴的鏡像原理就試圖輕鬆總結出真假世界的關係。周葦對此嗤之以鼻，至少，她認為這個「夢境」與後來發生的實際情況不存在任何因果關聯，對於這一點，陳香蘭持有不同意見。

出成績的那天，周葦家的電話幾乎響個不停。先是「以表關心」的大舅，然後是「聽說出成績了」的小舅媽，再是耳背的外婆，陳香蘭幾乎需要對著電話嘶吼，不過她的嘶吼也確實出自真心。「不理想，沒有發揮出正常水平。」「我不生氣，都這樣了，生氣有什麼用？」但還是生氣，掛了電話，一屁股把沙發坐得快要嘔吐，起身時桌子椅子都嚇得避讓，一陣故意為之的嗶嗶作響，只為響給臥室裡的罪魁禍首聽。一會兒，電話又打進來，不依不饒地響，陳香蘭從廚房走出來，甩著手甩出滿腔的不耐煩：「又是哪個愛管閒事的，打打打，打了一上午了，有這個時間不知道關心一下自己孩子的期末成績。」接起電話後，聲音又恢復原樣：「是啊，出來了，一般，不怎麼樣。重本？那肯定還是過了，不過沒超多少。我是不滿意啊，按她平時的成績，我也不是非說要她考個北大清華，但全國前十不算過分吧？一模、二模，哪次不是年級前幾？排在她後面的都上了復旦！」不知對方說了什麼，陳香蘭從沙發上一躍而起，「這哪是失誤？沒發揮出正常水平？這是——這是——」

周葦明白陳香蘭想在電話裡說卻又沒說出來的這個詞是什麼，「報復」，私底下，她早不止一次用它將周葦的所作所為定性。

「你就是在報復我，不讓我痛快，拿自己的前途開玩笑。」

沒多久，陳香蘭又開始嚷著夜裡睡不著了，有一次，周葦聽見她躲在臥室裡和人打電話，門鎖成密室，只有聲音碎片從扁門縫裡遞出來：「失望啊。」「我一個人培養她。」「學校我開始選了。」「金融？我不瞭解，女孩子學點實用的。」「是我不好，不該讓你來接我們，是，我知道也是意外，但是她肯定還是受到了影響。我本來就打算高考後再跟她說的，現在，全毀了！」

有一個人代替了周葦去接收那些苦水，一瓢，一壺，嘩——嘩——倒進夜的黑桶裡，黑得像一個圓圓的後腦勺，轉過來時，露出司機先生熟悉的臉，如同上次在車裡，司機先生耐心地對陳香蘭的話好壞全收，脾氣好得像是做慈善。這位半路殺出的圓肚彌勒佛，不普度眾生只普度一位失意的中年單身女人，在夜裡忍住沉沉睏意去聽那些苦水潮汐，一浪接一浪，一浪與下一浪也沒什麼不同，一樣鹹濕發苦。失望的海的女兒已到中年，紛飛的白沫就是她的聲聲控訴，而周葦躺在失敗的沙灘上，是一尾被白沫沖刷上岸的發乾鹹魚。

尋人啟事

火車穿過森林、群山、大河、平原、稻田，穿過斜刮的雨和陰沉的霧，穿過兩個白日中的夾心黑夜，一口氣穿行了將近二十個小時，穿到一座龍脊般拱起的鋼筋大橋時才漸漸和緩下來。久坐的人起身在走廊裡來回，取行李、拿包裹，把吃剩的零食裝回塑料袋，穿上中途脫下的鞋和外套，仔細檢查有無東西遺落。列車清潔員拿著黑色塑料袋在做最後的巡檢，一支三角蛇頭掃帚在林立的腿間搖頭晃腦地尋找瓜子殼、汽水瓶、塑料盒。陳香蘭還在與對面床的中年女人聊天，濱城的天氣啊，要穿的衣服啊，等著接女人的小兒子啊，兩人在十幾個小時裡曾一度親如姐妹，甚至相互吐露過某些家庭隱情，此時卻都被哐當哐當慢下來的火車聲攪擾得有些漫不經心。一個四五歲吵鬧不休的孩子也終於安靜下來，趴在灰撲撲的車窗上，眼睛不眨地等著巨艦泊岸時最終的那一聲撞擊。

然而，新世界沒有高昂的自由女神像和璀璨的燈火港灣，只有灰撲撲的人的蟻群在月台上流成細沙河，陳香蘭和周葦是兩隻手忙腳亂的母女蟻，半弓的背上馱著十來斤的黑色尼龍包，裡面放著舅媽們託付的臘腸、乾貨、蜂蜜，手裡扶著一隻17吋瘸腳行李箱，箱子繼承自大姨家的後方倉庫，被拖拽出來時癟著一張臉，十分不耐煩已退休多年卻又被強制重聘。陳香蘭堅持認為它還能再發揮些餘熱，就像她塞進箱子裡的保溫壺、不鏽鋼飯盒、一床夏薄被和無數舊衣，它們把癟癟的箱子撐得鼓脹變形，為了拉上拉鍊，周葦不得不把半邊身體都壓上去。誰都明白，想發揮餘熱的是陳香蘭自己，儘管她在出發前就表明過態度：「我也不想去，這麼熱，還不是為了你，好歹要看看你接下來四年待的地方怎麼樣吧。」然後，她疊衣服、看天氣預報、向去過的親戚打聽濱城的情況、把頭髮燙卷又染成栗色，還從彌勒佛司機先生那裡借回家一台昂貴的單反相機。

溫度計上的紅線已越過四十的刻度，整座城市發起了高燒，可沒人管。一根黑色尼龍繩纏繞著脖頸，被胸前相機壓得直不起腰的周葦如同犯下大錯的流放犯，苦刑是拖著灌鉛雙足和一背黏稠汗水跟在陳香蘭、小姨、小姨夫的小型旅行團後，遊覽海濱造型假山、贗品博物館、仿古一條街和套娃百貨商場。陳香蘭的意氣風發更襯托出她的灰頭土臉，洗出來的照片上，她穿著皺巴巴苦鹹菜似的T恤和短褲，打綹的劉海在額頭上岔成兩條軟趴趴的觸角，高聳的顴骨被曬得紅黑發亮，站在身穿連衣裙、頭戴遮陽帽和太陽鏡的陳香蘭旁邊，活生生一個被好心救濟的難民女孩，還不得不生疏尷尬地對著鏡頭擠出靦腆笑容。陳香蘭的笑容看上去卻無比真心，她似乎完全忘了半個月前的冷眼和爭執，在得知周葦沒有選擇本省的院校而是選擇去離家千里之遙的某座濱海城市後，整整三天，陳香蘭都沒有開口講話，每日只鐵著一張臉做飯、洗衣，把浴室裡的杯盆撞得哐哐作響，坐在沙發上捂著肚子長吁短嘆。一度她疑心自己患上了不治的胃疾，在周葦讓她「大失所望」後，本已消失的胃疾又捲土重來，讓她飽受脹氣、反酸和拳頭一樣從喉嚨裡冒出來的腐嗝的困擾。如果不是小姨的那通電話，冷戰或許會持續地進行下去，但小姨或苦口婆心或一針見血地說服了她。具體說了什麼周葦無從得知，她只知道，在掛斷電話的那晚，陳香蘭終於主動開口，聲稱「我想通了」，雖然後面還跟著「兒女都是債」「女大不由娘」等等意有所指的泛著酸氣的民間諺語。她將浸泡在滿罈的悲情酸水裡，而沒良心的周葦則趁機像厭氧菌擠出的氣泡一樣溜出去，變成一朵晶瑩的浪，投身進夏日洶湧的、溫暖的、鹹濕的電子海水中。

她把這片海水一路帶去了濱城，在棺材似的火車臥鋪頂層隔板裡，陳香蘭在她的下方睡得如同永眠，她則撐著雙臂用一部翻蓋手機檢索著濱城大學的信息。最先出現的是一些圖片，頗具海濱風情，椰樹、輪船、南洋老樓、穿著短裙的長髮少女，夕陽是紅色的幔帳，掛在海面的天空上。校友群裡消息不斷，他們聊濱城的天氣，回南天裡牆上的「瀑布」，打開衣櫃時會飛出的巨型變異蟑螂，還有燈火通明的夜市，那是校園情侶們乘著晚風散步談心的好去處。當小姨和小姨夫帶著遠道而來的陳香蘭母女倆去夜市感受「地道風味」時，周葦的眼睛總忍不住一次次飄到那些過路的青春男女身上。濱城的男孩有一種相似的模樣，女孩則是另一種相似的模樣，那是一種被太陽長時間灼曬後才能獲得的堅硬、黝黑又精幹的異域風情，與周葦和小余的綿軟、蒼白和瘦弱形成反差。當她在暗地裡打量、品味那些讓她目眩神迷的異鄉感時，陳香蘭則在小姨的熱心勸說下半嫌棄半試探地皺著眉吞下光滑如眼球的生蠔、皮殼堅硬的瀨尿蝦、橡皮筋魷魚圈，最後在一隻張牙舞爪的海蟹前終於推開筷子，撫著肚子謊稱吃不下了。她當然還吃得下，一連兩天夜裡，她都在賓館裡燒水泡麵。「真不知道你小姨這些年怎麼過來的」，「我真是一天都不想再待了，不是喝湯就是白灼，嘴都淡得發苦了」，又念起老家的好，這裡熱得人心慌，話頭最後還是不可避免地往周葦身上轉，「你說說你，在老家省城讀有什麼不好？非要選這麼個地方，舊社會只有被流放的犯人才會來」。就連煙瘴之地的歷史也被她掘地三尺翻出來，彷彿那些高樓、闊街、霓虹和聲色犬馬都是日光折射出來的海市蜃樓的障眼法，她通通看不見，或者選擇看不見。在選擇這件事上，陳香蘭從來都是出奇地固執，如今順風順水的小姨在她看來也總有「背地裡多少辛酸」，她總要繞過正面去看背面，她「眼睛裡揉不得沙」。

但這些都不重要了，陳香蘭離開的日子節節逼近，在接近熱帶的倦怠海風的吹拂下，周葦的身心都變得軟趴趴，軟得像是一攤鳳梨味的奶油冰淇淋，任由那些堅硬的固態化成液態，她無限寬容地聆聽著陳香蘭坐在床頭時的喋喋不休，目光隨著檯燈下幾隻昏頭飛蛾游弋漫遊，深夜裡窗外不時飄落的一陣雨讓耳膜酥酥麻麻，穿插著遠處幻覺般漂游而來的悠長汽笛，她想到海、檳榔樹、折疊紙條一樣的濱江道，還有那些睜著紅眼睛不眠不休的夜市，她想到將她的手放進自己口袋裡的小余，想到那些冬天裡恍如隔世的吻，冰涼得像雨滴落下來，然後在南方的夜晚，通通蒸發得毫無痕跡，還有那些日光燈、電風扇、夜晚的腳步聲和窗戶縫裡的眼睛，那些櫃子裡的陳年遺跡，那些往事和比往事更遠的過去。而她，一隻蟄伏的金蟬，正趴在南方的艷陽裡，靜待脫殼的時機。

或許，陳香蘭對這些全都知悉，所以才會在夜裡背對著周葦長長地嘆息，像是忍受不了房間的溽熱，於是只好在黑暗中撒氣似的把空調遙控板按出嘀嘀的尖叫，沒有一個溫度能夠讓她覺得適宜，什麼都不適宜。倒數第三天，一行人開車去海邊，週末的車龍堵成長長的鋼鐵鍊條，拴住寬闊的海濱大道，前行變得艱澀，彷彿拉著縴繩，每往前一步都得咬得額頭繃起青筋。窗外的每一株葉片都反著光，車頂也反著光，陽光濃成滴落下來將他們包裹的蜜，一個光明得毫無蔭翳的世界，車廂成了唯一的掩藏之地。陳香蘭戴著巨大的遮陽帽蜷縮在窗邊，不斷探頭去看前面的路況，在顛簸不停的砂石路上堵住時，她甚至一度要下車去「瞧瞧到底是怎麼一回事」。小姨頗費了些口舌才將她留在車內，小姨夫則安撫似的代替她下車去詢問前面的司機。

「我說不要來嘛，海有什麼好看的？」

「姐，出來一趟，總要玩玩看看嘛，小葦不也沒看過海？」

「她以後有的是機會看。」

小姨對親姐姐的孩子氣露出一個幼師般寬容的笑，然後開始搖起往事的撥浪鼓，試圖轉移她的注意。

「我記得你當年是不是也來這邊考察過？」

「你說電廠？」

「對啊，我記得那時候我才上初中吧，那誰還給我帶了一盒巧克力。」

周葦立馬意識到「那誰」指的就是那誰，陳年的箱匣子被小姨驟然掀開，車廂裡靜了一靜，撲面的往事粉塵嗆得眾人不得不暫時屏住呼吸，不幸中的萬幸，此時外面忽然響起一陣輪胎摩擦砂石的沙啞聲，車流睡醒一般開始惺忪地動起來。「通了通了，趕緊走」，小姨夫拉開車門，一屁股坐回駕駛座，然後迅速地擰鑰匙、換擋、踩油門，跟上緩緩蠕動的車流繼續朝著海邊駛去，沒人再提起之前的話題。

但話題一直哽在那裡，噎成喉間不上不下的魚刺，陳香蘭生命裡的南柯一夢，順著漫長海岸線搭建起來的嗅覺鎖鏈就能將她瞬間抓捕回去，周葦很難不認為她此前的抗拒與那誰有所聯繫。然而，接下來的整段路程陳香蘭都一言不發、神色嚴肅，只關心到達的時間和夜晚的住宿。日暮時分，頂著紅色頭燈的車隊就像鼓眼螞蟻陣，到了度假區才終於被迎面的海風吹散，吹進叢叢整齊灌木圍繞的小徑，再接著吹進一幢幢白色的海邊賓館前的小院就再無蹤跡。盡興而歸的度假遊客提著旅行袋、冰盒、燒烤架，綴在後面的小尾巴孩童則拎著塑料桶、玩具水槍、游泳圈，海水和細沙纏纏綿綿跟了一路，形跡可疑地消失在樓道的拐角處。電梯哐當地搖晃兩下將她們吐進五樓，過道厚重的吸音毯吸去了她們最後一絲力氣，一行人拖拽著因久坐而腫脹的雙腿跌進房間，迎接她們的是從牆根冒出的霉味蛛絲、兩張鋪著硬挺漿洗白布如同停屍台的單人床，陳香蘭半靠在床邊，一如往常抱怨起頭疼、腰酸和積鬱在胸的悶氣。無事可做的周葦站在那裡審視一圈，先是掀開鬼鬼祟祟搖晃著的厚重窗簾布，接著又與乾澀的玻璃窗較勁，費了全身力氣才迫使它不情不願地呻吟著敞開心扉。可惜，外面並不是大海，她們訂的是相對廉價的園景房，園子裡只有一排蔫頭耷腦的熱帶樹和彷彿遺棄多年的老舊遊玩設施。這個度假區在上個世紀就已經建成，房間裡處處都是遺跡，淋浴器的孔眼溢出白色水垢，本該瓷白的馬桶則熬成了怨懟的黃臉，坐在上面可以透過水漬斑斑的毛玻璃看見陳香蘭側臥在床上的剪影，一種半遮半掩的情趣設施，此時卻顯得尷尬而多餘。

儘管半天的車程已經讓陳香蘭腰酸背痛、疲憊不堪，但她還是沒有抵擋住「來都來了」的誘惑，還沒等到天光完全散盡，便又精神抖擻如同百折不撓的女戰士一樣出現在海灘上，與換上新連衣裙的小姨合影留念。閃光燈把她們的臉照得發亮，在記憶的黑匣子裡燃成一簇簇白色焰火，又迅速被四面八方的流沙給悉數掩埋。當晚，在海鮮燒烤攤痛飲下三杯口吐白沫的工業啤酒後，陳香蘭變得步履踉蹌、面色潮紅、眼睛發亮，整個人在一種異樣的興奮和突然停下來的憂鬱中來回擺動，話語被打轉的舌頭絆倒，出口就變成了破碎的詞彙，但她仍舊不死心地要把那些掉在地上的詞渣撿起來，塞進小姨的懷裡。小姨攬著她的肩在沙灘上散步吹風，周葦只聽見斷斷續續的話語像燒盡的炭灰一樣從前往後飄過來：「我知道……她大了……不容易……誰能理解？」小姨拍打著她，如同拍打一個衰老的嬰兒，潮汐在月光下翻滾成曲調反復的搖籃曲。也曾有過溫柔的時刻，童年的夏夜，母女倆躺在陽台的涼席上，陳香蘭手執一把散發竹葉清香的蒲扇哄她入睡，嘴裡常哼一首葉倩文的老歌，低沉的聲音也如海浪，卷著細沙一樣溫柔沖刷她的耳蝸，使那隻耳朵變成一隻埋藏記憶的海螺，周葦不常拿出來聽，她害怕它們會像古墓裡的文物一樣氧化消失。

周葦本以為這一晚的陳香蘭會就著酒意早早睡下，沒想到洗完澡從浴室出來後，陳香蘭還保持著之前的姿勢坐在床頭。

「我過兩天就要走了，有些當說的也要跟你說說了。」

周葦一心撲在手機上，那是她的兔子洞，鑽進去就可以延續之前未完成的仙境夢遊。

「你聽沒聽見？」

陳香蘭用拔高的音量扯起周葦的耳朵，周葦不得不暫時將腦袋伸到洞外：「媽，我知道了，要好好學習，不要跟人學壞對吧？有小姨看著，你還有什麼不放心？」

陳香蘭愣了愣，差點被她的話帶偏，這些確實是要說的，可現在她要說的是一些「另外的事」。

「我和你鐘叔叔在談朋友，他人你也見過了，老實、厚道，又細心，在單位也算是個領導，以後養老、生病都有保障，雖然離過一次婚，但是孩子也成家立業了，不用多操心，我的情況人家也都瞭解，我們準備就安頓下來。這事我之前沒跟你講，也是考慮到你要考學的問題，你媽我年紀大了，總要提前為自己打算打算，你如果有什麼想法，就說出來。」

萬事萬物都有預兆，如果你把預兆理解為一種回憶，它總是在事後才找上門來，懶洋洋地敲擊著那塊綿軟的海馬體，偵探一樣地要向你「透露些許實情」，於是你終於後知後覺、恍然大悟、醍醐灌頂。被真相淋了滿頭滿臉的周葦在一分鐘之後才來了句：「什麼時候的事？」

「我和你鐘叔叔早就認識，年輕時他追求過我，只不過那時候沒有緣分。前段時間又碰上了，他剛好也離婚了。」

那隻鞋船又走了出來，就在她的眼皮子底下，一樁暗渡陳倉的舊情再度浮出水面。陳香蘭卻試圖攪渾池水，掩護它順利抵達彼岸。

「這些年，為了你，我沒想過這方面的事。」

「我從來沒有——」

「你嘴上不說，心裡能樂意？」

還沒說出口的「反對」被陳香蘭的反問直接按回肚子裡，它嘰嘰咕咕，不敢怒，也不敢再言。

「以後你見了他還是要親熱一點，不要總是垮著一張臉，說不定到時候你也要叫他一聲爸爸。」

「爸爸」兩個字突然被陳香蘭硬塞進周葦

的手裡，倉促得像是生怕她會一把推開。從天而降的一個「爸爸」，就那麼堂而皇之地在那張半握的手掌椅上坐了下來。長久以來，那張椅子上都空空蕩蕩，無論是在家長會、遊樂園、兒童病房，還是客廳、廚房……椅子空了太久，只有椅背上始終貼著一張印有姓名的名牌，白紙黑字，尋人啟事一般無聲地反復呼喊。

在這個家中，關於尋人啟事的故事由來已久。

在人們將尋人啟事貼上卡車貨箱、快遞箱、外賣盒和朋友圈之前，尋人啟事大都出現在電線桿或者帶著陳年尿漬的牆壁上，夾在招搖的噴漆手機號、治療性病或者通下水管道與開鎖廣告之間，袒露著一張遺照般的黑白油墨臉滿世界地宣告著某人的消失，順便還附帶著理由加以說明：老年痴呆、離家出走、不慎走失、被人拐帶甚至是略帶懸疑色彩的人間蒸發……像是六合彩不斷滾動的抽獎機，在偶然的瞬間卡口張開，然後人們就像被選中的彩球順勢跌入。周衛華曾經也是這樣的彩球，只不過陳香蘭選擇了低調，將中獎的紙條吞入腹中而不是張貼到大街，接受來往行人的矚目。周葦就曾是那些行人中的一個，有一段時間，她痴迷於閱讀每一張電線桿或者牆壁上的尋人啟事，其熱情不亞於痴迷於某種類型的偵探小說，儘管它們情節雷同——心急如焚的家人尋找不知所終的家屬，語言粗糙——「急尋！重酬！萬分感謝！」，配圖單調——一張平平無奇的半身或全身肖像照，但周葦還是不可自拔地被其中潛藏的某種東西吸引住了，具體是什麼東西她說不清楚，像是閉上眼睛時會出現的模糊光斑，等到她想要睜眼看個清楚時，那東西就消失了，然後，在與下一張啟事偶遇時就又再度出現。一種簡單的吊胃口招數，周葦卻沒能抵禦住它的誘引，她利用起互聯網這條捷徑，儘管明目張膽的偷窺行為也會讓她感到一絲羞愧，尤其是在面對一張張對她的探訪感到茫然的臉時，她穿梭在切換的圖片之間猶如一個心虛的盜墓賊，鼠標被她鬼鬼祟祟的腳步踩得咔咔作響，彷彿墓園的枯枝斷裂，貼切複製出一幅驚悚電影的畫面。然而，真正驚悚的一幕是，她看見周衛華的名字堂而皇之出現在了其中某一張尋人啟事上。其正文如下：周衛華，男，三十六歲，身高一米七五，某城口音，某某市某某區人，於某年某月某日至今無法聯繫，走時身穿白色短袖立領針織衫（與照片上一致）、黑色長褲、棕色皮鞋，妻已懷孕在家等待，心急如焚，盼速回家中，如有知情人請與我聯繫！右上方照例一張黑白照片，照片上，男人側身立於路邊，表情閃躲，不像是等待被人找到，倒像是在躲避追蹤。

通常，對於這一情況，一則簡短申明即可解釋：如有雷同，純屬巧合。這個世界上有的是這樣的事啦，兩片相同的樹葉、不謀而合的想法、異口同聲的答案，不必大驚小怪，不必揪著那些疑點不放，不必認為自己的經歷獨一無二。世界上有一個周衛華，就一定有另外一個周衛華，這是陳香蘭沒有想明白的事情，周葦作為思想前衛的新一代不應該也想不明白。然而，一種衝動使她在三四次快速的掃視之後就默記下了那個電話，也許她寫在了紙上，但那張紙大概也早就被她毀屍滅跡了。十一位數字在她腦子裡踢起了單邊足球，繞著好奇心瘋長的草坪滿場亂跑，腳下的足球被一腳一腳地踢成越滾越大的雪球，直到最終突破那道虛設的防守。她打了那個電話。出於心虛，她甚至走了幾條街只為找到一個可以撇清嫌疑的公用電話，然而路過的每一個電話亭都讓她失望了，在小靈通和移動機的合力絞殺下，它們早已成為一具具直立在城市的風乾僵屍，順道帶著過路人的告解和祕密一起死去。於是，周葦只好退而求其次求助於一息尚存的報刊亭，站在一堆穿著比基尼的女模特前面撥出那串號碼。老闆的目光不斷飄來，也許在看女模特，但周葦總疑心是在看她，這讓她覺得自己比她們更加一絲不掛。機械的通訊聲毫無起伏像監測不到心跳的心電監護儀，然後，在幾乎覺得這通電話已經可以宣告死亡時，一個男人的聲音詐屍翻起。

「喂？哪位啊？」

周葦被猝不及防的粗糲北方口音當場吹僵，只聽見男人又連環拳一樣擊出好幾記「喂、喂、喂」，一記狠過一記。

「你是周衛華嗎？」

快要被打死在地的周葦在垂死之際仍不甘心，咬著牙捂著嘴含混不清地問出這句。

「喂？」信號也從中作梗，男人失去耐心，從聽筒的左側揮出直拳速戰速決，「他媽的，有病吧？」耳邊的心電監護儀再次傳出代表死亡的「嘀——嘀——」，書報亭老闆面前的報紙翻開成訃告，上面的黑白照片像極了周衛華的遺照。

或許，有一種義正詞嚴的道德會譴責周葦置垂死父親於不顧的行為，這種道德基於一種哲學觀點，即，認同死亡附帶的最高豁免權，其中又夾帶著些許含混的東方哲學——「死者為大」，一種活人給將死之人的補償機制，一種回光返照期間的通貨膨脹：大量地發行贖罪券，上億的冥幣與之共享相同的邏輯。可對此，周葦的辯詞是，她確實親臨過周衛華死去的現場，在那群比基尼模特前，一位陌生人——書報亭老闆——也以長達三分鐘的注視表達了哀思。雖然，她不得不承認，在電話被掛掉的那一刻，一陣奇異的輕鬆從她體內升起，整個人都變得輕盈而空曠，那些過往堆積下來的尋人啟事的無頭屍山被夏日午後的陽光焚燒得乾乾淨淨，當然，包括印有周衛華三個字的那一份。

現在，那張尋人啟事又乍現在那張空椅背上，一角已被撕起，搖搖欲墜。那裡即將被貼上新的告示，一則簡短的接任通知。可事與願違，儘管陳香蘭想要乾淨利落地將它整塊剝下，末了還是有一條條殘體粘連於上。

「爸爸。」蒙上被子，周葦在棉織物的掩護下小心翼翼地練習，低沉古怪的音調，聽上去像是某種不祥的咒語，即將招來連她自己也不知道的東西。

後來的那幾天，一直在開車，在點彩晚霞下開車，在回旋的水泥肚腸中開車，在肋骨伸展的巨型跨海橋上開車，周葦趴在車窗上，看墨滴行人、鬼眼霓虹，看樹枝耷拉著腰桿撩撥灌木叢，看紅腫太陽被晚風吹落，吹出一個水銀氣泡，在渾濁濃稠的夜之海中浮蕩成無人拾撿的救生圈。她試圖將這些風景塞進眼中腦中，以擠掉那些蕪雜情緒，可最終每一個都毫不意外地沿著乾澀的眼眶滑落。陳香蘭端坐在眼眶的邊緣，打盹、發呆、說話、打電話，她變得興致勃勃，像是終於甩脫了此前的包袱，她欣賞每一處一閃而過的風景，靈山、海灘、石像、落日、怪石、奇雲、牌樓……她從不厚此薄彼，在每個地方都留下一聲驚呼，再用「漂亮」「壯觀」「熱鬧」等等旅遊手冊通用詞彙留下短評數句，她拍了足夠擠滿好幾本相冊的照片，姿勢無一例外是斜倚著比出剪刀手，剪落一片快樂的夏日時光，留作「紀念」，再剪落大包小包的紀念品、土特產。然後，所有的這些連帶著一片海腥氣被壓進行李箱裡，而母女倆則被一陣夏日熱浪衝進顛簸的出租車裡，連帶著僕僕風塵、少許焦急、一連串呼啦作響的重複廢話和半肚子還未完全消化的昨夜海鮮，湧向人來人往的火車站，在檢票口再彼此對望、拍肩，撣一撣衣服上不存在的灰塵，做最後的囑咐，揮揮手道別。

「注意安全。」

「別送了，回去吧。」

「聽你小姨的話。」

「媽，你別擔心了。」

乾巴巴的話掉在地上，被來往的腳「啪」地踩過，周葦看見陳香蘭轉頭擠進狹窄的安檢通道，起伏的人海一瞬間就將她淹沒。

那之後，海面隔三差五就會送來一隻漂流瓶，裡面斜躺著的是陳香蘭遙寄的家書紙條。它們無一例外以簡短的問題開頭：「吃了什麼」「怎麼還不回宿舍」「和舍友相處得怎麼樣」，還有「別亂花錢」……正文夾雜著冗長又繁雜的家族簡報，譬如，家樂又在學校打架，三姨夫欠了賭債，或者外婆對幾兄弟的贍養費頗有微詞。末了，又總會毫無意外地落回到「你不在家我一個人隨便吃吃」「你當初就應該跟你表姐一樣，在本省讀，週末還能回家」的舊日抱怨中。一開始，周葦以為這些抱怨只是陳香蘭不新鮮的老調重彈，直到那位彌勒佛先生的名字一而再再而三地出現，她才明白，陳香蘭是在欲揚先抑地鋪墊著年末的見面。這些日子，陳香蘭對那位的稱呼已經從「你鐘叔叔」變成了「老鐘」，老鐘長，老鐘短，老鐘蜷著身體鑽進周葦的耳蝸，變成一隻嗡嗡蠅蟲高頻地輸出惱人音波，像是歡騰的喜樂，又像宴席上的喧鬧交談，而陳香蘭站在台上，被一束鐘形燈光罩住，周葦聽不見她到底說了什麼，只能聽見嘈雜的喜悅、興奮，夾雜著點綴般的粉紅羞澀，熱熱鬧鬧地在海面的中央響起。於是，周葦開始用洗澡、上自習、逛街、吃飯堆砌出藉口的長堤，任那些被北風吹來的漂流瓶在海波中上下浮蕩成無人收養的棄嬰。

神祕房間

那是一片歡樂之島，島上長滿名為「時間」的植物，它們無人打理，缺乏天敵，於是漫山遍野地繁殖，直到終於將這片小島徹底佔據。一群面孔嶄新、口音各異的年輕男女是初來乍到的登島者，撥開蔓生的時間荒草，小心翼翼又興致勃勃地踏出一條小徑。他們時而張望，時而停駐，為巨型鵝卵石游泳館驚呼，流連於飯盒狀食堂飄出的混沌香氣，在小島史紀念館裡對著一排合影爭相伸長脖子，像是想要伸進那些照片裡，與合照者們站在一起。在每一個蜿蜒的拐角處都有人低聲默記，那是高考的記憶還殘留在他們發酸的肌肉裡，當然，還有別的記憶，與還沒來得及校正的鄉音攪拌混合，凝固成做牆的水泥，輕易就將這幫無頭蒼蠅般亂撞的散兵收營，一團熱鬧的西南幫，一團更熱鬧的東北幫，還有一團不那麼緊密的東南幫。周葦被掃進其中一團，綴在隊伍的側翼，身邊一個鄰城的圓臉姑娘試圖與她攀談，交換關於家鄉、分數以及初來乍到的興奮與憂慮，但周葦並不興奮，也無憂慮，她很快就厭倦了這種拓荒遊戲，落到隊伍的末尾，悄悄溜進叢生的時間雜草中，無人注意。

她躺在草堆上，變成一支紊亂的指針，失去精準，失去刻度，失去了嘀嗒的運行節奏。錶盤的右側不再代表睡眠，她在相反的區域睡得太多。印有叮噹貓的藍色布簾將晝與夜重新分配，夜被濃縮成不足一平米的單人床板，周葦擠在單薄夏被、折角書本、輪轉播放的MP3以及那只啞巴手機之間，睡了醒，醒了睡。睡眠像是報復軍團，成群結隊地湧進她的身體，它們計劃縝密，來勢洶洶，在發現隱藏在大學課堂裡的考勤漏洞之後就馬不停蹄地趁虛而入，將她牢牢捆綁在木板床上，一把推進夢的黑河裡，以奪回此前幾年裡被功課、遊戲、閒聊和爭吵佔據的領地。於是，她就在一個夢與另一個夢中奔跑，穿過怪奇營地、童年舊景、霧中荒野，撞上赤身裸體的表姐、校園裡獨行的白衣何方、指控她心懷鬼胎的謝依然，還有那穿著一襲白婚紗的陳香蘭，臉和臉在黑河裡漂浮成粗糙的面具，上面的油彩融化流進河裡變作同流合污的墨汁。那段時間，周葦醒來時也像沒醒來，一張掙不脫的潮濕漁網罩住她，網眼外，人影追逐著腳步，室友以划門槳為樂，槳聲忽近忽遠，無人將她打撈，她在夢與夢之間的淺灘打撈起她們灑落的聲音碎片，拼湊成大學生活新鮮出爐、人手一份的宣傳單：書本是佔座利器，搶課時鼠標要像戰爭片裡的衝鋒槍那樣不停射擊，百團大戰硝煙已起，選擇隊伍在好幾天裡都是新兵蛋子們的熱門話題，新兵蛋子從老兵那裡打聽來可靠消息，西門那條街是此地的西門町——「樂子聖地」。當然了，除了官方報導，也有小道消息，某某副教授新婚妻子的雙重身份——學姐和師母——給學弟學妹們帶來了稱謂困境，新一屆的校花、校草已在軍訓期間以論壇照片的手段嶄露頭角，等待著唾沫的滋養，以便長成可供兵丁們操練間隙乘涼閒聊的大樹，諸如此類，不一而足。宣傳單內容翔實、選擇多多，他們有了數不清的新鮮事可做、要做，新鮮得彷彿剛剛出生的嬰兒，張開雙臂焦急尋求新世界的擁抱，沉迷於睡夢而錯失宣傳單的周葦則只能原地逡巡。

等到睡眠也變得乏善可陳，周葦這才動身決定出去看看有沒有什麼樂子的殘羹冷炙，可她沒有指南，只能在校園裡無頭蒼蠅一樣遊蕩來去，抱著兩三本書裝模作樣地進出於自習室、圖書館、小密林，一扇又一扇的門在她面前發出吱呀的抱怨，那讓她覺得親切。自習室和圖書館的日光燈裡堆滿了發呆的頭顱，密林的陰鬱裡則藏匿著尋歡作樂的風景，她裝作一個偶然的觀光客從他們身邊走過，眼睛卻暗地裡順走一些碎片呢喃、低聲耳語、靡靡氣味和忘情震顫。她將它們放進腦中的雜物箱，聽它們來回撞擊的哐當聲響，直到聲響匯聚成高低起伏的和諧樂音，周葦將其命名為《早秋夜愛之曲》。這些單調的風景很快使周葦感到加倍的乏味，直到某一個晚上，她誤打誤撞闖進一個正在吟誦T.S.艾略特的神祕房間。

「在那暮色蒼茫的時刻，眼與背脊從桌邊向上抬時。」她看見一頂軟呢帽飛在黑色的幕布前，一架天外飛碟載著一位不速之客緩緩降落，他有著瘦削的臉龐、一對塑料珠眼球，鼻管是柔和狹長的奔寧山脈，孤僻獨居的「英國紳士」緩緩開口，字句在濃重的鼻音之霧中飄浮成灰色塵埃，往霧的深處繼續前行，華茲華斯立在湖畔，帶著癆病相的濟慈面色潮紅，而小惡魔喬治·拜倫正初遇伊麗莎白，但周葦只想回過頭再去尋找茫茫荒原上的艾略特。那本衣櫃裡的樟腦丸詩集被重新翻找出來，在白熾燈管下曝曬，一群倉皇飛蛾對著光無頭亂撞。在睡意蔓延的第一節晚課上，軟呢帽先生驅散了在周葦身上盤亙了多日的睏倦，將她帶入一種全新的夢境，她的目光也成了回旋的飛蛾，在幾十平米的教室中隨著他遊走的身影來去——思考原因和解釋。

軟呢帽先生被困在課表框裡的東南方向，一間小小的四方格，周葦用紅色的筆將其標注、鎖定，然後，又滿世界地搜尋有關這位神祕帽子教授的訊息。滿世界就裝在她那台可以隨身攜帶的筆記型電腦裡，並未花費太大的工夫，她就輕易獲取了一堆圖文詳盡的歷史。一張照片向我們展示他北歐訪學的光榮事跡——詩人站在海邊懸崖被風吹亂圍巾，風度翩翩也許是這張照片要表現的主題，因為風看上去確實大，而他柔和淡定的笑容卻和無風無雨的課堂上的出自同一個模子。除此之外，可供參詳的史料還有採訪片段、兩本滯銷詩集、一堆關於艾略特的冗長文論以及評師網上的幾句佚名讚美。「詩人在校園」——一篇活動通稿如是寫道，文章附贈的圖片上，他穿一身西服，於一堆牛犢臉學生前正襟危坐，為他們講解艾略特的早期詩歌。一張標準的象牙塔師者肖像畫很快被勾勒出來，鼠標畫筆繼續滑動，周葦用大把的閒暇時光在細枝末節上為它修飾、潤色。其間，她還成了每週四的限定好學生，風雨無阻地懷揣著一本從圖書館借來的《艾略特詩選》，「在那暮色蒼茫的時刻」，鬼影一般地從教學二樓三層最東邊教室的後門潛入，靜靜等待著軟呢帽先生從前門緩步登場，然後將「眼與背脊從桌邊向上抬」，以便觀看他那長達一個半小時的獨幕劇。人群中不乏同類，一個雙馬尾女孩總在課間休息時抱一本詩集尾隨軟呢帽先生去樓道的窗邊——他總在那裡抽菸，女孩不抽菸，她想要汲取其他東西。女孩有許多問題，提問時頭天真無邪地往一邊歪斜，卻又在軟呢帽先生開口時羞澀垂首，她的眼睛尋找著腳尖，耳朵卻留守下來窺探軟呢帽先生的一舉一動。還有一些沒那麼明目張膽的向日葵頭顱，只是遠遠地跟隨著他的腳步和聲音擺動，而軟呢帽先生則下頷微揚、眼目半闔，以一種死海浮游的姿勢沉浸在韻腳、詞句和隱喻之中。他的臉被詩歌的鹽水泡出一層恰好的輕浮，如薄霧，如波光，又隨著朗誦的結束在沉默中消散。十幾年的經驗使他對這些微妙的起承轉合駕輕就熟，最後組成一部重複播放的電影，而周葦只是恰好在中途誤入的看客。軟呢帽先生自然是有他的魅力的，在堆擠著微觀經濟、商務談判、馬克思主義歷史、大學英語口語等等乏味名目的課表上，他輕易就用韻腳和比喻的把戲蠱惑了人心。十幾年前，深諳此道的周衛華早已用一樁熱戀來現身說法，受害者數日前才終於得到解救。周葦明白自己並非著迷於那些輕浮、優雅、似是而非的音節和意象，而只是被那片叫荒原的故土吸引，舊日的世界在眼前豁開裂口，一條密徑對她發出邀請。

最先投遞出去的是一封郵件，名為「關於《荒原》的幾處疑惑」。在某節瀰漫著昏沉睡意的早間計算機課上，周葦鬼鬼祟祟將它敲擊，一段加密代碼，等待知情人的解答。她懷疑這位「英國紳士」也許知道些什麼，關於那些將她困擾已久的問題。畢竟，他也是詩人，他也踏入過荒原，且沒有離奇消失。回信比預想要快，不過兩日，一封長達五百字的耐心論述就悄無聲息地落進了被廣告郵件佔領了的收件箱，有一種太過老實的鄭重。於是，再問，再答。課上的詩歌理論變成了課下的無獎競答，軟呢帽先生確實做到了不厭其煩。如果不是那個他突然在課堂上發起的「故事計劃」，故事也許就會停留在一段桃李春風的教育佳話上，可周葦沒能禁得住誘惑，在「每個人都有自己的文學」的口號鼓動下，文學門外漢也試著投石問路，在某一封郵件中精雕細琢又輕描淡寫地加上了一個本土艾略特故事，情節如有雷同，絕非虛構。

關於這個故事的回信卻意外的簡潔，它不再延續往日長篇大論的嚴肅風格，而是輕盈登場，搖身一變，化成一次出乎意料的邀請：

「你的故事很有趣，我們可以在Angel咖啡詳細聊一聊，這週五下午五點可以嗎？」

週五下午五點，軟呢帽先生準時出現在了咖啡廳的角落，一本書攤開在桌上，水母形檯燈光中的側臉顯得十分坦蕩。倒是周葦，絆著腿老半天才深一腳淺一腳地走過去，接頭間諜似的遲疑。間諜抱著目的和祕密，周葦有祕密，卻不知道目的是什麼，她是新手，老老實實遵守著開場白的規矩，先自我介紹再等待進一步的訊息。進一步的訊息卻出乎了意料，老手軟呢帽先生似乎無心顧忌規矩，把寒暄和椅子一起推開，目光從豁開的口子中滑過去，滑到周葦慌張甫定的裙擺上，笑著來了句：「你的裙子很特別。」周葦被這句意外的台詞弄得一時接不上話，只好用肢體去補充反應。她用手去抓裙擺，順道也用目光，一種奇怪的感覺在心中升起：她並不因為這句誇獎而開心，反倒覺得這條裙子忽然就多餘。她想把它從這場見面中扯走，卻又想到這樣自己就屬於在公共場合赤身裸體。還沒拿定主意，軟呢帽先生卻早熟練地換了語氣，禮貌請她落座，補上遲到卻準確的寒暄。這讓周葦覺得，剛剛那句話彷彿是自己的幻聽，而接下來的才是軟呢帽先生真正會說的東西：年級、專業、籍貫、愛好、對課程的意見和建議……軟呢帽先生游刃有餘，順著談話邏輯的紋理庖丁一樣拆解開她並不複雜的生平，只是似乎忘了那個將他們召喚至此的故事，隻字未提。他也偶爾談及自己，接下來的講課計劃、明年的出遊計劃、這些年從未間斷的出版計劃，全是計劃和未來，過去和現在則不在場。兩人說話的期間，鄰桌討論課題的學生不斷發出哄笑，聽上去根本無關課題。不知是不是被這種不端的學術態度惹怒，在又一次哄笑聲響起後，軟呢帽先生終於忍不住似的將身體朝著周葦傾斜一段，用只有兩個人聽得見的聲音說：「要麼出去走走？」周葦便跟著他在還未散去的笑聲中起身，推椅子時，軟呢帽先生從衣兜裡掏出一個鐵盒，打開，遞給周葦。鐵盒裡是一粒粒的白，周葦看清鐵盒上印的「清口糖」三個字，接過，放進了嘴裡。看著她放進嘴裡之後，軟呢帽先生露出副打量的神情：「你就不怕這是什麼不好的東西？」

清口糖在周葦的舌頭上還未化開就毫無預料地染上嫌疑，周葦最先想到的不是別的東西，而是陳香蘭的白色兵丁。它們看上去確實相似，她也隨後想到一些電視橋段、新聞報導，軟呢帽先生的言外之意並不難推理。難的是如何理解這句話出現的場景、對象和時機，周葦被難倒，滯在原地。直到她抬起眼捕捉到軟呢帽先生嘴角的戲謔笑意才明白這是個玩笑，玩笑意味著不必當真，即使這是個危險的玩笑。周葦最善於對付玩笑，四個字，「將錯就錯」。她拿出初生牛犢不怕虎的精神讓自己顯得有底氣：「那現在已經吃了，也沒辦法後悔了。」軟呢帽先生哈哈一笑，拿起掛在椅背上的衣服，抖了抖，抖掉方才忽然聚起的疑雲，「逗你的，走吧。」

他說走，卻沒說走去哪。起初，只是在昏昏然的校園裡散步，兩隻腳掌接替著把路燈一盞一盞地捻滅，像捻菸頭。軟呢帽先生確實也抽起了菸，煙霧在臉龐邊緣散開，使他面目越發不清了。面目不清的他講起年代不詳的往事：「以前也有幾個學生，大你幾屆，我們關係很好，那時候晚上經常一塊出來散步。」周葦不發一言，她對軟呢帽先生的杏壇往事興趣缺缺，做追隨師者的弟子不是她的志向，她只想向他探聽一些荒原的蹤跡。軟呢帽先生卻忽然變得絮叨而抒情：「他們那時候晚上經常一起跑出來，我就開著車載他們沿著濱海大道兜風，兜到凌晨，再找個地方一起聊詩歌、喝酒，現在一個個都畢業了，改天等他們回來可以叫上你一起聚聚，我喜歡和年輕人待在一起。」被點到的年輕人抬頭，正好對上油黃燈光下一雙向她發出邀約的眼睛：「也許我們可以開著車逛逛，你見過夜晚的海嗎？」

夜晚的海，周葦只在陳香蘭壓在衣櫃中的詩集裡見過，一片過了保質期的海，翻開後便泛起霉味的潮汐。那是最初的荒原，此時她頭頂的舊月亮也曾為它漫不經心地照明。這就是荒原的入口嗎？周葦不確定，不遠處宿舍的窗亮著光，她看見熟悉的床板、床罩和不知哪位女同學掛在窗邊的毛絨玩具。她想她該回去了，退堂鼓代替潮汐聲在她腦子裡響起。

「沒事，放輕鬆一點。」軟呢帽先生從沉默中聽出她的猶豫，要去衣兜裡找車鑰匙的手改換路徑，落到她肩上，「不是還有你的故事沒聊嗎？剛剛太吵，找個安靜的地方。」

說完，他走到一輛黑色的三廂轎車前，繼續發揚英倫風格，紳士地替她打開車門，皮革的味道似曾相識，周葦坐上副駕駛，皮座椅瞬間環上來，將她鎖牢。

濱海大道有種乏味的美，海其實是看不清的，像某些榮譽教授，僅僅知道他在，就足夠招攬門徒了。真正的教授坐在周葦的左側，在一段中場休息似的沉默之後，他按下周葦膝蓋前上方的某個按鈕，放起一首齊豫的老歌，綿延的聲浪填補了海浪騰出的空曠，在車廂裡來回湧動。當然，湧動的還有另外一些東西，周葦維持著半側的姿勢，讓目光代替自己逃到窗外的茫茫夜色之中，以躲過狹窄車廂的威逼。她希望軟呢帽先生能說點什麼，譬如，他剛剛提到的故事。但軟呢帽先生始終沉默，只用目光代替言語，在她褶皺臃腫的衣料間掃來掃去地織網，她既是僵硬的房梁，又是待捕的飛蟲。行到中途，車窗猛然被搖下來，撲面的夜風灌了周葦一頭一臉，她慌忙間試圖按住自己輕浮地飛舞著的長髮，卻感覺一隻手趁亂輕輕地在她髮間偷走了某樣東西。那當然不是錯覺。那是熟悉的感覺，發生過，又再次發生了。「你的頭髮很好看」，像是最開始說她的衣服特別一樣，軟呢帽先生顯然熟悉這樣的表達，同時也熟悉一個女孩的窘迫和緊張。周葦後知後覺想起問他們要去哪，但問題一從嘴裡飄出來就被呼呼的夜風刮走了。軟呢帽先生只是微笑，穿過兩條無人馬路，一路幸運地綠燈，車停在了一幢老民房前。一串叮噹作響的鑰匙率先從軟呢帽先生的外套口袋裡跳出來，藍色門禁卡撞開樓下的鐵閘門，遍布牛皮癬的病懨懨電梯不耐煩地將二人拉扯上八樓，入睡的樓道被一連串鬼鬼祟祟的腳步聲驚醒，還沒等周葦看清四周，軟呢帽先生就推開左手第一道防盜門，將她請進屋內。

不過兩三秒，全部家具就都被驟然亮起的

燈光吵醒，目光從四面八方而來，警惕地盯向這位冒失的不速之客。在不算友善的注視中，周葦笨拙地脫下搭扣皮鞋，將穿著白色棉襪的腳伸進一雙過大的藍色塑膠拖鞋裡，在拖鞋懶洋洋的節奏中，狼狽地朝正對面那間客廳走去。

「抱歉，不合腳是吧？今天太倉促了，下次提前準備一雙。」他拉上窗簾，回程順手又撈起兩件掛在沙發背上的衣服，「坐，我去倒點喝的。」

軟呢帽先生轉身折進隔壁的房間，剩下周葦與一台大頭電視面面相覷，透過沒有點亮的屏幕，她看見了自己，就好像現在正播放著她出演的劇。她往左晃動一下，「她」也往左晃動一下，她點一點頭，「她」也點一點頭。看來電視是直播，比她身處的現實慢一點兒忽略不計的時間而已。周葦沒頭沒腦地想著這些，以緩解心頭那點兒逐漸浮現的焦慮。一路上，也許是天太黑，焦慮無法曝光便也無法顯影，此刻被客廳明亮的燈光一照，便有了無所遁形的意思。她鬧不明白自己為什麼會來到了這裡，她本應該在Angel咖啡館裡，至少郵件裡是這樣說的。可後來發生了什麼，一段笑聲、一片海、一首老歌，聲波和水波推著她一路浮蕩，這才擱淺般地停在了這兒，一張坐下去就流沙般下陷著將她包裹的軟皮沙發裡。

再次出現時，軟呢帽先生手持半瓶紅酒、兩隻酒杯。「喝點沒關係的吧？這個不醉人。」不醉人的酒在杯壁輕微搖晃，軟呢帽先生則在一旁的半躺靠椅上輕微搖晃，他用手擊打著木質扶手，欣賞著周葦初嘗紅酒的表情。「詩人和酒是天生一對，」他微笑著開口，「你的父親應該也喝酒吧？」周葦舉著酒杯，生疏提前帶來滑稽的頭重腳輕。「我不知道。」說完又似乎不好意思似的，抿了抿唇。「你在信裡寫了你父親的故事。」話題終於轉到周葦的故事上，可想要開口時她才發現自己等待了許多天的傾訴欲不知何時乾癟在了肚中，變成根瘦巴巴的木刺，要被提出來的時候卡在了喉嚨裡，最後只簡短化為一句：「對，他和您一樣，也寫詩。」

周葦發現自己也說不出來更多了，關於那個被寫在日記本中的男人，她素未謀面的父親，世界上最善於製造懸念的詩人，用大片的留白代替句號，讓敘事斷在不成章的位置。

「流浪是詩人的宿命，每個詩人都是這個世界的異鄉人。」

剛好，軟呢帽先生似乎也無意再繼續那個陌生父親的故事，在聽到「詩人」兩個字時就把話題轉回到自己這裡。也許他不滿意這間屋子裡除了他還有其他的詩人，皇冠只有一個，有兩個就失去了意義。他講起年輕時的故事，八十年代背著一把吉他從南到北，從東到西，在地圖上畫下他信仰的十字，一路唱歌、寫詩、偶遇姑娘，對於最後一點，他並不避諱，這是他詩性生活的三位一體。「那段日子是屬靈的日子，一種純粹的精神生活，如今有太多俗務佔據了我的時間。在你這個年紀，最應該做的事就是叛逆，逆行是感受水流的最好方式。」

不等周葦回答，軟呢帽先生就起身蹲到電視櫃旁的音箱旁搗弄一陣，鋼琴聲隨之響起，他踩著琴鍵聲一路走到周葦的身旁坐下，再度端起酒杯。

「你需要更多地解放天性。在世俗的眼光裡，你的父親是不負責任，但能在那樣的年代做出那樣的選擇，至少可以說是勇氣可嘉，而責任，責任是藉口的代名詞，是庸俗的保護傘，你應該學習他而不是痛恨他。你要明白，這個世界並非只有道德體系，道德都是人為的工具。」

軟呢帽先生的面容和記憶中的黑白周衛華開始重疊，在周葦還來不及辨認其中區別時，就被他再度舉起酒杯的動作打斷。「來，不說這些了，先為今晚乾一杯。」周葦不知道今晚有什麼值得乾杯的，但還是老老實實喝了下去，她扮演好學生的慣性在遇到老師時就格外固執。慣性代替了她舉杯、碰杯，她自己那沒用的手則躲在沙發縫隙裡摳著一塊碎皮料子避世。腿也跟著不聽使喚，周葦原本想，既然故事講不下去，那她就該起身告辭，可它們卻越來越重，好像那些酒都穿過肚子直接一路往下而去，兩條腿先她一步醉倒了。至於她自己是什麼時候醉倒的，周葦已記不清，喝了幾杯也記不清，數字在酒杯裡被搖晃得暈頭轉向，全程她都沒見杯子空過，也許來來回回就只有一杯。雖然軟呢帽先生說過「不醉人」，可真醉了就沒法再計較這些事。周葦不懂這一點，也不懂所謂的一生二，二會生三，統計在這時變成費力不討好的行為，前功盡棄的周葦最終靠倒在沙發上，而軟呢帽先生則不知何時靠到了她身旁。

「你看起來有點醉了，要不要去陽台吹吹風？」

陽台在臥室，和小余那間溫馨男孩玩具房不同，這裡是成年男性的幽謐殿堂，掛在落地衣架上的西裝外套沉默地將周葦接待，一張拉開的雙人床是備賽的拳擊場蓄勢待發。

「從這邊能看到對面的海。」

軟呢帽先生扶著她的肩走到窗前——像是挾持，一隻手從身後伸出來嘩地拉開紗窗乾澀的眼皮，它被迫同他們一塊看海。海真的就在遠處，銀色月光照出它不安湧動的輪廓。周葦撐著醉眼想要進一步辨認海與沙的界限時，一雙手臂將界限打破。手臂化作漲潮的海水湧上來，從身後猝不及防地抱住了她，或者說鎖住了她，一雙對扣的男人之手，連帶胸牆倒在她的背上，下巴扮演起拳頭對她的後腦勺指點迷津。

一條晾掛在陽台的寬鬆肥大的灰色睡褲被吹進周葦的視野。

倒下的一瞬間，她想起了乾燥的童年午後，外婆晾曬在院子裡的衣裳隨風搖動，空氣裡聒噪的蟬鳴將飽滿的夏日樹葉揉出濃郁的香氣。周葦倒在不復存在的香氣中，她還想起了綁著石頭墜入河裡的伍爾夫，也許是因為壓在身上的東西太重了，負責記憶的腦部區域就像不太聰明的人工智能條件反射地給她彈出了一堆毫無意義的參考。除了最開始的那幾分鐘，她曾出於驚恐、懷疑、惶惑等等原因，大張著眼睛和嘴巴，像忽然被拎起扔出池子裡的魚，魚上了案板，掙扎得鱗片都尖叫著四散逃離，直到不再掙扎，變成死魚，才閉上眼睛，即使魚根本閉不上眼睛。但閉上眼睛的本領她早已熟悉，過去，她也不止一次這樣閉上眼睛。

閉上眼前的最後畫面是：軟呢帽先生倒下

來時帽子也一併落了下來。原來那頂英國式的帽子裡藏的也是英國式的禿頭。此刻不是荒原了，而是徐志摩軟綿綿的柔波和水草。周葦終於記起了他的名字，徐從越，就連詩人的姓氏都繼承了。他俯身時認真的表情既像入殮師又像考古家，手卻如同初出茅廬的竊賊，著急從她身上偷走些什麼。可惜，除了那一堆散發著淡淡腐朽氣味的二手衣物，她再也沒有什麼了。她聽見那些衣服軟趴趴地離她而去，落地時發出虛假的慘叫，一群沒骨氣的牆頭草、雇傭兵，在對方尚未動用武力時就已經繳械投降了，二手的東西果然沒忠誠可言。只有後背的鎖扣還負隅頑抗了片刻，城門被拉開的瞬間，她聽見詩人在她頭頂發出了一聲輕嘆。

他看見了什麼？

不算少女的少女脊背拱起如同古代巨鯨的骨骼化石，一顆顆脊骨珠串一樣地首尾相連著，那是夜晚漆黑海平面上亮起的漁船之燈，現在，他見到一路上都沒有見到的海了。於是，小孩子一樣欣喜驚嘆，手舞足蹈地蠻橫闖入。女孩的身體是荒廢的巨型遊樂園，入口處蔓生的雜草被粗暴撥開，他揮舞著閃光玩具手槍在裡面橫衝直撞，棄置的掉漆特洛伊木馬重新旋轉，他騎乘著她飛向雲端，順帶炫耀地對著虛空鳴槍，連發幾彈。一位特聘的聲音特效師躲在床板幕布背後，盡職盡責地模擬老舊器材不堪重負的嘎吱聲響，熊貓頭過山車從臀的高坡俯衝而下，撞得生鏽的軌道晃晃悠悠如老者鬆動的牙。但不是樂園老了，是他老了，他嘆息著、抖動著，在快要昏厥過去的那一剎那恢復了青春，然後，又迅速失去它。他重重地跌回到輕柔的席夢思海面上，張開四肢如一隻被扯斷的風箏，癟下來的脆弱腹腔裡還殘留著強風吹拂的輕微酥麻，酥麻順著神經末梢一圈圈地散成漣漪，他變成了漣漪中的一葉扁舟以及舟上的蓑翁，而魚竿只是假象，魚已經躺在岸上了，魚的身邊堆積著退潮後被一併沖上來的廢棄拳頭紙團、不明橡膠薄膜和幾根與親友失散的溺水蜷曲毛髮，昭示著剛剛發生的一場海難。

如果需要的話，要怎麼去描述這個段落？它應該被整齊地從時間軸上剪切下來，反復觀看、認真研習，如同老刑警對著一卷陳年懸案錄像帶，畢竟它總是卡殼、呲音，畫面還會像恐怖片劣質特效一樣，從中間沒頭沒尾地撕裂開。連帶著周葦那件開衫的下擺也被撕裂，波形的花紋鬆垮得張開成脫臼的下頜，說不出話來，也許它也在對剛剛過去的一切表示驚訝，但也許只是因為二手的東西到底質量太差。誰知道它曾經歷過什麼？就像也沒人知道周葦正在經歷什麼。

你彎腰如一株晚熟的稻
低頭時有秋天落下來
……

側起的肉身化作一片淤積的圍欄，用佔有的姿態將正低頭制服紐扣的周葦圈禁其內，軟呢帽先生變成心滿意足的田園詩人，以她為靈感吟誦。詩歌喚醒了記憶，周葦想起來她來這裡的目的。目的地姍姍來遲地顯現，不是荒原，而是田園，圍著鋁合金柵欄，玻璃把海風聲擋去。這下確實夠安靜了，安靜得再不可能遺漏耳旁那個低吟淺誦的聲音。軟呢帽先生每念出一個字，周葦扣上的紐扣就會解開一格，於是，她不停扣，他不停念，一場微妙的拔河，直到軟呢帽先生笑著鬆開了手，因為他突然想起來，她的紐扣早就被解開過了。就像掰開鬆脆的木筷、撕掉書體輕薄的塑封、擰開螺紋如順暢滑梯的塑料瓶蓋，他洞悉了現代文明的一次性發明裡所蘊含的某種古典永恆，一就是多，就是生生不息、永恆往復，而晚近的環保主義者永遠不懂這種美。

「你應該讀讀老莊，西方的東西到底沒有我們好。」

穿回襯衣的軟呢帽先生一下子又變回三尺講壇上的高師，他還意猶未盡，點上根菸延續起侃侃而談的架勢。

周葦想要反駁，末了卻只是垂著頭，答非所問：「我該回去了，宿舍門禁要關了。」

軟呢帽先生只看見女孩的烏黑頭顱如同一方油亮硯台，長髮回旋成暈開的徽墨，手裡的那管萬寶龍香菸也變作毛錐，他有揮毫的慾望。就像每每站在講台上時，整個世界都是這樣對他低頭，橫平豎直如擺好的黑棋，等待著被他輕輕地拿起又放下。此刻，他還不打算放下周葦。於是，手指代替香菸落在了周葦的頭上，他讓她稍等片刻。軟呢帽先生穿上衣服，帶她走出臥室，來到一扇紅木門前。門後藏著一個書林溶洞，成摞的書從牆壁、地板、天花板上長出來，長成扭曲的灰白岩柱，周葦必須側過身體才能勉強從中穿過，而軟呢帽先生卻駕輕就熟，靈巧鼴鼠一般很快鑽到窗邊的書桌後去了。

「來。」他衝她招招手，「送給你的見面禮。」

一本光滑的軟皮詩集滑進手中，周葦一眼就認了出來，網頁刊登的照片上，軟呢帽先生手捧著它，旁注這樣寫道：「詩人十年苦心之作」。苦心如今凝作發軟的黑苦膽摞在硬木桌上，摞成高高的克隆書山，周葦意識到，也許還有不少克隆學生，也曾和她一樣站在這裡，低眉斂目如等待領取定額救濟糧的荒民。端坐書山後的軟呢帽先生臉上掛著慈善家的笑容，這是他的希望工程、愛心捐贈活動。

「每個人都有嗎？」

「什麼？」

「來這裡的每個學生。」

軟呢帽先生的慈善笑容消失了，目光變成驟然亮起的手電筒，臨檢一樣地在周葦的臉上快速掃過。「當然了，都會有。」一邊說一邊繞過書的包圍走過來，輕輕攬過周葦的肩頭。「不過你和他們不同。」然後，一個吻落到周葦的頭頂，輕輕的，像在點化她的冥頑不靈。

「你和他們不同。」

周葦想起小余，他也曾在路燈下說出這句剖白之詞，一句雙手舉過頭頂的話，聽起來像是在求饒，可軟呢帽先生有什麼好對她求饒的呢，明明她才是被按倒捕獲的那一個。

於是，只好翻檢著書皮，隨口吐出一句：「確實，你也和我想像的不同。」

軟呢帽先生挑一挑眉，把她的抱怨和諷刺輕巧地挑到一邊，他熟諳語言的迷陣，從不輕易掉入任何一個文字的陷阱，他只負責設置陷阱。

陷阱就擺在眼前，周葦早該看清。陷阱是被目光挑起的裙子，是鐵盒裡叮咚作響急於跳出的糖片，是車廂裡女歌手的欲言又止，是一片心焦翻滾著卻上不了岸的海，可她卻一而再再而三地忽視，選擇做一個盲人。或者，她以為事情不會如此，以為想像總是很難成真，但她忘了只有好事不容易成真。壞的則往往是預言，恐懼裡應外合地把它們裝點，以便偷襲前不被理智的守衛發現。預言被倒下來的軟呢帽先生一字一句拓印成事實，每一筆橫撇豎鈎都不出意料，就寫在那張鋪開的白床單上，維妙維肖的象形文字：一個雙臂舉過頭頂不知呼號還是投降的身影。

彷彿童年的捉迷藏遊戲，周葦被一塊手帕蒙住眼睛，夥伴們躲在暗處，她摸索著邁過夏日蔓生的灌木叢，一根挑事的枝條抽打了她的臉頰，接著又被風的濕熱手掌輕撫，她一直走，踏過碎石、穿過蛛網，撞上粗糲的皸裂樹幹，失去方向使她焦灼不安，她開始呼喊同伴們的名字，一聲接著一聲，回答的卻只有如浪的洶湧蟬鳴，她揮舞著高舉的雙手，溺水掙扎一樣掉進迷藏的旋渦，而旁觀者則在沉默的注視裡收獲遊戲的樂趣。

走到門口，周葦又被叫住，原來是忘了臨別贈品。軟呢帽先生專程折返一趟將它取回，塞進她手心：「不喜歡我給你的禮物？」語氣調侃，或是狎暱，周葦已分辨不清，半開的門在她身上造出晨昏交合的光景，暗的是出路，亮的是什麼，她不知道。至於禮物，禮物被接過來，慌忙就要塞進包裡，像見不得人，可包口太小，禮物太大，剛剛進入就在中途卡住，於是她感覺自己也被卡住，卡在軟呢帽先生的網格目光中，越是掙扎越是收緊。之前塞進包裡的手機、鑰匙圈、門禁卡、薄荷味潤唇膏發出抗議：「塞不下了！」她還妄想能突出重圍，又不是能劈開紅海的摩西。她的紅海是密布的脆弱毛細血管，在仍舊能輕易感到羞恥的年輕臉龐上連片爆破，應該在慶典高潮時刻放出的焰火在此刻不應景地出現了。焰火過後的夜空是最黑的，如沉積、深埋在地底上億年的古植物演化而成的煤層，軟皮詩集是其中的一枚仿製的化石標本，用紋路清晰刻錄著昏沉旋轉的長夜中的低聲細語。

「裝不下的話我下次給你也行。」

軟呢帽先生終於伸出了搖搖晃晃的救援梯，周葦卻只聽到了細縫一樣裂開的「下次」，但她還是鬼使神差地順著爬了上去，似乎一時忘了背後是懸崖淵藪，忘了人受制於重力。當然，除了周衛華。他輕輕一跳就離開了腳下的星球，消失在了茫茫宇宙裡，而周葦還試圖從些許宇宙的星辰遺跡中辨認出他的蹤跡。

送周葦回去的路上，為了避免酒駕，軟呢帽先生叫了出租，這時候他又變得理智清醒、奉公守法，在狹窄的後座，他們端坐如兩座板正橋墩，中間由疊放的手掌相連成危險的索橋，軟呢帽先生足夠小心，在確認好衣擺有足夠遮住手掌的寬度後，才越過膝蓋爬上周葦的手背，然後，在她手腕上套成一圈肉的手銬，整個過程是不能聲張的抓捕遊戲，可仍舊沒有逃過經驗老到的司機藏在反光鏡中的眼睛。那眼睛瞄準著周葦開槍，對著額頭、鼻梁、胸口，還有被遮住的戴罪之手，開一槍她就死去一次。軟呢帽先生正襟危坐，渾然忘我，彷彿真的擁有了抓捕者的正義。

直到逃脫了那輛審判囚車，周葦才鬼使神差地像雙馬尾女孩一樣歪著頭故作天真問出一句：「司機會不會覺得我們像一對父女？」

軟呢帽先生笑了，捏了捏還攥在袖口裡的柔軟虎口：「下次可以玩這個遊戲。」

周葦最先聽懂的不是軟呢帽先生的話，而是他的笑，尾注一樣地綴在話的後面，充當過分熱情的解釋。她被他的毫不掩飾的坦蕩震驚，似乎只要這樣直白地講出口，那就真的只是一次遊戲。

「你知道我不是這個意思。」

軟呢帽先生不再笑了，他鬆開她的手，仔

細地看著眼前這張額角還冒著一顆青春期紅痘的臉：「你確實還太年輕。」

周葦發現軟呢帽先生的說話習慣是只說一半，砸在蹺蹺板的一側，空空的另一側則將她高高地吊起來，在半空中不能落地。她想起周衛華留下的那些殘章，蠻橫地壓在陳香蘭前半段生命裡，也曾讓她不上不下、如墮迷津，在這一點上，眼前這個男人確實很像她那擅長留白的父親。

周葦掉進了相似的空白裡，一連幾天，她都盯著手機的空白對話框發呆，期待那裡面能夠跳出字或者句。她認為總有人該對不久前發生的事情說些什麼，不管是誰，軟呢帽或者老天爺，然而她等到的只有話費帳單、推銷廣告、學院通知，就連疑神疑鬼的陳香蘭也銷聲匿跡。於是，空白變成沙沙的白噪音，耳朵裡爬滿了正在孵化的蟲卵，它們排列整齊，如同深夜育嬰室裡的保溫箱，所有的孩子都睡著了，呼吸變成無數支毛刷子，刷去生命最初那一批殘次記憶。哎，只有那麼一次，陳香蘭提起過，周衛華曾經隔著肚皮親吻過還未成形的周葦。

「寶貝。」

他說，就像軟呢帽先生進入樂園時隨口而出的寒暄。

荒原宇宙

曾經出現過一個棄嬰，所有人都叫她妞妞。妞妞不是從某個女人的腿間或者肚皮裡出來的，而是來自一個塞著舊棉被的竹編籃子。籃子被擱在周葦家小區的樓道，一個早起去買菜的女人發現了她，後來女人再提起這件事時總會說的一句話是：「我看又圓又胖的一坨，還以為是誰家不要的冬瓜。」綴在冬瓜後的是一串臍帶般長長的打著卷的笑聲，妞妞就那樣被接生出來。住在三樓的教師夫婦領走了妞妞，他們「正好」缺一個孩子，老天爺就送來一個孩子，不是誰都有這樣的運氣。他們一度是世界上最知恩圖報的信徒，給妞妞買蝴蝶領的碎花裙，買長耳朵粉紅兔玩偶，買亮晶晶的糖水罐頭和酒心巧克力，在妞妞還只會發出嗚哇的動物鳴叫時，就開始迫不及待地教她「床前明月光」「牧童騎黃牛」，他們對著心臟泵入期待如同將氫氣不停打入氣球，直到那天，在第九十九次教導妞妞像個正常孩子那樣擺動四肢走路失敗後，氣球爆炸了。

整棟樓都被炸得搖晃起來，流言的碳酸氣泡在搖晃中瘋狂上湧，只要撥開任何一扇忘了鎖上的窗戶，氣泡便會耐不住地奔湧進因好奇而乾涸的耳朵：「怪不得！」「我說呢！」「就知道！」……感嘆句的碎片隨著米飯殘渣和瓜子一同在舌尖翻滾，再被吞進肚中。一支流竄在樓板間的詠嘆調，擊鼓傳花一樣擊打著每一簇八卦的神經末梢，一時間大家變成了最親密的鄰里，只需一個歪嘴或斜眼就能將關於妞妞的暗語傳遞出去，外面則統一包裹著憐憫、嘆息、同情的晶亮糖衣，等妞妞再長大一些，她就開始歪著頭、破木偶一樣揮著手臂將糖果一一接過。

當然，所謂的九十九次只是周葦的胡謅。之所以是九十九，大概是因為，在一次街頭偶遇時，教師夫婦中的妻子曾以勉勵的口吻對她說：「成功是百分之九十九的汗水加百分之一的天才。」那一天，她穿著一件挺括襯衣，肩背一隻稜角分明的方格皮包，鼻梁上架一副金邊眼鏡，看上去是一整套嚴絲合縫的成功。陳香蘭羨慕那些戴眼鏡的女人，眼鏡意味著穩定和知識，只有坐在有著寬大辦公桌後的人才配享用。「事業型女人」，陳香蘭將這個吹足了冷氣的高級辦公樓詞彙放到鄰居女教師的頭上，一輪聖像上的金邊光圈，圈住的是陳香蘭錯失的某種生活。直到妞妞出現，揮舞著不太靈活的手掌將光圈打落，周葦和陳香蘭曾在街邊目睹，素來一絲不苟的鄰居女教師不得不雜耍一般，一手摟著破木偶妞妞，一手化作吊臂去够掉在人行道上的金絲眼鏡。最後還是陳香蘭手急眼快，奧運飛人一樣連跨幾條人行道橫槓，搶在迎面駛來的一輛三輪小貨車前，將它從粉身碎骨的厄運中拯救。

但鏡片還是碎了，即使有金邊護身，即使陳香蘭已經奮不顧身，它還是令人失望地從中間一分為二，再從二延伸出更加促狹的三和四，也許還有更多肉眼捕捉不到的五六七八。陳香蘭握著它，彷彿握著一件裂縫的前朝古瓷，嘴裡不斷發出清脆的「嘖嘖」，以表達不知是對女教師還是對自己的遺憾。高度近視的女教師則鼓著一對魚泡眼，盲女一樣地執著看向半空中的某個點，妞妞還在不歇氣地扭動，歪斜的眼珠和掙扎的四肢吵鬧著想要各奔東西。為了結束這片刻的鬧劇，女教師還是重新戴上了碎掉的眼鏡，留下三五個手忙腳亂的「謝謝」就拉著搖搖晃晃的妞妞疾步離去。身後的陳香蘭則用三步一回頭、五步一回首來表達她尚未完全發揮出來的熱心。

「以後可怎麼辦啊？」

「這孩子能治嗎？」

陳香蘭拋出的問題在等到答案前就肥皂泡一樣在空中自爆了，周葦無意救援，因為她知道那不是貨真價實的問句，而是迂迴的嘆句，一個接一個的感嘆號從天而降，就像人們通常理解的命運——「老天爺給的東西」，包括但不僅限於冰雪雷暴、斜眼妞妞以及不請自來的拖油瓶周葦。

陳香蘭開始物傷其類，開始同病相憐，開始在飯桌上裝作不經意地提起妞妞，就像提起一筷子滴汁如滴淚的空心菜，然後用牙齒、唾液和翻轉不停的舌頭去試圖咀嚼、分解、品嘗隔著幾層樓板的另一個女人的生活。那一整套動作蘊含著某種潦草的鄉愁，以至於當周葦聽到「妞妞」這個粘牙的麥芽糖疊音詞時，心臟或者什麼其他隱密腔室開始產生一種低沉的共振，汩汩如波動的羊水，或者是宇宙裡土星的轟鳴，又或者是一切理論上不存在的聲音。但周葦確信自己聽見了，尤其是當她在日記本裡寫下「確信」這個豆腐鹵水一樣的詞時，一切的游移不定都似乎立刻凝結成了確定的固體。妞妞和她，身處於固體之中，如一對失散的異卵雙生子，終於在當事人不慎洩露的蛛絲馬跡中彼此相認。

不過，說彼此是不公正的，妞妞從來都只

是獨來獨往，小區裡的跛腳獨行俠、過度沉浸的獨幕劇演員。到了同齡孩子都開始上學的年紀，妞妞依舊穿著一條開襠褲，跌跌撞撞地從街角出現時，舔著軟塌塌綠舌頭冰棒或者趴在地上玩玻璃彈球的鄰居小夥伴們便會自發站成一排，用注目禮、尖嘴口哨以及爭先恐後從嘴巴裡冒出的「哈哈哈哈」護送她經過。「傻子」，肉鋪檔老朱的獨生子，不請自封的「孩子王」，總會第一個喊出這個詞，「傻子」，「哈哈」，「傻子」，「哈哈」，歡樂的二重奏順著高低錯落的琴鍵隊伍傳送，妞妞就也跟著笑起來，嘴裡吐出的卻是「咯咯」，不合群的「咯咯」，老鷹抓小雞遊戲裡，小雞會發出的「咯咯」，沒有母雞雙臂遮擋的小雞，輕而易舉就被氣勢洶洶的雛鷹們捕獲。最開始，只是一根冰棍木棒，漸漸地，是一顆在半空中碎裂的沙球，是從手裡拋出的彈珠，是石子、口香糖、紙飛機，是一切近在手邊的惡作劇，而妞妞仍舊不停地發出「咯咯」。於是，二重奏變成了：「傻子」，「咯咯」，「傻子」……像是某支久不可考的單調童謠，順著街道邊老樹幹深鑿的裂紋，攀上錯落起伏的舊電線，在路燈上輕微地一晃後便分頭躍進那些或開或合的玻璃窗報訊。「哎呀」，有時候，玻璃窗後面會傳來幾聲短促的驚嘆，然後探出一顆慌張的頭，彷彿對著望遠鏡第一次發現新大陸的哥倫布，即使兩天前這幅場景才剛出現過。

妞妞活在一種同義反復中，一部獨幕劇演了又演，沒有別的情節可播，就連頭顱傾斜的角度也一成不變，更別提那介於神祕和愚蠢之間的奇怪笑容。她不會大笑，不會輕笑，只會那一種刻板的出廠式笑容。沒過幾年，當孩子們已經學會了加減乘除、ABCD，學會了背地裡而不是當面說壞話，妞妞還是堅持掛著那個笑容以及半條要掉不掉的鼻涕，從街角慢吞吞地經過，就好像，她一生要做的全部事情都只是出現在那條街道，然後經過。

率先覺察到這一點的是鄰居男教師，他反應迅速，沒多久就借由一起桃色緋聞成功出逃，通過樓道和街角的竊竊私語，不難將整個故事拼湊：一位好心的白衣天使與故事的男主角——那時他正遭受著痔瘡的折磨——在病床前偶遇，也許是身體器官的開誠布公解鎖了心靈的開誠布公，也許是細菌分解的吲哚、糞臭素、硫醇以及四處揮發的硫化氫的糅雜氣味激發了兩人荷爾蒙的某種毫無道理的動蕩，又或許是浸潤了碘伏的棉球在摩擦皮膚時意外地摩擦出了愛情的火花，就像忘了蓋蓋子就能發現青霉素的科學巧合，總之，在切割掉那塊私處的增生肉球後不久，鄰居男老師就下定決心要將眼下生活的某些贅餘也一併切除。只需要一個薄霧朦朧的早晨、一隻黑色尼龍旅行袋，以及一個心若磐石的男人，切割就輕易地完成了。他宣稱不要房子、不要財產，當然，順帶著連那個「野孩子」妞妞也一併不要了，然後就鑽進一輛出租車消失在了街口，也就是妞妞每日閒蕩的街口。

街口如今已不復存在，在新世紀頭十年的城市規劃中，它被鉛筆重畫，被鐵錘和機械臂鑿出深洞，復又被甩進去的一袋袋水泥無頭屍塞滿填平。街邊一排排房屋在漫長的抵抗後終究還是以傾倒和粉碎的方式接二連三地倒下，身邊是同樣壯烈的粗壯樟木、生鏽路牌、鉛灰電桿戰友。那些所謂的主人卻一個個潛逃了，拿著成捆如磚石的貨幣，幾乎是一夜之間就消失無蹤。街口被扔在了那裡，就像當年男教師扔下女教師和妞妞。「誰管她們死活，男人沒一個好東西，」陳香蘭也曾義憤填膺，可後來也只顧得上懊悔自己當初搬家的決定，「要有那筆賠償款，下半輩子也不用愁了。」這直接導致她再度偶遇女教師後，昔日的同情盡數演化成嫉妒。「她現在胖了，脖子上戴的金項鍊有這麼粗。」陳香蘭對著周葦翹起一根小拇指，指尖瞬間生出輝煌的金甲，一直延伸成一條光滑圓潤的項圈，掛上中年發福的女教師的脖頸，喜慶如萬事無憂的年畫娃娃。不過，稍等，如果輕輕撕開那張老年畫因膠水乾裂而翹起的一角，你會看見一間塵封的密室，一個從莫迪利亞尼筆下出逃的女人，端坐在密室角落的長桌邊，臉上是油彩重疊出的陰影，更接近於一尊在洞窟裡歷經了洗劫、風化、沙暴的陶土泥塑，而非光潔勻淨讓陰影無處立腳的白瓷報喜童子。也許她也的確曾是那樣，當周葦還是個會到處串門的孩子時，曾見過女教師家裡掛著的一幅婚紗照，照片上的女人陷在一片白紗汪洋裡，連臉也雪白一片，白成中秋的銀臺、詩人童年的玉盤，唯有兩團過分喜慶的紅暈鼓起在白中間，是尚未經歷過痛苦和驚厥的心臟。只不過人類越軌的本性在婚姻裡也並無兩樣，等到阿姆斯壯走出那一步，碎石粒和浮土延綿的荒原上，久遠的撞擊坑和更加久遠的環形山終於顯形，而想像中的白玉盤上其實滿布了裂紋衰老的陰影。

有時候，你會裝模作樣地試圖「理解」一些現象，譬如月球為什麼遠看皎皎而近觀冥冥，又譬如，「為什麼好好的婚姻會走不下去」——情感欄目的經典問題。當然，「好」在此處的意思約等於仍在進行的、尚未瓦解的、可持續的、量變還沒來得及突破成質變的，經由許多民間智慧的解讀，「好」在婚姻中得到了一種人們喜聞樂見的通俗含義：存在即等於好。與此相對的是破裂的、失敗的、中道崩殂的、此恨綿綿無絕期的婚姻。基於又偏又倚的邏輯、未加論證的規律、氣勢洶洶的道德以及浮游在腦脊液之海上的記憶殘片，你讀取、判斷、剖析，對著現象苦苦追問，像極了魔鏡前的惡王后。你期待一些聲音開口，同時期待另一些聲音及時閉嘴，你需要一個「說法」，以免被問題的錨鈎拉入無邊的苦海。你可以把它理解為，一種下意識的精神膝跳反應，或者溺水者慌不擇路的自救，一種直覺蓋過理性的自我保護，從石器時代就已經深植的生存本能。因此，當女教師將婚姻積木崩塌的主要原因歸於妞妞這個搖搖晃晃的木塊時，大多數人都認為這種想法也無可厚非、情有可原，「確實……」「沒有人……」。肯定詞和否定句和諧共存，聲音來來回回地打著太極，打出割據兩端的是非和黑白，卻忽略白中的黑、黑中的白，它們不可避免地被統一歸納進「次要原因」。

「誰家沒有點小吵小鬧？牙齒和舌頭還打架呢！可誰能接受那樣一個孩子？養孩子可不是養個貓貓狗狗。」二樓養狗的向阿姨選擇直言不諱，說這話時，那條叫歡歡的卷毛哈巴犬吠個不停，以示抗議。

無足輕重的牙齒和舌頭跳完熱身的開場舞就羞澀地鞠個躬下去，妞妞扭扭捏捏被眾人拉上場，聚光燈打在她的頭頂，拉成一頂中世紀的錐形女巫帽。這不是裝點著塑料花、紙板山、蛋糕裙、花苞頭的六一兒童節彙報表演，但妞妞仍舊足夠賣力，她學著開口唱一首童謠，聲音滑出舌梯就變了形——「嗚嗚……嗯嗯……啊」，她自己把自己逗笑，笑得磕出的下牙豁口彈出一條崩落的銀絲唾液琴弦，與其一同斷裂的還有女教師腦子裡某根緊繃發直的弦。

儘管女教師熟諳勘誤和修補的技巧——上千根被掏空的紅筆可為此做證，數也數不過來的夜晚，她將自己囚困於一把半抱藤椅上，握一根紅笤帚，順著油墨橫階，一階一階清掃過去，又或者，化身執紅燭的苦行僧，攀在鑿出田字格的白紙崖壁上，世事兩忘地糾正那些「一犯再犯」的錯誤，夜疊著夜，疊成作業簿之山，在一次又一次的山中巡獵中，女教師變得熟練、精準，對企圖從眼皮子底下溜走的錯誤總能一擊即中，但是，她擊不中妞妞，所有的紅箭在抵達時就會被扭動著的妞妞天真地避開，如同一個毫無破綻的光滑球體，但另一方面又全是破綻，一個悖論迷宮，時間也彎曲成球體，起點和終點在幾年後又再度重逢。站在原點，女教師終於頓悟一般想起了那個初衷，那顆被壓在每個無眠之夜軟枕下、讓她輾轉反側的豆子，一個小小的夢想胚胎，僅僅是想起那個形狀就足以讓她幸福，同時痛苦。「幸福」，幸福此時變成一根天降長梯，她手腳並用地爬上去，試圖擺脫身後的無間泥犁。

在一次精心策劃的返鄉之旅後，妞妞被「實在沒辦法了」的女教師留在了一座名為「老家」的荒島之上，那裡，兩位好心的隱世老者將她收留，並決心在暮年重走一遍當年的育兒之旅。幾十年前他們就是這樣，將女教師從滿地滾爬的嬰兒養成走出鄉村的中專生，只是這一次，不是為了將妞妞送出那片山嶺重疊的村莊，而是為了讓她留在那裡，從此與另一個世界隔絕。

只需要一個山坳的轉身，妞妞便消失在了女教師視野所能管轄的範圍，如同蒲公英天真又輕浮的種子，跟著素未謀面的疾風就踏上了私奔的旅途。故事自此下落不明，只剩落在腳邊的一截無頭梗還在散布著走形的傳說。

傳說的開篇如此寫道：幸福的家庭個個相似，不幸的家庭各有不同。陳香蘭對幸福或不幸都嗤之以鼻，她相信的是「家家都有本難念的經」，除此之外，她還相信：「父母都是愛孩子的，就算是收養，也有感情。可惜……」

關於可惜，她沒有多說，而是忙著起身找遙控器去了，時針快要指向八點，地方台的熱播家庭劇就要上演，忠實觀眾陳香蘭沒工夫再管別的家庭狗血戲。

未竣工的「可惜」就被丟在原地，一幢來不及裝上門窗的爛尾樓，周葦有事沒事就會去故地重遊。她想要搞明白「可惜」之後的東西，搞明白讓愛和感情遭遇橫禍變成殘疾的肇事者究竟長成什麼樣子。但肇事者不在爛尾樓，爛尾樓人去樓空，只有終年的風聲穿過門洞和窗洞嗚咽作響，聽上去像是妞妞會發出的聲音。

時隔多年，爛尾樓又蜃景一般再度顯形，在軟呢帽先生某次心血來潮忽然說出「愛」這個詞時。他說了「愛」，還說了「愛你」，離完整的「我愛你」就缺一個「我」字。爛尾樓裡突然多出的一具無頭畸形兒，來歷可疑、面目不清，比爛尾樓更無從查起，它看上去連橫禍都未曾遭遇，殘缺於它更像是天賦一類的東西。天賦異稟的無頭嬰在爛尾樓裡上躥下跳、自由來去，以為是遊樂場而嬉鬧放肆，誰也不能怪它，它沒有眼睛。妞妞有眼睛，可睜著也總像失明，彷彿爛尾樓的空窗，沒有一戶人家會住進去。所謂殘缺就是這個意思，缺乏實用性，變成裝飾。即便是裝飾，軟呢帽先生也算是贈予了周葦一點兒什麼，她需要還禮，她打定了主意做好學生，好學生最懂投桃報李。可周葦翻遍了口袋，也只翻出一個妞妞的故事可以與他的斷頭愛匹敵。於是，她破天荒地、自顧自地開始扮演起軟呢帽先生通常會扮演的角色——講故事的人。

然而，故事還沒有開篇，軟呢帽先生就背過了身，在夜的夢河上很快凝固成半座陰冷沉默的冰山，只間或發出轟隆隆像要倒塌的聲音。可他始終也沒有倒塌，而是堅挺地屹立，屹立成風景、風景畫，等著河邊人觀賞、辨析。周葦隔著不足半米的距離遙看許久，這才後知後覺或者不再一葉障目地發現這位「英國紳士」並不如印象中那樣清瘦。在此之前，高聳顴骨和凹陷頰渦合力故布疑陣，寬大風衣則上演起障眼法，為一旦有點風吹草動就會暴露無遺的脂肪伏兵充作掩護，以待出其不意的突襲，揚起連天的肉色沙塵，讓慣會紙上談兵的周葦還未舉刃就變作降兵。有那麼一些片段，她也確實像個俘虜，雙手高舉過頭，或者反弓狼狽地跪立，屈伏的胳膊肘被隨意丟棄的鋸齒狀塑料膜刑具沒完沒了地拖拽，直至拽進某個未知之地。未知之地，一小撮看守的脂肪衛兵待到主人都睡去，還時不時地抖動著給予她這個俘虜些許警示。它們盡忠職守，對周葦自顧自講出的爛尾樓故事無動於衷，因此也不會對她施與仁慈。可周葦想要的也並不是仁慈，她只是感覺那些黏黏糊糊的話如同瘀積的內出血一樣需要通過嘔吐般的敘述從嘴裡溢出，以證明她也有所觸動，再證明她並非鐵石心腸。層層遞進的蹩腳三段論，周葦在喋喋不休的自辯中化作狡黠的音符滑出黑白分明的道德音階。要知道，主動意味著責任的苦刑，而被動者則永遠揚著一張天真的臉，在歷史的夾頁中做一隻貪吃的蠹蟲，哼唧著「既要……又要……」的布魯斯。

周葦也打定主意這樣搖頭晃腦，在國產波爾多搖晃出的溫馨布爾喬亞氛圍中忽略船體緩緩下沉的事實。大把的時間在她手裡風乾成咽不下去的硬麵包，每過去一天就掰下一塊，然後，漸漸變成半塊、指甲大小的碎塊，變成一顆一顆的麵包沙礫，落到腳邊，卻沒有鳥獸來啄取。圖書館後的小樹林也空了，樹蔭下的小情侶一夜之間全都勞燕分飛、無跡可尋，只有敷衍鋪就的輕薄枯葉毛毯，那讓她想起軟呢帽先生脫在一邊的褐色外套，赤裸的樹幹則是被層層剝盡的自己，而另一個自己坐在一旁的長椅上事不關己又心無旁騖地等待著一個奇跡——如果「奇跡」可以這樣拿來使用的話。

但她想不出別的詞了，她的腦子連同身體都被那一個夜晚塞得滿滿當當，過去和未來都得暫時讓位，於是只好躺在那裡，和軟呢帽先生一塊，在夜的巨型黑塑料袋裡，躺成一對相攜窒息的殉情愛侶。

成片成片的寄生蟲將在她的屍身裡進入洶湧的發情期，躲在溫暖潮濕的肺腑間勾勾搭搭、吐露真情、一頭栽進蜜月期、熱熱鬧鬧地組建家庭，它們搭建起部落、村莊和城市，還有連綿的亮著路燈的高速公路以及暗地裡的無盡溝渠，漫長、輝煌又殘酷的文明史，絲毫不顧及宿主脆弱的承受力。它們迎來一輪接一輪的爆炸式增長，勢要衝破眼前皮肉的封禁，抵達新的肉身星系。周葦將這種衝動簡稱為一種事後的傾訴欲，一種因為自身過載而試圖將負荷一勞永逸轉移的取巧行徑。但寄生蟲們無疑要失望了，儘管整個計劃已在腹腔中籌備良久，儘管身負重任的宇航員大使經過了精挑細選，而舌形飛行器在口腔艙裡也準備就緒，但也無法改變並無另一個適宜的星球可以著陸的簡單事實。

遙遠的母星如今已來了新移民，他正信心滿滿地帶領著落單的頹唐王后致力於讓那片被苦水浸泡了十幾年的土地再度煥發生機，為此，他們甚至決意要開始重建某種古老的傳統和秩序。「你鐘叔叔和我也都不小了，準備臘月就把事辦了。」喜訊踩著搖搖晃晃的電話鋼索跨越幾千里為周葦上演了一幕驚險奇跡：堅信「天下沒一個男人可信」的陳香蘭突然搖身一變選擇了其中一個去皈依。像是神跡顯靈，又像是一種倉促的中年危機，總之，這個消息確實讓她在電話這頭有那麼片刻如同被魔術表演震住的台下觀眾一樣忘了要有所反應，然後才是稀稀拉拉的掌聲，愈演愈烈的掌聲，或許還應該來點口哨和尖叫去填滿之前那段塌陷的空隙。周葦忘了自己說了什麼，只記得陳香蘭在確認她一定會過年回家這個信息之後就扔給她一段嘟嘟嘟的忙音，彷彿那才是她打來這通電話的唯一目的。

眼睜睜看著話筒裡斷點的聲波救援繩一截一截被拉回去，周葦躺在塌方的廢墟裡，後知後覺地想起，說起來她也有一些爆炸性近況可以與之匹敵。譬如，她是如何鬼鬼祟祟地通過復刻陳香蘭當年的手段——寫下幾百字抒情長信——勾搭了一個道貌岸然的中年教師，或者說懷才不遇的民間詩人；又是如何故作無知地踏入一個男人的祕密基地：一張臨時搭建的蛛網，遍布黏稠的詞語膠粒，穿著廉價印花裙的周葦，四肢張開掛在上面，像一隻輕浮莽撞的飛蟲。又譬如，那張蛛網是如何隨著軟呢帽吐出的韻腳和節奏反復地震顫，過程中，她有多少次以為自己下一秒就將墜落，實際上卻又被對方拋向更高的半空，以至於那種腹腔因騰空而積聚的酸脹感一連幾天都沒有消散，讓她如同懷揣了一件燙手的禮物，順帶著臉頰也開始發燙。「陌生人的東西不能要。」陳香蘭的家教箴言拍打著她背對軟呢帽先生時彎折起來的脊梁，可她不僅要了，還要了更多，要了一對緊箍在手腕上的指痕紅手鐲，成色好得經久不退，當然，還要了那本臨別贈予的詩集，被壓在枕頭下，夜夜踩著滑稽的韻腳在她夢裡堂而皇之地進出。或許，還有什麼其他不起眼的小東西、小心意，被軟呢帽先生趁著夜黑一股腦塞了過來，就算沒有，現在這些也已經足夠了，足夠炸裂陳香蘭和彌勒佛先生好不容易建得初具規模的地基。斷斷續續的電波聲聽起來宛如炸彈引爆前挑釁的倒數提示音，周葦思前想後最終還是好心腸按下掛斷鍵選擇放棄。就讓這對新人在溫馨歡快的進行曲中走上紅毯或者火海，就讓他們手挽著手如同連體嬰，就讓她充作超齡花童在身後為他們鋪撒出一個假的春日，而不是行走的人肉炸彈非要炸得好好的黃道吉日雞犬不寧，畢竟，這是陳香蘭的第一場婚禮。

於是，只好打包好祕密和心情，避開母

星，繼續接受獨自遊蕩的命運，在被命名為荒原的宇宙裡。

荒原的冰河上，軟呢帽先生翻了個身，彷彿從夢的裸體上抽身而出一樣，銀白的月光使他的表情看上去冷漠而可疑。就像前一天，周葦推開那扇厚重的木門時所看見的那樣，門後的軟呢帽先生一改夜晚的隨意，顯得古怪而嚴肅，目光緊緊盯著面前的紙堆，紙堆像是下一秒就會因為過度的聚焦而燃起火來。在發現周葦之後，火苗搖搖晃晃地鑽到她身後閃動了幾下，確認好沒有可疑的尾隨之徒後就十分有眼色地熄滅了。然後，他鎮定地換上溫和的神情如同換上一件掛在椅背上的備用外套，那外套也曾將周葦兜頭套住再層層剝開，他偶爾也喜歡一些俄羅斯人的幽默。

「這裡有點拘束，你先待一會兒，等下再帶你去另一個地方。」

「這裡」指的是軟呢帽先生位於教師辦公樓九層的拐角辦公室，一間十平米的單身漢房間，狡兔三窟中最嚴肅的那一個，漆木書櫃戴一副寬大方形玻璃眼鏡，鏡片背後挺括的精裝書脊閃爍著知識的燙金光澤，一叢威赫的闊葉植被為勤勉的師者辟出一方悟道的濃蔭，掛在牆上的除了不知年月的合影照片外，還有鋪貼成牛皮癬廣告的證書和獎章，軟呢帽先生先是將其稱為「無足輕重的身外名」，在周葦目光好奇停駐時又開始充當不失熱情的講解員，細數每一個身外名的來歷。過去的金箔碎屑被輕輕地抖落，在下午五點的陽光裡，整間屋子都飄浮起榮譽的灰塵。他一時孩子氣的炫耀就像毛手毛腳地脫下金身，立時就露出一具肉體泥胎，周葦想的是，這樣的話，她和軟呢帽先生也算扯平。

在榮譽浮動的塵埃中，周葦被軟呢帽先生的話帶到正對門的那張沙發上，一杯伯爵紅茶吞雲吐霧著暫時頂替作陪，杯子倒不是顴骨高聳的傲慢英國骨瓷，而是曬得肉色均勻的溫厚泥陶，握在手裡如同握住一截赤裸脖頸，一顆凸起的陶粒充當擾人的痦子，它就這麼在周葦的指間被來回地撫摸如同調情。不過，除了這個暗地裡的手指遊戲，她從頭到尾都坐得背脊端正，似乎又變回那個等待傳喚的好好學生，畢竟那條突然而至的召喚簡訊也面無表情地維持著師者的威嚴：下午五點來我辦公室。多餘的情緒枝葉被剪得乾乾淨淨，只剩下光禿禿的枝幹做一根嚴厲的教鞭，指向一行陌生的地址。在逆著下課洪流往教學區的內部突圍中，周葦扶著被連撞三次的肩膀想，是否就算那個地址寫著地獄她也會照常收拾好包袱再收拾好心情跳下去。奇怪的地方在於她幾乎是下意識地就堅信那個動作是「跳下去」，彷彿地獄必定是在腳下的某個區域，可軟呢帽先生的辦公室卻高聳入雲，鑲一圈日暮金光，是萬神殿而非修羅場的樣子。菩提世界的顛倒夢想，坐著不斷攀升的雲之電梯卻讓周葦的腹腔積攢起墜落般的失重，只有不斷跳轉的數字還在勉為其難地維持著一種科學式的清醒。

　　她等啊，等到手中的水吸飽了涼意，溫度都被手掌偷去，等到最後一片火紅光斑也被中世紀的黑療法治癒，等到她的脊柱周圍的肌肉開始尖酸抱怨，軟呢帽先生才終於揉了揉手腕，「等久了吧？」周葦聽見皮質座椅在他起身時發出一聲痛苦的嘆息，這讓她覺得自己彷彿插足的第三者，壞心腸地硬要將他們分離。其實也沒那麼久，分針不過跑了一個飽滿的扇形，可一種體感的時間取代了精準的二十四小時計時，有那麼一刻她甚至覺得軟呢帽先生看上去猛增了不少年紀。他確實也不年輕了，四十歲或者五十歲？有人聲稱：「到了一定時候，年齡就會變成數字。」周葦想不出有什麼比數字更能讓人坐立不安的了，考卷上的分數、電梯間變換的層數、體育課八百米測驗的及格線、過年的倒計時、她和軟呢帽先生之間以二十開頭的年齡差……現代人卻試圖用這種說法來撫平焦慮。差異鑿出鴻溝，於是那些漫灌的不安洪水才得以疏導。是的，意識到差異的存在讓周葦放鬆，她憎恨統一，統一意味著沒有例外。但她必須成為那個例外，否則該如何解釋那些已經發生和正在發生的事情，如何解釋在軟呢帽先生走過來時，她沒有敏捷如一隻受驚的豹子一樣竄逃，如何解釋妥協並非無藥可救。

「這些天我一直在想你。」

軟呢帽先生降落如一團厚重積雨雲，溫熱的吻砸落在額頭，周葦的臉卻燒成落日前患了肺癆的天空，她喘不過來氣。很明顯，他們處在不同的天氣。從未料到過的單刀直入，刀鋒劃破砧上魚腹，露出害羞的粉色腸和肉，而還在輕顫的是那些苟延殘喘的神經。

「你想我了嗎？」

額頭抵著額頭角力，粘連的皮膚有種連體嬰的痛苦的親密，周葦被他的麥芽糖語氣裹住，在濃得攪不開的甜蜜中不知如何回應。甜味區是她味蕾中發育最遲緩的部位，一種隱祕的殘疾，在與小余的相處中就已初見端倪。較之會分泌多巴胺愛情幻覺的甜，她更熟悉皮膚摩擦後的辣、汗水結晶出的苦。可軟呢帽先生卻執意要先奉上甜點，在已經吃膩了的正餐被擺上來之前。他的眼睛軟成榛子味的夾心太妃糖，帶著薄繭的手結滿粗糙的糖粒，他化身巧克力工廠，試圖引誘周葦一頭扎進那汩汩冒著熱氣的朱古力之池，畢竟，全世界都熱衷於向女孩子推銷批量生產的甜。至於軟呢帽先生的甜是不是批量生產，周葦無從得知，不過，即使它是貼著編號以做區別的珍貴限量品，對上她不辨優劣的味蕾也無濟於事。她期待他的報復而不是愛，期待一把刀子堅決地捅進那個早就破開的洞口，她甚至可以聽見那裡因為等待太久而被風貫穿的嗚嗚哀鳴。軟呢帽先生卻用她鼓脹的心臟之石磨刀，讓結果在一來一回中懸而不決地搖擺。原來，這不是一場行刑，而是行刑之前的審判。

於是，周葦只好坐在被手臂半圈起來的被告席上，發出認罪的蚊蚋之聲：「我也是。」

期待的判罪錘音並沒有落下，猛漲的寂靜瞬間將四周填得滿滿當當，只有急促而歡樂的下課鈴聲從遠處飄蕩而來，像岸上閃爍搖曳的舞會燈火，事不關己地目睹著她此時順從的溺亡。

事實上，關於妞妞的故事還有一截斷尾。

很久之後的某一天，久到日子已經變成老兩口嘴裡稀疏錯落的牙，發現了這一點的妞妞便毫無預警地從其中一處豁縫裡溜走了。沒有人知道妞妞溜去哪了，但或許也沒有人想知道她去哪了，只有一個在田裡閒逛的大爺曾無意間透露過一點訊息：「她一個人在田埂上，嘴裡還喊著什麼⋯⋯」大爺冥思苦想卻遲遲沒有下文，只好把當時在場的另一位目擊者——一桿油光發亮經驗老到的旱煙——在田埂上一磕，這才又獲取了一條線索：「媽媽，好像在喊媽媽。」喊著媽媽的妞妞穿一身鵝黃夾襖，胸脯鼓起如一隻待飛的春日黃鸝，她撲動著兩隻不靈活的翅膀，一眨眼就消失在重疊的樹林之間。

「咯咯。」

據稱，樹林裡曾傳來過這樣的聲音。

芭比娃娃

那夜之後，還有許許多多的夜，匯成無數條細小支流從一顆顆鵝卵石枕頭上流過去，繞過叢叢神經密林，淌過灰質皮層的黯淡平原，還有那些群居的細胞體，每一個都被過度泛濫的夜河浸泡得腫脹不已。腫脹擠壓著顱骨想要衝破薄薄的頭皮，但最後只衝破了薄紙一層的夢境。周葦醒來，天花板以慈愛的目光注視著她，一位面色平靜的看護者，沉默著安撫她被夢之潮汐幾近沖毀的神經。夢緩緩從她身體裡退了出去，先是頭部，再是脊骨，一路退至被嬰兒睡姿擠壓的右側手臂。黑色手機船靜靜停泊在被褥隆起的休眠港裡，偶爾，失眠的老船民周葦會點起漁燈，下到船艙去檢查一下舊物是否還在，譬如，一次次拋出的「在幹嘛」之錨，塞了幾塑料筐的名為「想你」「吻」「喜歡」的漁獲，它們已經死去卻依舊新鮮，在月光下閃著粼粼光澤，還有那些糾纏一團的漁網，上面布滿了試探的鈎，「今天來我家嗎？」「你在生氣？」「為什麼不回消息？」鉤子有時候軟綿綿像是搖擺的水草，有時候又是淬過火的精鋼，有時候只使她感到一陣嬉戲的輕癢，或者輕輕地刮破一些皮肉，有時候卻又將她連根拔起，在缺氧和失重的雙重折磨中又被再度放生，花樣百出，像極了愛侶之間的打情罵俏。也有風平浪靜的時候，鉤子一連好幾天也不出現，活水變成了死水，瘋長出來路不明的入侵綠藻，周葦只能利用一些自救活動來緩解氧氣被大量消耗後帶來的窒息：在圖書館進行長達八小時的心靈雞湯水浴治療，輔以夜間冷光操場的一小時全身肌肉復健，或是灌下室友用方言陳米煲出的軟爛電話粥以作食補。她們經常會忘記她的存在，或者基於一些客觀事實——獨來獨往、沉默寡言——以及天然優勢——防窺的方言隱身衣——認定她不具備任何傳播上的威脅。然而，事實上，那些從軟布簾後抖落下來的陳芝麻爛穀子全被周葦不加選擇地狼吞虎嚥進腹中，至於味道好壞，沒工夫管了，她餓得像一匹兩眼放光的野狼，只要有東西源源不斷塞進那個翻滾著灼熱酸性溶液的無底黑洞就好了。就像一種獻祭，或者臨時抓來什麼作為擋箭牌，應付掉沒完沒了的被記憶和眼下前後夾擊的時間，應付掉那些鐵鉤消失後留下的窟窿。於是，她往身體裡塞進窗邊右床江南女孩周媛對母親撒嬌的一籮筐吳儂軟語，塞進靠門邊下床東北姑娘李琳琳與留守東北男友和新一屆學生會曖昧學長之間的兩段艷聞逸事，塞進高考發揮失常與北大失之交臂的下床眼鏡妹陳晨的深夜低泣，塞進那些來自五湖四海的可靠鄉音，塞得自己滿滿當當再無一絲空隙，如同一個饜足又憂愁的胖子，藏身於溫暖、豐盈又累贅的八卦脂肪裡。

她並沒有什麼可說的，她發現當她聽得越多，沉默就蓄得越深。滿載的水庫常常發出充盈而沉靜的回響，溫柔地警告著隨時有潰壩的風險。有時候，當軟呢帽先生開始解紐扣時——他總穿有紐扣的衣服，它們圓圓地整齊地排成一排在夜間亮起的路燈，手指每經過一顆，就熄滅一盞——那些蓄水就開始按捺不住了，在她一方方牙齒築起的白堤壩後躍躍欲試。也許這種奇怪的傾訴欲應該被歸結為某種尚未被發現的「性癖」，正如有些人喜歡在過程中加入粗話作為興奮劑，讓平日裡被小心掩藏在衣服下、雙腿間的詞語從嘴裡堂而皇之地走出來並登堂入室當然能產生足夠冒犯又足夠下流的樂趣，一種發生在臥室裡的社會解放，哲學家會為此一連寫下三卷本巨著來為那些赤裸的男女荒民提供赤裸時的暫居之地。可周葦遍翻群書，也沒有找到和自己那種獨特「性癖」匹配的一字一句，看起來，她涉入的是一片還未被開採的性文明處女地。

在這片處女地上，她打滾、尖叫、翻起肚皮又扮作拱橋，在晚風的撫摸中泛起一層麥浪雞皮，她恍如一頭剛出生的牛犢，不知疲倦地空耗體力。她不知道怎樣才能擺脫那些新生的、惶惑的、尚未被命名的東西，那些東西只是不停地從她身體裡滾滾湧出，溫熱的血液一樣，可她早就在第一次的時候流出了所有的血。她姑且將它們稱為一種臨場反應式的液體分泌，就像烏賊會噴濺出的墨汁、海參會嘔吐出的臟器。只是那些液體並不會離她而去，而是結成一層薄膜，她屈身於內，變成一隻等待時間過去的蠶。她可以假裝沒有感受到地殼的躁動和堤壩的顫抖，沒有看見漫天的皮屑在軟呢帽先生不斷加速的震動中落了滿地，也沒有發現身後被月光出賣的陰影大廈在時間的推擠下緩緩倒塌，她可以假裝這世界被分割成了黃白分明的蛋，溫馨洋溢的蛋黃裡，記憶留存下來的材料臨時搭建起分身：在那裡，周媛的圓鼻頭正對著最新款翻蓋音樂手機叮嚀出一聲甜糯米的尾音，李琳琳一波蓋過一波的嘶喊聲衝破大門，撞上走廊的發霉的綠牆又彈回宿舍，一隻茶杯蓋被彈離杯身，撞出銅鑼脆響，陳晨捂住耳朵，將這些連續劇噪音隔絕在外，專心致志地研究一本厚達三百頁的考研輔導手冊，把它用作敲門磚敲醒把守命運之門的保安。世界熱鬧得像每一個普通的週末夜晚，她可以假裝此刻就是那樣的夜晚，假裝每一個女大學生都坐在自己的那張飛毯床上，為無關緊要的事情快樂、發愁、生氣、哀嘆，假裝確實有那樣一個完美如同透明聖誕玻璃球的夜晚：紛飛的人造雪飄飄灑灑，長鼻頭雪人再也不用擔心融化，裝飾著金色鈴鐺和彩色飄帶的聖誕樹常綠常青，一幢紅頂木屋充當世間最後的寄居所。直到有人打破它。

打破它的倒不是一雙手，也不是鐵榔頭，而是軟呢帽先生隨著煙圈吐出來的一句話：「你剛剛走神了。」

還在走神的周葦被當場抓獲，罪證停留在她飄忽不定的雙眼上，她沒來得及將它藏好，像不撞南牆不回頭的被捕逃犯一樣，她也選擇用裝聾作啞來自證清白。但顯然，軟呢帽先生在審訊方面很有一套，他在很多方面都很有一套，不止一套，甚至有許許多多的套，周葦被自己腦子裡冒出的這個黃色笑話給逗樂，但她不能笑，那樣就顯得太無可救藥啦，於是，她只是輕輕咬住嘴唇以防笑聲被洩露出去，雖然在另一雙眼睛裡，這看上去近似勾引。

「在想什麼？」

軟呢帽先生繼續追擊，沒夾菸的手夾住了周葦落下來的那綹頭髮，繞在中指上，繞成一枚漆黑戒指。周葦想起來，有人說過，戒指戴在中指上意味著正在熱戀。於是，嘴巴快過腦袋，搶先開口了：「我們這是在談戀愛嗎？」

這個問題讓軟呢帽先生攪動的手指停下來，他抽開手，戒指滑落散開，變成一縷喪氣黑煙，軟呢帽先生的臉浮在黑煙中，看不分明。然後，在他嘴唇輕輕分開，快要吐出下一句話時，周葦率先撲上去，用一場吻的及時雨將對話的火星撲滅得乾乾淨淨，她害怕他說是，也害怕他說不是，她害怕那張嘴裡說的任何一個字，她全情投入，連頭髮絲都在助力，它們淋了軟呢帽先生滿臉，他幾乎睜不開眼睛。一場雨下了半個鐘頭，停下時，空氣都透出濕意，他們各自喘息，靠在床頭都不開口，像兩個偶然跑到同一屋檐下躲雨的陌路人，氣氛尷尬中帶有一絲臨時的親密。

「這次你很專心。」

末了，軟呢帽先生微笑著扔出一句事後評語，就像扔下一把事先準備好的現金。這是否表明他滿意了？

然後，他起身去沖澡，在亞麻床單上留下一塊凹陷的人體版畫，供周葦欣賞留戀。正對面的浴室門喪起一張黃臉，周葦只好心虛地轉過身，面向陽台，那條水泥灰睡褲還在半空高懸，像永不落下的殖民帝國的戰旗，她沒見過軟呢帽先生穿上它的樣子，他總是從衣冠楚楚的英國紳士直接變身為赤身裸體的叢林薩堤爾，沒有閒筆，沒有僅供觀賞的悠長空鏡頭，沒有緩緩挪移的被熏成溫馨橘黃色的落日時分，從白到黑，只需要輕輕地按滅天花板上那盞節能燈。

有時，通常是在軟呢帽先生的那件東西耷拉下腦袋之後，周葦也會借用上廁所或者喝杯水之類的托詞去進行一些短暫的房間漫遊，地點主要是客廳，它聽上去就天然地好客，雖然身為一個來客，大多數時間周葦都只在臥室度過，但這也並不影響她對客廳的親近。這間上個世紀分配來的客廳在面積上充分體現了房地產經濟爆發起來前的闊綽，它格外寬敞，大多數時候明亮，一張大得足以容下三個胖子或者五個瘦子——而非雙人床的限定兩座——的共產主義風格沙發代替主人呼朋喚友，茶色玻璃茶几像老搖滾歌手的眼鏡片，目睹過許多熱鬧和瘋狂的場面，但現在，那上面杯盤狼藉，半乾的果核聚成京觀屍塔，魚的殘肢擱淺在凝固的白粥沼澤裡，一隻還未收殮的螃蟹腿半吊在藍瓷盤的邊緣做最後的掙扎，綠得發黑的茶葉乾在缺水的紫砂壺裡，一副遺恨未了的樣子，當然，還有總在杯底抹著一點朱砂的透明高腳杯，透著冷氣俯視周遭，不屑於參與進這片狼藉，與它做伴的往往是一本被迫俯趴的舊書，顯然，它對那個姿勢並不感到舒服，每當周葦輕輕地將它拿起，它就迅速地、洩憤似的在她指間「啪」地合攏。其實，周葦對軟呢帽先生的書早就不再感興趣，尤其是在某段插曲之後。

某日，軟呢帽先生心血來潮站在書櫃前提議：「要不我們在這裡試試？」他充當了一回愚公，在她眼前平移走兩座書山，再慌亂清理掉文稿雜草和筆墨石子，書桌轉眼間就變成簡樸實用的行軍床。一本遺漏的昆蟲學圖鑑偷襲了她彎折的腰背，留下蟲蟻啃咬的淡粉色痕跡。「這也是一種野趣。」軟呢帽先生揮汗如雨，同她分享初次探險的愉悅，書桌漸漸變得局限，橡木書櫃殘留的原始氣味發出野生的邀請，誘引他們轉移陣地，一陣頗為刺激的搖晃之後，精裝封皮的金斯堡不堪其擾，憤怒墜落，在這對縱情男女的腳邊發出號叫，嚴肅的白髮康德在玻璃格後移開目光，以避免道德的追擊，一旁，比亞茲萊的莎樂美手捧約翰的英俊頭顱，而周葦正手捧著軟呢帽先生。然後，所有的書都轉過身去，尊嚴、道德、美、倫理、十四行詩、憂鬱熱帶和神祕金枝都一併轉過身去，整個世界都轉過身去，留給兩人一排挺直的不屈脊背。脊背劃開一道狹長的幾乎不能跨越的分水嶺，往日泡在被曬得剛好的文字海水裡的溫暖舒適一去不返，它們變成陰晴不定地翻湧著的漆黑墨汁，交錯的橫線與折鈎在海水下埋成連片的荊棘，尖銳地拒絕著周葦的繼續涉足和探尋。但她還是時常裝出一副「泡」在圖書館裡的樣子，雖然事實上浸泡著她的不過是從巨大落地窗湧進來的陽光，以及陽光發酵出的昏沉睡意，厚重的地毯海綿吸光了所有聲音，模擬出幽謐的海洋情境。大多數時間，周葦只是無所事事地遊走在知識之海的休閒沙灘，那裡人頭浮動、設施完備，有著精準符合睡眠需求的皮質沙發、裝有飲水機和連體情侶的休息室、自動沖洗掉排泄物和摸魚時間的廁所隔間，以及落滿廢棄菸頭和電話聲的昏暗樓梯拐角，品類繁多的它們足以讓周葦打發掉一個又一個白天。偶爾，她也會散步到海邊，遠望一層層拱起的書海脊背，它們整齊、磅礴、肅穆，全都對她轉身而向，一如軟呢帽先生家的那片。也許，它們正是從那裡一路奔湧過來，把那些祕密夜晚的殘骸廢片再度沖刷上岸，無數個赤裸周葦夾雜其中，好似批量製造出來的塑膠娃娃。

　　也確實出現過那樣一個娃娃，她有著棕金

色蜷曲的塑料長髮，赤條條卡在塑料凹槽裡，隨著禮盒附贈的還有一套天藍色蕾絲邊傘形公主裙，一件粉紅色夏日吊帶套裝，以及一個指甲蓋大小的珍珠王冠。誇張的藍眼影和似乎隨時會吐出一串煙圈的飽滿紅唇使她看上去像是那種陳香蘭會避而遠之並在背後對其指指點點的「壞女人」，可陳香蘭卻將她當作禮物送給了六歲的小壽星周葦。周葦將她稱作「寶寶」，一個長著成年女人高聳胸脯的寶寶，她日日夜夜悉心照料著她，為她來回脫下又穿上那兩套衣裳，用一把迷你梳小心翼翼地梳理她的金色頭髮，餵她吃不存在的飯，讓她和不存在的朋友說話，也為了不存在的錯誤學著陳香蘭的語調責備她。但其實，錯誤是存在的，只不過犯錯誤的人往往是周葦而非無辜娃娃，陳香蘭罵完周葦一輪後，周葦就原封不動地把那些斥責一併打包轉給娃娃。直到有一天，陳香蘭發現本該乖乖挨罵的周葦還在對著娃娃低聲嘀咕，出於被忽略或者被冒犯的憤怒，她先是用一個響亮巴掌拍滅了那惱人的蚊子聲，然後一把扯過那把金色頭髮將娃娃拋向半空。「你聽見沒有？長耳朵了嗎？」耳朵被揪起來的瞬間，滑過周葦腦子裡的卻是，她對娃娃說了這麼多，卻忘了看看她究竟有沒有耳朵。娃娃的確沒有耳朵，金色頭髮的掩蓋下，一道粗糙的縫合線試圖瞞天過海，但終究還是被陳香蘭的無心之舉撞破。沒有耳朵的娃娃躺在牆角，一隻腿被撞得高高翹起，一隻手在拉扯中不幸掉落，臉上依舊掛著甜美笑容，正如出廠包裝上注明的——「擁有天使笑容的芭比娃娃」，即使被咒罵、撕扯、扔到牆角、剝光衣服也依舊笑得像個天使。

軟呢帽先生的詩歌中，天使也是常駐嘉賓，只不過它們無一例外都是憂鬱的、悲傷的、斷翅的、墜落的，貪心少年伊卡洛斯的替身，逐光者的唯一下場是被光燒死。「文學不應該帶來快樂，文學與痛苦是雙生子。」某個抒情的夜晚，讀完一篇關於他作品的措辭激烈的詩歌批評後，軟呢帽先生忍不住對周葦談起自己的詩歌理念。「偉大的東西都必然與痛苦有關，快樂是淺薄的，吹一吹就散，痛苦又密又實，而寫詩是碳元素高壓結晶的過程，完美的詩歌應該是鑽石，結構穩定，牢不可破，又純淨無瑕。」周葦對軟呢帽先生來說必然不是那顆鑽石，也必然與偉大無關，他曾不止一次說過，和她在一起讓他快樂，所謂的淺薄的、輕飄飄的、一吹就散的快樂，如同一根香菸在指間燃成幾分鐘的焰火。與此同時，周葦感到的卻常常是一種灼燒和正在死去的痛苦，那麼，是否可以說，有什麼偉大的東西也同時產生了？這樣一來，他們似乎都各有所得，周葦甚至是得到更多的那個。但周葦依舊覺得，某種東西正在一點一點從她的身體裡流走，軟呢帽先生每造訪一次，它就更少一點，如今，她已經能聽見半罐子才能晃出的叮噹響動。他在她的身上開礦，因為沒有所屬，於是格外放縱，通通都挖走，早晚有一天，那裡會只剩下一個荒廢的貧瘠礦坑，布滿大大小小的坑洞和挖鑿留下的鋒利傷口，而軟呢帽先生則會重新戴上那頂禮帽，回到文明社會裡去繼續充當紳士，彷彿從未涉足過荒野。

他試圖裝出一副不知情的樣子，有時，他也提到「未來」。「未來」這個詞自帶一種幻想的色彩，提出一個假設，「如果……會怎麼樣……」，假設句式的骨架搖搖晃晃，拿不定主意，像是隨時會被太空的流石擊倒，可太空本身又缺乏倒下需要的重力。於是，它只是飄浮著，飄浮在輕盈的、空曠的、漆黑的虛無之中，如同一架所有飛行員都中途死去的飛船，目的地不再存在，飛行僅僅是因為燃料尚未耗盡。當他開口說未來時，飛船就從他深深的喉管裡飄游而出，一架過去，還有一架，詩人最擅長製造無用的東西。有一段時間，周葦迷上了摺紙飛機，那本贈品詩集被她撕得所剩無幾，在圖書館的無人天台，許多架載著詩句的飛機乘風起航，沒一會兒就晃晃悠悠地墜落在不遠處的小樹林裡。也許會有野鴛鴦將它們撿去，當作上天對他們愛情的祝福，但更可能它們只是給環衛工帶來了一些清晨的困擾，並讓他們憤怒於這反復發生的惡作劇，就像生活，或者其他什麼東西。

說回未來，軟呢帽先生提起它時常常以問句開始：「你想過……？」「你今後……？」一種投石問路的語言藝術，小心翼翼以免前方突然躥出猛虎。打頭陣的「你」字使這些談話從起點就蒙上幾分關心的迷霧，至於究竟是幾分，不好說，也許是七分，也許只有六分，卡在及格線上，微妙而安全地保持著剛好的距離，而距離讓周葦時常感覺那個「你」是他們之間突然冒出的第三個人，他們談論著她，像隨口談論起某個熟人。「我」和「我們」都默契地選擇了隱身，於是，周葦明白過來，那些談話不過是用語言在預演真實的、必將發生的未來。奇怪的是，軟呢帽先生竟然會一而再再而三地進行這樣的演習，甚至將每一個細節都考慮到，論文、畢業、工作、房屋以及年輕人的必需品「理想」，他太過周到，反觀真正的當事人卻一副事不關己的輕鬆，聳聳肩就可以把未來拱手相奉。軟呢帽先生對於可預見災變的敏感，可以被理解為一種過來人的謹慎，譬如，經歷過大飢荒的人很難再染上浪費的惡習，溺過水的人在經過河邊時會更注意腳步；譬如，人很容易用自己的過去做標尺，來度量他者的生活。當他赤裸地躺在那裡談起未來時，那些刻度就顯現了，它們從軟呢帽先生的額頭、鼻尖、喉結、胸腹一路往下，到達那個疲軟之地，有些刻度因為年歲過久，已經磨花了，因而顯出一種模糊的柔和。大多數時候，周葦都只是沉默地聽，感受軟呢帽的聲線在她的時間表上輕輕地來回劃過，那是他在她身體上留下的刻度，而那些所謂的未來並非在什麼遙遠的別處，它就在當下，在一來一回中成為散落四周的木屑，他只是在刻舟求劍，或者說，刻舟棄劍，知道船不可避免地會離開，劍則會被遺棄在原地，但出於一些愧疚、掩飾、自我安慰或者任何其他可以被心理學解釋和寬宥的因素，刻度仍舊被需要和使用。

就像女教師，在妞妞消失後的一段日子裡，她也曾滿大街地張貼尋人啟事，妞妞的臉笑上電線桿，笑進布告欄，笑夾在五金店的捲簾門間被折斷，風把那些笑刮到半空，又被雨淋淡，沖進下水道只引起一陣吞咽的呻吟。她也曾讓那個笑出現在報紙上，附贈個加粗加急的黑體標題：**急尋愛女！**她也曾變成喋喋不休的祥林嫂，見縫插針地將妞妞塞進她與街坊鄰居之間產生的所有對話裡。她也哭，也鬧，將沉沉的深夜攪得不得安寧，她把人們從睡眠裡拉出來，拉進她的夜間獨幕劇裡。她讓所有人成為觀眾，以製造一種道德的不在場證明，一種清晰可見的標記。

這不足為奇。當事情發生或者將要發生時，你總得做點什麼，不是做點這個，就是做點那個，你不能無動於衷，像欣賞晚霞一樣欣賞拔地而起的蘑菇雲。你或許是被社會或者某種更大更神祕的建製造出的渦輪機擠壓催逼，也或許僅僅是被心臟泵出的不明酸苦液體腐蝕了主導行為的神經，總之，都不足為奇。奇怪的是，本該有所觸動的周葦自始至終都無動於衷，她發現，當她明明白白地聽出了軟呢帽先生話裡話外的暗示時，她只覺得理所當然。但她厭惡理所當然，「理」掙脫了摩擦力就這樣輕輕鬆鬆地滑過去，暢通無阻，一路綠燈，沒有垂直而下的攔路壓力，一個只屬於理想平滑面才能誕生的奇跡。可奇跡來得太過稀鬆平常，在誕生的一刻就急劇貶值，尤其是在這樣的情景裡，一些更為日常溫馨的舉動似乎才能符合那個被模糊命名為「愛」的主題。愛是毛茸茸的、試圖兜住一切的物體，渾身長滿貪婪的觸角、拒絕一切皆空的千手觀音，它什麼都想要抓取、攥在手裡，它無可救藥地依賴於摩擦力來成全那些滿溢的佔有欲。效仿愛的邏輯，周葦也手腳併用地現學現造出一個網，去網住自顧自沉迷於時空穿梭的軟呢帽先生，她用擁抱捆綁他的身體，再用嘴做封條封住聲音，「別聊這些了，時間還早呢，我不想現在就考慮這些。」時間確實還早，這倒提醒了軟呢帽先生，不知想起什麼，他微微一笑。「唉，」一個嘆號倒下來，連帶著把周葦也推倒，「真是拿你沒辦法，你果然還是個孩子。」孩子很快哼唧著嘟囔著像是在要糖，挺起的胸部鼓鼓，一如早熟的芭比娃娃。

　　發舊的芭比娃娃躺在牆角，四分五裂，又被一雙手撿起來。女媧是七八歲孩子的模樣，她用力將斷肢按進空空的孔眼，完好無損的新娃娃就又在手中誕生，帶著天使的笑容，一如既往。

月球往事

先是一個堆滿粉尖圓壽桃的蛋糕，再是一個鋪滿九十九朵奶油玫瑰的蛋糕，新家庭成員，四歲的小表妹佳佳，每次都趴在桌沿邊，等待著第一塊乘著眾人的哄鬧聲駕著七彩祥雲邊的塑料紙盤降落在她眼前。她看顫巍巍一朵奶油花如看意中人，但她還不懂什麼是意中人，她尚且只學會了甜，從味蕾躥上來的新年禮花一樣爆炸開的甜，與此同時，小舅提著一卷鞭炮在門外點響，劈劈啪啪炸出客廳裡的滿堂彩，所有人的臉上都高高掛起辭舊迎新的笑容。那笑容在周葦的眼前晃來晃去，晃成九十九朵你挨著我我挨著你的南國玫瑰，應和著空氣亞熱帶似的潮濕悶熱。陳香蘭穿一身鑲著金邊的朱紅旗袍，全程繃直的脖頸和後背使她成了所有玫瑰中花莖最筆直的那一朵，而其他玫瑰則在早起拜年、準備晚宴、嗑瓜子閒聊、逗弄幼童的一系列新年儀式中多少沾染上了一點疲憊。

等到最熱鬧的一刻過去，染上腰椎病的二舅率先離席，窩進沙發，立起一面請勿打擾的香菸屏風。三姨和三姨夫面色鐵青，像是患上了同一種傳染病，烏雲罩在他們頭頂，眼看著就要刮起這個家族新年裡的第一場雷雨。已經不算新人的大舅媽僵在一針年前剛注入的玻尿酸裡，扮演著風乾在美麗中的高貴法老木乃伊。「瞎折騰！大過年的也得繃著一張臉。」大舅的眉頭皺得重，責備卻輕飄飄，瞬間就被周遭的吵鬧聲蓋過去，大舅媽卻終於有了點動靜，鼻端哼一聲，眼睛嗔一眼，不必理會自己的多事老公，她的眼睛只顧著黏在滿場亂竄的乖寶貝小佳佳那裡，另一個乖寶貝小家偉早被送去了國外，參加只與常青藤有一字之別的「小青藤」冬令營。大姨不再是那尊不苟言笑的金佛，趁著晚會還沒開始，攬著一旁的外婆與去年遠嫁的表姐視頻。手機在飯桌上擊鼓傳花，不過三分鐘就傳到了周葦面前，表姐先開口說起新年快樂，幾句吉祥話之後，鏡頭帶著劇本調轉朝下，表姐望著肚子，手指卻朝向周葦，「這是你的小表姨」。大姨在她身後笑眯眯附和：「對，你小表姨，等明年，咱家就得再多一口人了。」大舅也湊過來，頂著一張喜慶的紅燈籠臉，拍一拍坐在一堆的三兄妹：「家寧都要當媽媽了，你們這些小崽子如今一個個也都成人了。」飄忽的眼神在三人臉上轉一圈，為他們的畢業禮笑吟吟撥穗。

「長成人」的家和和家樂確實也不再亂竄了，老老實實地在飯桌上坐成一對好哥倆，家和裝橙汁的長條玻璃杯被換成大拇指白酒杯，二十歲酒桌上的初試啼音，才一口下去就漲紅了臉，家和對周葦擠擠眼，擠破繃了大半日的假面，畢竟，他十五歲就帶著家樂和周葦在二舅的酒櫃裡做過偷酒賊。「裝得還挺像，呵，呵。」家樂咧著嘴，悄悄把這句話快速地塞進周葦的耳朵眼，還沒等周葦回以同樣的「呵，呵」，家樂又調轉矛頭，這次是朝著周葦：「你倒好，去大學逍遙了，就我一個人還在高三熬。」他扭起青春期靈活的面部肌肉，為她現場表演一個下油鍋。趁此機會，周葦終於把在喉嚨裡等候已久的那兩個「呵」吐到餐桌，卻沒料到，陰差陽錯，變成了對他後一句話的回答。

「那誰還挺能喝。」

家樂用筷尖隔空戳了戳對桌那個正在滿場敬酒的男人，又用筷頭戳了戳正埋頭對付一隻螃蟹斷腿的周葦。

「誰？」

「你的新爸爸。」

「新爸爸」三個字掉進盤子裡，發出清脆

的哐當聲，像新鑄的鋥亮錢幣，通身閃著逼人的喜氣。年夜飯的餃子要包硬幣，外婆擔心噎住那群狼吞虎嚥的毛孩子，於是換成了棗粒，可周葦還是無可避免地吃到了這枚錢幣，硬邦邦地磕在齒間，嘗起來有一種鐵鏽的腥氣。這是陳香蘭在這個新年偷偷塞給她的利是，從大早上就開始。「你鐘叔叔要來接我們，快換衣服！」站在鏡前的陳香蘭左顧右盼，擺弄著自己，順道再用後腦勺擺弄周葦。「等下見了面要叫人，別不懂禮貌。」隨著剛出口的「鐘叔叔」一同到來的是一個鼓脹得咧嘴笑大紅包。「你鐘叔叔對你還是很大方的。」耳邊飄來的絲絲唇語，一秒就被不近人情的冬日冷風刮出車窗去。周葦假裝聽不見陳香蘭隔幾分鐘就會響起的笑聲，假裝看不見後視鏡那一雙偶爾會與她狹路相逢的眼睛，假裝那一身西服和旗袍只是某種過頭的節日變裝，假裝所謂的團圓飯就是一群人團坐成一個圓吃飯的意思。但「新爸爸」還是就這麼毫無預警地砸進了她的盤子，砸出單單只能讓她聽到的動靜。

「新爸爸」連乾三杯，右座的陳香蘭用一個飛眼拍了拍他的肩，「少喝點，注意身體。」「這就管上了？」酒杯舉到一半的大舅話音一落，四周都響起笑的掌聲，每一掌都拍在周葦的臉上，於是，她的臉也泛起微醺的紅。笑聲從四面八方湊上來，你爭我搶地想要加入這場宴席，周葦從笑與笑的空隙中擠出去，無人注意，只有一串撞暈了頭的笑尾隨著她穿過客廳，晃進門廊，卻沒想，在玄關處遭遇成片鞋船的伏擊，周葦認出了那一雙通體漆黑的巡航艦，她曾偵破它們的夜襲。如今，它們停在那裡，已被招安，掛上了「陳」字旌旗。三分無意，四分有心，周葦在跨過去時不慎踢中巡航艦的一隻，船體在一陣搖晃後傾覆到鞋櫃礁石邊，出於心虛，作案者慌不擇路地將自己塞進門邊的某對簡易白船裡，選擇了肇事逃逸。

然而，沒有人追捕她，街道空成一截被遺棄的腸衣，軟趴趴地躺在逐漸冷下去的夜裡，發乾變硬，蜿蜒向上的焦黑樹枝毛細血管顯得猙獰。黑袍黑帽黑面的周葦是沒有被刮乾淨的那一點殘餘，一截黑掉的病變體。所有的窗戶都亮起溫馨的一豆橘燈，一幢接一幢大樓變成列隊等待十二點準時起航飛往嶄新星球的飛船艦艇，然後，沉寂了一晚的夜空終於按捺不住提前綻出一束金色煙花，距離零點還差不到半個鐘頭，一束煙花後尾隨著一支煙花的部隊：打頭的是精神抖擻的錦菊方隊，它們氣勢昂揚、雄姿勃發，為新年帶來第一聲響亮的祝福；接著是熱鬧歡快的旋轉花環，它們正身披霞彩、形容優美地向我們轉來，環繞的舞步象徵著日子紅紅火火、滾滾向前；緊隨其後的是具有南方風情的椰樹、瀑布，不拘一格的形態代表著開拓和創新的精神……煙花越來越多、此起而彼不伏，從有序的閱兵隊變成了縱情的狂歡節，就連左側衣兜裡的手機也躍躍欲試，噗噗噗跳起蹩腳的森巴舞，一長串祝福踢踏著腳步從正前方向周葦走來——某某通訊商：「尊敬的客戶，新年的鐘聲敲響了，在此佳節之際……」某某銀行：「禮炮聲聲，洋溢著新年的快樂；美酒杯杯，勾兌著生活的甜蜜……」某位五年沒聯繫的朋友：「新年到，想想什麼送給你，又不打算太多，就只給你五十分：十分快樂！十分健康！十分有錢！十分幸運！十分幸福！春節快樂！」……手機接連嘔吐了長達三四分鐘，伴隨著抽搐，就在周葦覺得它撐不住快要在手裡溘然長逝時，它才終於恢復了平靜。撥開瘋長的祝福雜草，周葦試圖從中尋找一些可用之材，謝依然自然沒有缺席：「幹嘛呢？明天出來唱歌。帶你見見我新男友。」眼鏡妹室友也發來了訊息，祝她新的一年「長足進步」。小余的四字簡訊夾在家族群的禮炮聲聲和班級群的歡度佳節中間，顯得不起眼了，「新年快樂」，過了五分鐘，才又試探著彈出一句：「回來了嗎？」軟呢帽先生一如既往，杳無音信，從回家列車發動的那一天，他就隨著那座漂浮在海上的南方城市一同在周葦的身後沉沒。

公正地說，他也曾透露過一點年節計劃：「我要去上海一趟，看看孩子。」周葦沒空接過話頭，她的右手忙著撕左手食指上的死皮取樂。「這段時間先不聯繫了，你也和家裡人好好聚聚。」倒刺被軟呢帽接下來的這一句話拉出一條錐形傷口，血一瞬間就冒出了頭。反復、持續、停不下來地撕死皮或者啃指甲在現代被認定為一種精神疾病，一方面，這讓這些小動作突然變得嚴重，另一方面，卻又使精神疾病聽起來多少有些輕鬆了，畢竟，比起妄想、幻覺、狂躁、多重人格或者胡言亂語，這種甚至很難引起旁人注意的輕微自殘行為顯得實在溫和，幾乎可以看作一種手指遊戲，嚙齒動物閒暇時光裡的自娛自樂。從不知道什麼時候起，周葦便不知不覺染上了此種惡習，秋冬的到來更是加劇了它出現的頻率。十指變成了她的最佳玩伴，每當與軟呢帽先生獨處無話可說時，它們就從衣兜或者腿邊冒出，拯救她於窒息和焦躁的水火。它們具有可再生的獻身精神，每撕去一層過上一段時間就會奇跡般地再長出替代的一層，如此循環往復，以完全溺愛的態度縱容著周葦心血來潮的衝動，就像她縱容軟呢帽先生一次又一次撕開她，然後，她再自動將那些剝除的衣服按照原本的順序一件件歸位，除了幾處可以忽略不計的褶皺，一切看上去幾乎完好如初。在周葦看來，這種近乎盲目的、機械式的、寬宏大量的，或者說不知廉恥的自癒能力是造物主最偉大的發明，一種求生的本能，甚至都不需要問求生的目的。

按照這一邏輯，她早該對那位「新爸爸」笑臉相迎。舊爸爸跟著舊年死去，「新爸爸」在除夕交替之際降臨，一次家庭的換血療癒，頂替者也算師出有名：陳香蘭這麼多年一個人也不容易。可自癒功能這次卻選擇裝傻充愣，在本該濟濟一堂合家歡的新年夜仍舊發炎、紅腫、流膿、滲血，以至於周葦不得不離開溫暖的室內，逃到零下的街頭，從而避免細菌的加速滋生。她需要冷靜，需要風兜頭潑她一盆冷水，需要將自己從那鍋熬煮了一整天的家庭雜糧粥中抽身出來，需要在被十幾張不斷張合的嘴搶奪光氧氣之前另尋出路。出路是一條長長的響尾蛇，甩動著冰冷的黑尾在夜的起點埋伏已久，它吞吐著紅信，營造出危險的緊迫感，一輛轟鳴作響的救護車白幽靈一樣橫穿過去。原來新年夜並不是只有好事發生，並不是只有沒完沒了的笑和車軲轆漂亮話，也有四處遊蕩的死神幽靈，也有離家出走的不孝女，也有火災、爆炸、凶殺，也有一把屎一把尿，一把眼淚一把鼻涕。

譬如新年接到的第一個電話。

「你去哪了？」

「在外面走走。」

「大半夜的走什麼走，發神經？一家人都在這兒，你又給我耍什麼大小姐脾氣？從早上就不對勁，垮著一張臭臉給誰看？我知道你對我有意見，心裡有氣，但我告訴你，這麼多年，我不欠你的，說起來，你倒欠我不少，一把屎一把尿把你拉扯大，你小時候打針都是我背著你去，我那時候腰也不好，沒一個人照應，我容易嗎？我把你餵到現在，成了大學生，你就這麼回報我？早知道我還不如就把你拉到廁所裡，良心都被狗吃了！趕緊給我滾回來，不回來就永遠別回來了！」

「嘟——」

唉，卡在喉嚨裡的「我馬上就回去」到最後一刻也沒來得及吐出去，變成穿腸的魚刺哽在半途，讓她想要嘔吐，再加上還未消化的紅燒肘子和酸菜餃子的雙重夾擊，她也就真的吐了出來，扶著路邊一根好心樹幹，恍如夜半找不到回家路的醉漢。醉漢的體內是不安分的酒精在亂竄，而在她體內亂竄的想必是其他一些東西，它們比酒精更成分複雜、來勢洶洶，它們抗住了胃酸的灼燒，一路殺出喉管，現在，它們是黏黏糊糊顏色不明的一團，掛在深冬猶綠的路邊野草上，而野草本不該遭此橫禍。

吐空了曲曲繞繞的肚腸，又復被新年夜還沒來得及暖起來的春風灌飽，被良心抓捕回來的脫逃者周葦終於踉踉蹌蹌划著那兩隻白破船回到了東湖苑——大姨家將近兩百平的新居所、團圓宴的舉辦地。樓下，每一棵鬼影幢幢的樹都化作宵小之徒衝她招手，兩盞倒霉守夜路燈則晃著巡檢的手電裝模作樣，一扇發瘋的窗戶對著夜空哐當砸出一隻酒瓶，被驚擾的野貓一躍而出，將寂靜劃出尖利狹長的裂口一道，然後，一切又恢復寂靜，寂靜凝成一塊新鑄的鐵板從身後緩緩壓過來，將周葦壓成薄薄一片，從五樓半掩的金黃門縫中飄進去。

剛推門，周葦就遭到熱情小舅媽的圍堵：「小葦，你回來啦？你媽找你半天了，怎麼一個人走了也不說一聲？」小舅媽穿好外套，正把一條鮮紅圍巾重新圍回脖子上。「我們先走了，明天去我家吃飯。」然後是笑眯眯的二舅媽，一左一右圍繞著兩位英姿勃發的青年兄弟護法，他們已不再是稚氣未脫的年畫娃娃，穿一身煙灰夾克的瘦削二舅尾隨在後面，像是一根快要燃盡的香。滿臉紅光的大舅挺著一肚子的佳釀晃過來了，他照例拍了拍周葦，卻沒說話，他的舌頭大概已經被酒精泡得無力，大舅媽據說早就走了，因為佳佳九點鐘之前必須睡覺。家人們一個個離她而去，最後只剩下光桿周葦，她只好灰溜溜地晃蕩著兩條猶猶豫豫的腿慢慢挪進客廳。掛牆的液晶電視機開始重播之前晚會的盛況，一群身披綠色螢光衣的「植物人」正在手舞足蹈，場面狂亂，彷彿一場致幻熱病正在蔓延。那一頭有多熱，這一頭就有多冷，一度擁擠的客廳此時變作一隻豁口塑料袋，裝滿谷堆果殼、泥濘餐盤、被捅破的糖紙、原封未動的饊子、仙貝、花生糖，它們太舊了，舊成一種只具紀念意義的節日裝飾品，到點就該撤下。還沒來得及撤下的新爸爸正靠在巨大的真皮沙發上仰脖打盹，廚房裡傳來滴水聲和藏在水下的人語。

一隻耳朵探子扒在門框上開始偷聽。

「這還是好的，我放冰箱吧。」三姨的聲音伴隨冰箱門被拉開的聲音響起。「這個也放裡邊吧，都沒動，」陳香蘭接過話，「現在怎麼都沒以前能吃了，這麼好的肘子，小時候，大哥一個人就能吃兩隻。」一陣笑的季風吹起。「他現在又是高血壓又是高血脂，哪還能吃這些？」不用想，周葦也能在腦子裡勾勒出大姨此時臉上的表情。「那他還喝酒？」「喝了幾十年，一時半會哪能戒得掉？再說了，男人嘛，一高興就愛來兩杯，也不知道酒到底有什麼好喝。」也許三姨想起了同樣貪杯的三姨夫，聲音裡蕩起賭氣和埋怨的漣漪：「鐘哥今天也喝了不少吧？」「不少！喝得都在沙發上睡著了。不過，他平時倒是不喝。」一說起那位新爸爸，陳香蘭就開始滔滔不絕。「有應酬也不喝，這點還不錯，今天估計也是高興了，第一次來家裡過年。」「可不得高興？他現在可是雙喜臨門。」「可不是，之前那個生的不跟他親吧？」「一年也見不上幾面。」「那現在高興壞了吧？」「高興啊，成天囉囉唆唆，比我還緊張。」又是一陣笑的季風，只不過這次夾雜了一些毛乎乎的柳絮，鑽進周葦的耳朵眼裡，將薄薄的一層耳膜劃成花玻璃，裡面的情形再看不分明。周葦只好拉開假惺惺關上一半的落地玻璃門走進去。

最先迎接她的不是劈頭蓋臉的罵，而是一把磨了一晚上鋒利無比的眼刀子，扔完刀子的陳香蘭把半卷保鮮膜也一併扔到一邊去，三步併作兩步，但也許只有一步，周葦還沒來得及看清，臉就先被巴掌扇到一邊去。三姨先驚呼了一聲，被踩到尾巴似的，整個人都彈離原地，「你這是在幹什麼？」陳香蘭二度要落下來的手被眼疾手快的姐妹倆攔在中途，「好好的，怎麼打起來了？小葦都這麼大了，有什麼話不能好好說？」「是啊！」姐妹倆分工合作，一個攬過不孝女，一個拉住憤怒老媽。憤怒老媽率先抗議：「有她這麼不聽話的嗎？家裡這些孩子哪個像她？人家家樂比你小也比你懂事！」不孝女剛想回擊，就被三姨掐一掐胳膊制止，「別氣你媽了，去客廳待一會兒，讓你大姨勸勸她。」於是，半拉半推，周葦被再度移出廚房，再順道移出客廳，三姨一反常態地將她拉到陽台，而沙發上新爸爸還睡得一臉天真。

「是這樣，」在長達將近一分鐘的沉默後，三姨終於嘆了口氣，她花費了不少心力，才磨磨蹭蹭地在語氣的兵器庫中揀選出了最稱手的一把，「你媽媽有些事不方便告訴你，她不是故意要瞞著你，說到底，誰也沒想到……」原來她選的是鈍刀子，石質刀口在周葦繃緊的神經上反復切割，「大家確實都挺意外的……」她的目光先是逼視過來又閃躲開，像剛入行的殺手，在刀落下之前還有幾分猶豫，但牙一咬心一橫還是刺了進去，「也就是幾週前吧，你媽媽發現她有了。」

「有了」之後是一條長長的橫線，三姨停下了筆不去填塗，把那片空白交給周葦，讓她自己面對考題冥思苦想、抓耳撓腮。照理說，先是上帝說要有光，於是有了光。有了光，於是有了暗，有了黑夜與白晝的交替，有了光合作用，有了菌群、細胞，有了孕育在海水中的早期生命。也有其他的說法，譬如外星隕石、一個愛玩泥巴的女神仙，譬如更為摸不著頭腦的無，答案不止ABCD，可供填充的選項多得超過了26個限定字母。直到有個聲音終於看不下去，開口指點迷津：「並不需要將事情想得複雜。」穿過虛晃不止一次的文字槍眼，你會看到被掩護在後方簡單的加減乘除，甚至沒有乘除，只有加和減，最基礎的運算法則。一位溫柔可親的男士加上一位孤苦無依的女士，經過簡單的運算，得出的結果無外乎幾種，愛情、婚姻、一個嶄新的孩子，前面都已配備完畢，只剩最後一項就大功告成。孩子尚還停留在胚胎的形式，也許有了四肢的雛形，心跳微弱得需要上下樓梯時的小心翼翼，當然，也需要平和的心境，那正是為什麼三姨會煞費苦心地將她一路從廚房拉到氣溫零下的露天陽台——最敞亮的地方最安全，風會負責把祕密清掃乾淨：「她現在還在頭三個月，不能生氣。」

也許不止三個月，只從肚子的起伏實在很難判定，寬鬆的粗棒針織毛衣替陳香蘭打了掩護，更不要提那件及膝長款麵包羽絨服。她從頭到腳地裹在裡面，不像個孕婦，倒像個嬰兒。不過，也有一些馬後炮應景地響起，比如，信奉養生之道日日早起的陳香蘭一反常態變得嗜睡，這倒讓周葦度過了一段少有的輕鬆假日時光——再沒有早上八點準時響起的人形鬧鈴或者從天而降的衣架雨。又比如，發生在廚房的一兩次輕微嘔吐，陳香蘭將其解釋為「腸胃問題」。再比如，新爸爸來家裡時提著的罐裝燕窩、蟲形海參和以ABCDE命名的維生素補劑，周葦一度認為，那只是一種人到中年溫情又實用的愛意——「愛她就要給她最好的」。然而，此刻，這些記憶碎片開始在周葦的腦子裡自動拼合，拼成一幅漸趨清晰的觀音送子圖，眼前陽台上懸掛的兩盞電子燈籠正好為其充當完美點綴。其實，但凡稍加留意，這些細節就不可能被如此輕易地放過，可周葦卻幾乎是刻意放任似的，讓它們在她眼前大搖大擺地晃過去了，甚至沒有引起絲毫多餘的揣測，因為她也無心揣測。整個寒假，她都沉迷於某部熱播宮廷劇，以或臥或趴的姿勢癱在沙發上進行穿越之旅，要麼就蒙被大睡，直到陳香蘭忍無可忍，隔著一道門讓她在夕陽徹底被吞沒前滾出被窩，不過，隨後她就又拿著半包薯片或者一籃子果乾繼續與沙發、電視進行穩定又纏綿的三角熱戀。她對那些女人之間的詭計投以前所未有的熱情，對每一句台詞潛藏的暗語反復咂摸分析，她研究銀針、髮簪、麝香，研究二字命名的位份排名，研究網絡上長篇累牘的解讀說明。這些著實耗費了她不少精力，以至於她無暇顧及周遭發生的種種事情，像是新爸爸與陳香蘭熱火朝天地商量著來年就搬入他們購置的新居，像是高中同學群不分晝夜彈出的幾百條訊息，又像是手機上屬於軟呢帽先生的號碼幾乎沒有發出過任何動靜，她把它們統統都放到一邊，心無旁騖地躲進一群女人的長裙擺裡，直到熱心的三姨將她拉出來，拉到這個四面透風、無可回避的豪華加寬露台上，鋪滿大理石的地面做出一條碎石田園小徑，環繞的掛壁吊蘭和半俗半雅的裝飾畫營造出一種廉價的戲劇性，一盞宮廷吊燈將暖黃的光打在她們臉上，催促著接下來的劇情。

可惜沒有什麼更跌宕起伏的劇情了，只有三姨的大段獨白還在無波無瀾地繼續：「本來她這個年紀已經不太合適了，但你也知道，你鐘叔叔之前的孩子很早就判給了前妻，對於這個孩子，他還是很期待的，你媽媽考慮再三，還是決定留著。你現在也去外邊念書了，以後說不定也會在外地發展，到了年紀還會結婚有自己的家庭，你媽媽他們在家，要是能有個孩子陪著，多少也是個安慰……」

也許三姨還說了什麼，但那些聲音和她都漸漸被夜色給卷進去，夜的波濤呈鋸齒的葉片形狀，層層疊疊，介於深藍和墨黑之間，翻滾過來，將房間裡還沒有及時撤去的受孕母親、昏睡父親、金佛大姨、成套的紅木家具以及正在腐變的剩菜剩飯都一併卷進去。它是神話裡的饕餮，無節制地貪食，奉行一視同仁又兼容并包的共產主義，它讓參差不齊都融進濃厚的夜的胃酸之中，腐蝕掉那些包膜、結構、稜角，將一切都變成黏糊糊的灰黑色的夢的原汁。

陳香蘭總說周葦忘了小時候背她去打針的事情，其實周葦是記得的。它是一頁無頭無尾的殘章，掛在她凌亂的記憶簿中不肯掉落，以插圖的形式呈現：一個身板瘦削的女人背著一個被裹成棉球的孩子，在灰布條樣的冬日街頭快步前行，孩子呼出的白氣在女人黧黑的頭髮叢林上漫成氤氳的大霧，整個色調沿襲了塔可夫斯基的慣用風格，而結尾則帶有希區考克的驚悚——刷著慘綠色油漆的醫院長廊裡突然響起了幼童長達幾分鐘的尖叫和嚎泣。只是這頁殘片被時間柳葉刀切除了前額葉腦白質，不再提供任何可供懷念和深究的情緒，它無牽無掛地釘在那兒，僅在對質時被控訴方輕鬆提取。如今，周葦已經在為自己未出生的妹妹或者弟弟——或者皆是——祈禱，祈禱他身體康健、無災無病，不必在記憶簿裡添上與她相似的灰撲撲的一筆。遺憾的是，所有人都先入為主地認為周葦會對這個意外之子抱有敵意，以至於大半個寒假過去都對此隻字不提，可事實恰恰相反，對這個新生命，周葦幾乎第一時間就想表示歡迎，即使無人相信，但她確實真心實意。

最後的最後，周葦聽見三姨說了這樣一句：「你應該為你媽媽能找到幸福高興。」

找啊，找，幸福是卡在床頭縫的一隻舊襪子，多少年來，陳香蘭在她的屋子裡翻箱倒櫃、尋尋覓覓，翻起一堆往事的塵埃，嗆了她滿臉滿鼻，嗆出眼淚，嗆出不甘，嗆得她視野總是模糊不清。一隻狡猾透頂的舊襪子，以永遠缺失的另一半作為誘引，左心房和右心室，在找到彼此、再度重逢的那一刻，心臟才會忽然長出雙腿一下下地跳起幸福的踢踏舞。然而，其實周葦並不真正明白幸福究竟是什麼，它太神祕，神祕到像神，有起死回生的魔力，被夾在書頁裡的乾枯蘭花搖身一變成了新年飯桌上的新鮮玫瑰，甚至不需要等到春天來臨。但她真心希望陳香蘭幸福，如果幸福就是她一直在尋找的舊襪子。她希望幸福最好像是一座墳，把陳香蘭從頭到尾、永永遠遠地埋進去，堅固、牢靠，杜絕任何別的可能和僥倖。可「幸福」到了嘴邊就會消失，一個發不出聲音的詞。又或者是，她們之間已經說過了太多與幸福相悖的詞語，以至於舌頭都長成了那些詞語的形狀，再無法說出與之相反的東西。所謂的詛咒，大概就是這個意思。狼來了，狼來了，狼就再也不走了。謊話說多了不會長出長鼻子，謊話說多了會長成謊話本身的樣子。

一連幾天，周葦都保持平靜盡量避免與陳香蘭正面相遇，因為後者的出現總能讓她意識到這個屋子裡還有第三個人存在，尤其是當她的眼睛不小心撇過對方的腹部區域時，儘管它還不能言語，可周葦還是感到了與陌生人共處一室的局促。陳香蘭則一改之前的謹慎，在事情挑明之後，她就開始正大光明地沉迷起熬湯煮粥——為那個還沒長出嘴巴的孩子，孩子並不領情，陳香蘭只好在吃下去後又將它們一五一十地吐進馬桶裡，床成為她的第二伴侶，而第一伴侶則承擔起一切新家的裝修事宜——貼磚、刷漆、水電改造、定做一體家具——步驟煩瑣得如同在籌備登月飛行器。

一定是月亮了，金黃的、十五的月亮，即使有二十九天的殘缺，人們也會因為那一天的圓滿而對它諒解，繼續希冀。沒完沒了的關於等待的遊戲，周葦卻不想再等下去。新年過後是元宵，大團圓的硝煙將將散去，小團圓就要被包裹在黏糊糊扯不斷的糯米漿裡，捏緊。孕期的心血來潮，陳香蘭在某天晚飯後突然提議去照全家福，潮水打得所有人都措手不及，新爸爸清了清喉嚨委婉表示：「不如等孩子出生再照，現在照是不是太早了？」周葦不說話，只顧著一顆接一顆地吃砂糖橘，金黃的糖分會變成金黃的脂肪，讓她變成一個金黃的胖子，當紅都不足以表達喜慶時，就只剩下耀眼到令人目盲的金了。陳香蘭「要」這種喜慶以擺脫「不要」的霉運，她要足金的項鍊、足金的耳環、足金的丈夫、足金的日子，至於唯一不足金的女兒，只好自行想辦法臨時鍍金，遮掩掉在漫長年歲中氧化發黑的原體。新爸爸是剛上岸的島民，還不懂潮水之所以是潮水，是因為它被枯焦的日頭壓迫了太久，等月亮一升起，就要迫不及待地反噬。當陳香蘭說出全家福這三個字時，全家福就已經被掛到了家裡的牆上。

　　只不過，全家福不是一張而是兩張，從幾十張中選出的兩張，笑容、眼睛、衣擺、頭髮、光與暗、紅與黑……揀選的標準在攝影師的鼠標鍵下變來變去，一聲清脆咔嗒，全家福系列中的次品就被淘汰進不會回收的回收箱裡，迅速得甚至來不及將照片上的笑變成哭，感傷不是適合此刻的情緒。周葦在所有照片上笑，除了沒有她的那些。一場奇怪的淘汰賽，費時費力選出的不是冠軍，而是一個平局。平局的左邊是陳香蘭、周葦和新爸爸站成歪斜的三角形，平局的右邊是陳香蘭和新爸爸一坐一立。天平的平衡在陳香蘭拿起來又放下的動作中歪來歪去，她像是很珍惜，用目光反復撫過嫌不夠還要用手指，又像是不滿意，始終不滿意，「我笑得是不是有點僵？」「這身衣服還是去年的，是不是有點緊了？該穿今年剛買的。」「腰是不是太粗了？我明明吸了氣的。」對於陳香蘭的「是不是」，新爸爸一律以「不是」回應，來回的擊球遊戲，兩人在周葦未參與的生活中早已玩出肌肉記憶。「再說了，腰胖點也正常，畢竟那裡現在住著咱們的寶貝兒子呢。」從未出現過的發球路徑，陳香蘭沒接住，分了神，連球拍都掉落在地，手早只顧著去找肚子。確認它還好好地在那裡時，陳香蘭這才把心放進肚子，手則抓起一張全家福擺在肚皮前，她對著那拱起如土丘的一團，笑眯眯：「對了，差點忘了，你這個小傢伙也在照片裡。」

土丘對面的照片在陳香蘭的手裡搖頭晃腦，像撥浪鼓將還未出生的小傢伙逗引，照片上一坐一立的爸爸媽媽都全新，緊密壓實的塑封隔絕了時間的腐蝕，也隔絕了無關人等的參與，永恆地凝固成一個真實的、穩固的三角形，至於有著周葦的歪斜三角形則被拉成了搖搖欲墜的四邊形，只需要輕輕一根手指，它就傾倒著匍匐下去。淘汰賽這一刻才終見分曉，是周葦太掉以輕心。天平的搖擺也隨之停止，沒有周葦的一方輕盈翹起，平衡的遊戲裡，沉重與勝利背道而馳。平和、平穩、平淡、平安……世人關於樸素生活的理想中，並無歪斜存在的蹤跡。生活致力於在平面建出長久安頓的房子，而斜面只適合逃逸。

逃逸到哪裡呢？周葦冥思苦想，對著月亮。滑向十五的月亮和陳香蘭的肚子一樣，漸趨飽滿，顏色卻薄，薄成一朵蒲公英，只需一陣極輕的風，種子們就會搖晃著飄搖離散——「到了年紀還會結婚有自己的家庭」，三姨的預言是親身的冒險，她比誰都懂月亮的故事。如果月亮和故鄉有所關聯，周葦想，那一定是因為它裡面藏著的這個蒲公英的祕密。新年的鬧劇、全家福的喜劇都已殺青，客串演員在鏡頭撤下後就應該低調消失，仿效乘風而去的蒲公英。

然而，全家福後一連幾天都風平浪靜。沒有風來，周葦只好自己造風。

「學校裡有點事。」

她說得含糊，把毛茸茸的蒲公英含在嘴裡，怕它在陳香蘭的眼前飄出去，暴露自己。

意料之外的是，陳香蘭沒像以前那樣打破

砂鍋問到底，也許是因為她的砂鍋正在篤篤煮著菠菜豬肝粥——氣血不足是孕期大忌。生氣也是大忌，不能再重複新年夜的鬧劇。這次，陳香蘭只捏著遙控板不鹹不淡地來了句：「想回學校就回學校吧。」當然，周葦自動忽略掉後面跟著的「你也大了，我現在是管不住你了」，也順帶過濾掉這些字眼中或許暗藏著的失望和諷刺，這樣也好，她早厭倦了沒完沒了的詞語遊戲，和月亮的陰晴圓缺一樣使人失去耐心。然而，周葦還是玩了詞語遊戲——「學校裡有點事」。確實有點事，不過，如果中文有像法語一樣精細到累贅的時態的話，那麼這裡的事就應該被表述為，學校裡曾經發生並完成過一點事。事情過去了，完成了，事情是一顆腫瘤形狀的地雷，早被全須全尾地埋進了她的身體，無法拆解也無法剖除。於是，只好由周葦帶著它一路回家，帶著它坐在除夕合家歡的飯桌邊，帶著它見過了舊媽媽和新爸爸，帶著它與素未謀面的弟弟／妹妹「咔嚓」一聲清脆地合了影。它在合影中齜牙咧嘴，一根引信搖擺著挑釁，炫耀它那可以瞬間讓一切變成廢墟的超能力。

一捆沒有在新年夜炸開的煙花，周葦必須趕在它和陳香蘭一樣心血來潮地爆炸前逃逸，這就是逃逸如此迫不及待的原因。

相機魔術

相機被認為是偉大的發明。

但凡涉及偉大，就意味著這不只是一兩個人的事，偉大把空間撐得遼闊，有種造物主般要囊括一切的心。若它是棟房子，必定高聳入雲，或是無盡的聯排，排成一列看不到頭也看不到尾的火車，世界做它臨時的月台，上面擠滿了手持贈票的人們，等著搭乘這趟時間之旅。無盡鋪展的膠卷鐵軌，相機「咔嗒咔嗒」著碾過，時間跑到哪，它就跟到哪，一隻仿生眼睛，在瞬息萬變的十九世紀被喚醒，充當驚恐不安的主人們最盡職的偵探，目標簡明、清晰：不放過生活中任何的蛛絲馬跡。蛛絲結成網，兜住過去，馬蹄嗒嗒撒下麵包屑，本該迷失在時間叢林中的葛麗特和漢賽爾自此無所畏懼——他們總能找到回家的路，如果沒有肚餓的飛鳥來將麵包屑啄去。

陳香蘭帶著周葦在荒原中摸索尋覓的那些年，也順手撒下過這樣的麵包屑，它們是從一整塊蓬鬆時間上撕扯下來的零碎，隨心所欲，缺乏邏輯，不像要為二人指引歸途，反倒像有待破解的符碼，將過去進一步加密。有時，陳香蘭也用它們來做考題：「還記得這是什麼時候照的嗎？」一本印有「流金歲月」的相簿，翻開便有麵包屑從夾頁中掉落，周葦既是應考的學生，也是考題。作為考題的她站在一棵葉子肥如蒲扇的樹前，留著瓜皮倒扣在腦袋上的髮型，眉頭皺起，目光疑惑，表情和對面作為應考學生的周葦如出一轍——她們誰也認不出誰來，只好在沉默中面面相覷，等待考官自己來揭曉沒有參考二字作前綴的答案。陳香蘭向來篤信自己的記憶力，並由此生發出一種多餘的責任心：「你是不記得了，我都還幫你記著呢。」遭到指責的當事人周葦不能無動於衷，只好慌慌忙忙在海馬體小島展開搜捕，掰開那些在時間中愈發鬆軟的褶皺，試圖從縫隙中找出那樣一棵樹來，可沒有那樣一棵樹，葉如蒲扇，肥厚、光亮，因太重而以垂落的姿勢懸掛在記憶裡。她只找到一堆普通的、滿大街都能見到的樹，毫無特色，擁擠佇立在那座孤立無援的島上，用平庸來嘲諷記憶的無能。

「生活，你有你的選擇。」相機廣告如是提醒，記憶的無能並非不治之症。別擔心，只要學陳香蘭，老老實實用鏡頭打預防針，時間這種病菌就能被最終攻克。周葦當然也懂選擇，她不懂的是，為什麼選擇這些而不是那些，為什麼是一棵只出現過一次的奇怪樹木，為什麼是街頭一輛陌生人的摩托車——她手比剪刀跨坐於上，為什麼是每個月都會去的百貨大樓——她和陳香蘭站在大樓門口陰沉著臉相互依偎。那些年，她們不在新年拍照，不在生日拍照，不在中秋拍照，也不在任何一個應該拍照的時間拍照，陳香蘭拉著周葦避開了一切被標記出的重點，好讓日後的考試難度提升。她不會讓她輕輕鬆鬆蒙混過關，依靠節日、慶典以及諸如此類對時間作弊的手段，她要讓周葦知道，沒有什麼應該被忘記，至少她沒忘記。「摩托車？還不是你非要坐，差點把車都帶翻了，你從小就不讓人省心，養一個你等於別人家養三個孩子。」「帶你去買過年衣服還馬著個臉，也不知道我欠你什麼。」多少年來，陳香蘭堅持做鬥士，把手裡的劍揮向空中，揮向從四面八方朝她而來的時間。斬落的麵包屑不過是障眼法，從一開始，她靠的就是不斷揮劍，不斷把記憶融進發力的肌肉，直到它們變成無法擺脫的慣性。

然而，如今陳香蘭致力於擺脫慣性。畢竟，只要登上月球，引力就會變成引擎，只需要輕輕一躍，人便能體驗飛鳥的輕盈，再沒有沉重的陷在廢墟中的根須將她拉拽，埋進去。
月球的第一張照片不是星條旗，而是新春佳節的全家福，這一次，陳香蘭不打算再避開畫出的重點去選擇在時間的大海裡撈針，就像她某日閒聊時對三姨表述的決心：「從今往後，我就想踏踏實實過日子。」踏踏實實，一步一個腳印，第一個腳印由全家福中走出的嬰兒踏出，再被精心框裱，作為象徵掛上陳香蘭新刷出的記憶白牆，至於象徵什麼，周葦也說不好、弄不清，她的舊腳印早被時間一刻不停的潮汐沖刷乾淨。她弄得清的是，月球沒有可以撈針的大海，也沒有被海水吐出來的沙灘，也就自然沒有致力於清掃一切痕跡的潮汐，凡此種種月球都不擁有，月球只是把它們帶到了她這裡。

「你這是佔有欲作祟。」

有一次，當周葦同軟呢帽先生無話可說時，她說起了家中瑣事。無話可說就好像他們之間曾有話可說似的，也確實有話可說，畢竟，樂園就那麼大，在不斷地挖掘後，漸漸空心，為了讓它保持持續的樂趣，他慢慢地會把一些詞語塞進去。詞語從他嘴裡掉落，也從周葦身上榨出，一個個裹著唾液飽滿多汁，把被壓得乾癟的被子重新撐得膨脹如拱頂。等到一切過去，拱頂便會一瞬間塌陷，裡面塞的原來都是空氣。詞語在那種時候是空氣，兩個喘氣如牛的人需要借由它來呼吸，也因此，詞語只在那種時候是必需。之後往往是一長段的寂靜，有人用四個字為它命名——「賢者時間」，聖賢的賢，聖賢已傳授完畢，被詞語砸得鼻青臉腫的受教者還一臉無知，一心只顧著讓那點兒無關緊要的疼痛快點過去。不過，事情也理應如此，如果聖賢的教導簡白如橫幅標語、道德口號，人人都能心領神會，那聖賢就該退位讓賢，讓給另一個會打謎語的術士。聖賢說的只能是謎語，而謎底則會被他一同帶到墳墓裡去。周葦就不同了，她不說謎語，她只說瑣事。瑣事細碎，是無關緊要的塵埃碎屑，她輕輕將它們抖落，把四周弄出一種邋遢而舒適的家的氛圍——情感手冊中女人拴住男人的不二祕訣。情感手冊繼續教導，女人還要造出張望等待的窗，造出由她雀躍著去拉開的門，造出一張可以放下兩菜一湯的桌子，造出男人會同她一塊躺下來的床，造出床上的夢境和床尾搖籃裡的孩子。周葦造不出這些，她只有一點兒從陳香蘭那裡繼承而來的麵包屑。麵包屑沒辦法拿來充飢，只能咀嚼著當作零食、樂趣或者什麼別的打發時間的東西，就好像時間是個討人厭的乞丐似的。但周葦明白，乞丐其實是她自己，她通過聲音來乞討寂靜，她想、她賭，如果她開始說話，他也許就會被分散了注意力。語言是她僅剩的錘子，可也沒什麼威力，於是也只是漫不經心地敲，東一榔頭、西一棒子，有什麼冒出來，就敲一下，臨時玩起打地鼠的遊戲。她讓自己顯出一種孩子氣，可軟呢帽先生卻不讓她做孩子，在說完那句「你這是佔有欲作祟」後，他又想起什麼似的扔過來一句：「你們女人就是有太強的佔有欲。」

你們、女人、佔有欲，扔出來的三個詞碎成三段，拼成等腰三角形，堅固、穩定、封閉。周葦想，要是世界上真有真理，大概也一定是三角形的。扔出真理的軟呢帽先生則翻過身，與她拉開距離，構成個完全沒有佔有欲的姿勢。是了，他總是給，他並不索取。就連給出真理也僅僅像扔來一個玩具，可他忘了，他兩分鐘前才剛告訴過周葦，她並不是孩子。

他稱她作女人，給她過大的襯衫，卻不給褲子，他欣賞她上半身的文明和下半身的原始，希臘天空中半人半馬的神，從情慾中誕生，卻長著一顆人的腦子。除了寫詩，軟呢帽先生也讀歷史，偶爾會學陳香蘭一樣考一考周葦——他完事後會記起自己另一個身份是老師。「古代守城時，將領們彈盡糧絕了，最先吃的是什麼？選項有馬、士兵、平民和女人。」周葦疑惑，為何女人不可算作平民？但她沒問，她忙著摳手指，將領們吃什麼她不關心，她只知道她會吃掉手指的死皮，這或許也算是吃人肉的一種，走投無路時，人會做出什麼選擇都不足為奇。死皮終於被從指端剝離，周葦無暇他顧，隨意吐出答案像吐瓜子皮：「吃馬吧。」馬肉總比人肉好吃。軟呢帽先生笑了，在面對學生的錯誤答案時他並不嚴厲，他喜歡錯誤，錯誤至少給了他一方講台，讓他有立足之地。「他們吃女人，嚴格來講，吃自己的小妾。」笑完之後，他給出答案，標準的、被某個城內餓肚子的史官抖擻著手寫下的答案，還貼心地附帶分析：馬和士兵需用於作戰，殺了還會動搖軍心，至於平民，仁義和道德都不允許，只有女人，在戰爭、軍心、仁義和道德之外，安全無虞。不過，她們也做馬，但那是另一方戰地了。

周葦不明白，有那麼長的歷史，長得用望遠鏡都找不到起點的歷史，軟呢帽先生卻偏偏拎出來這一頁掛在城牆上的斷章講給她聽。他期待她聽到什麼呢？聽到還未被消化乾淨的歷史殘渣在他腹腔裡咕嚕抱怨？還是聽到那些死到臨頭的女人發出的回響了千年的尖叫？她們一定很會叫，古代的小妾都有黃鸝一般的聲音。然而，這些周葦都聽不見，她只能聽見軟呢帽先生的聲音，輕柔和緩的、帶著笑意的、循循善誘的、與他站在課堂上念詩時一模一樣的聲音。循循善誘，每個故事、每段歷史、每句詩，都是鉤子，都是鉤子上懸掛的蚯蚓，等待著將被誘惑的魚釣起。然後，魚才能知道，另一半世界裡的氧氣稀薄得讓人無法呼吸。死亡對魚來說是從河水中掉進陸地，對人來說是從陸地掉進河水裡。對被困孤城的女人來說，死則是被嚼碎了吐進歷史的長河，一路順流而下，被循循善誘的蓑笠翁垂釣起。周葦只好相信，軟呢帽先生的考題和陳香蘭的麵包屑一樣，都出於隨心所欲而非另有居心，或許他們比她更需要打發時間這個東西。

詩人打發時間時也拍全家福，詩人拍全家福的樣子和這世上任何一個普通男人無異，這讓周葦失望。她仔細端詳過那張照片，就在冒險之旅的當晚，軟呢帽先生忙著收拾殘局——只要不是薩堤爾時他便是紳士，被紳士請到一旁的女士周葦無事可做也無力可做，只剩一雙在剛剛的冒險中沒派上用場的眼睛可以繼續漫遊、逡巡。她幾乎是毫不費力就發現了那張全家福，它斜靠在那裡，姿態閒適，彷彿專程等了她許久似的。那是一個彬彬有禮的家庭，對於剛過去的那場混亂也並未表示出任何不快，人人臉上都掛著笑，且笑得出奇一致。笑是經由親密接觸而傳染的疾病，被方形玻璃罩完美隔離。周葦接觸不到那種親密，她是漠不相關的探視者，即使她與照片上那個笑著的男人剛剛才有過另一種親密。注意，別搞錯了，「親密」也要分門別類，也要細心釐清，它不是鐵板一塊，而是龐大的族群，就像魚，有硬骨、軟骨、頭甲或者盾皮，它們只是共同生活在某片有容乃大的海洋裡。海洋大得它們彼此本來終其一生都不用相遇，然而，這一刻還是當頭遇上了，被暖流、寒流，被深不見底的海洋的心思沖刷到一塊，面面相覷。一旁忙完了的軟呢帽先生甚至有了閒心，充當起雙方的介紹人。「這是我兒子，今年十九了，拍這張照片的時候才十歲，時間真是一眨眼就過去了。」

十歲那年，周葦也拍過照片，在她生日當天。拍照人是謝依然，她的超人爹地不知從哪給她弄了台神奇相機，可以當場吐出照片。她們對它著了迷，一個晚上用光了所有的底片。時間在鏡頭前不斷定格、曝光、顯影，變成薄片，被她們抓在手裡，拋到床上，模擬電影裡揮金如土的場面。她們揮霍著時間，便忘記了時間，等到周葦在某個當口猛然驚醒時，時鐘已指向了十一點。回家路上的夜黑得像鐵，家門口陳香蘭的臉比夜還黑，周葦站在台階下踟躕不前，想了半天擠出一句：「今天是我的生日……」她賣著可憐，認為生日大概應當會有特權，可她忘了，陳香蘭也有特權。「你還有臉提生日？那你聽沒聽說過，孩子的生日是母親的受難日?!」當然聽說過，每年生日都會響起的警笛，以紀念那段不該被忘記的過去：女人如何跋山涉水、求親告友、千辛萬苦，只為生下一個孩子。生日，就是要回到出生的那日。出生的那日，周葦全花在了哭上，十歲這晚，情景再度模擬。她哭，陳香蘭也哭，哭得分不清究竟是誰的眼淚或者鼻涕，它們黏在一起，也回到最初混合交融不分彼此的樣子。陳香蘭打她，用巴掌，用右腳，用右腳沒有穿的某隻鞋子，用鞋子後面的鞋刷，只有這樣才能平息折磨了陳香蘭整整一晚的驚懼，驚懼於也許會再度經歷一次十年前曾經歷過的失去。哭累了，也打累了，陳香蘭跌進沙發裡，周葦則蹲進角落裡，都像敗兵，沒有勝利。只有一個祝福語還完好無損的蛋糕，被透明的塑料殼小心隔離。

十歲兒子的照片也被小心隔離，笑容還維持著天真的弧度，塑料、玻璃也和相機一樣是偉大的發明，隔絕水分、氧氣、灰塵的侵蝕，萬能膠的變體，把時間黏在它該有的位置，以填補人類那總是脫落不停的記憶留下的空隙。人們想要丟掉一些東西，又拼命留住另外一些，軟呢帽先生留住了十歲的兒子，周葦丟掉了十歲的蛋糕，她甚至不記得它究竟有沒有被她和陳香蘭吃下去，還有那些挨打得來的珍貴照片，也全都不見。周葦自然沒跟軟呢帽先生提及，他兒子的十歲，也剛好是她的十歲，但他大概也對此知悉，在住酒店時，她的證件遞到過他的手中。

詩人的全家福中除了兒子，還有妻子。一個只在照片中出現的妻子，對丈夫在這間房子裡所做的一切都報以寬容笑意。丈夫的報答是，將她所在的領地命名為「家」，用「真正」二字做開路旌旗。「我真正的家其實不在這裡，在C城。」第一晚，軟呢帽先生就對周葦開誠布公地展示過他帝國的劃分和佈局。真正的家，虛假的家，每晚都回的家，每晚都不回的家，照片裡的家，擺著照片的家，還有那不可抵達的精神的家——「異鄉人」抬頭時永恆懸垂的月亮。這麼多的家讓軟呢帽先生分身乏術又樂此不疲，他知道打敗家的辦法就是複製更多的家，讓真品和贗品去自證、去吵架，而他在珠與魚目中做來去自如的水，想流到哪兒就流到哪兒，他說過，他向來視生命為一場流浪。拍了拍屁股，介紹完家人的軟呢帽先生起身離開，留下皮椅墊上一個皺巴巴的凹坑，沒能復原，靜止地等待著被屁股再次填滿。對面的全家福也靜止著，靜止在九年前的笑容裡，以不變的姿態應對著萬變的事態。

周葦不知道當年周衛華是不是也是這樣，拍了拍屁股就起身離開。拍了拍屁股是流浪者的發令槍，一封簡短到只有「劈啪」一聲的離別信，拍了拍屁股就把尾巴拍斷，輕裝簡行是長途旅程的黃金指南。畢竟，是流浪，又不是開著SUV去城郊的週末合家歡。也許周衛華如今也擁有了這樣的合家歡，在某個C城、D城或者是X城，又或者在數到的每一個城裡，他複製一段又一段合家歡，按照十九年前那個倉促的模板。他起身又坐下，再起身，留下一個個凹坑像不眨的眼睛，以為這樣就能讓過去不在眨眼中流逝。

「浪漫巴黎」照相館裡，攝影師調好焦距，陳香蘭最後一次整理衣襟，把手放回到肚皮的位置。「我數三二一，不要眨眼睛。」攝影師發令，陳香蘭的眼皮被大腦皮層拉緊，不能眨眼睛，這是通往幸福的祕訣之一。幸福大門後的把守者透過小孔鎖眼狐疑地看過來，以便確認能否對這一家三口放行。大門打開的瞬間，光亮在無盡黑暗中驟然爆開，呈現為無盡的光明，光明也能讓眼睛一瞬間失明。幸福的大門後仍舊是一家名為「浪漫巴黎」的照相館，陳香蘭面帶擔憂地坐在那裡，不確定自己剛剛究竟有沒有眨眼睛。

眨眼是時間做賊時的暗號，每眨一次眼，就有什麼被偷去。一點接著一點，細微到時間的主人都不曾察覺。直到某一天，事跡在積少成多的原理中敗露，主人這才會咋咋呼呼地驚叫出聲：「時間怎麼一眨眼就沒有了！」時間只好對主人再次眨眨眼睛，一臉無辜：「不能怪我，誰叫你自己馬馬虎虎？」然而，春節的照相館裡，陳香蘭沒有馬虎，她堅持住了，讓眼皮經住了時間的誘惑，幸福於是在那雙一眨不眨的眼睛中被保存、凝固。

然後，決定幸福的快門瞬間過去。陳香蘭繼續眨眼，周衛華繼續眨眼，軟呢帽先生繼續眨眼，天上的星星也繼續眨眼，即使它們已經死去多時，也還是要被慣性拉拽著來烘托氣氛。必須要有氣氛，一種生活打定主意要繼續下去的氣氛。時間玩著它的遊戲，鬆不開手。時間被所有人慣壞了。

於是，周葦也眨了眨眼，對著書桌上的全家福。除了眨眼，她不知道還能說或者做些什麼。眨眼是示好，是坦白，坦白時間並不真的站在她這一頭，她佔有的在佔有的那一刻就消失了，沒有相機、塑料或者玻璃來保存它們的屍身。軟呢帽先生是嚴謹的收藏家，通過自製贗品來學習區別魚目和珠，他向來明白，什麼該被擺在櫥窗，什麼該被藏進書房。

某天，在公共教室空蕩無人的拐角處，周葦與軟呢帽先生迎頭碰上，像忽然見光的老鼠，扭頭就要離開，對方卻隔著半米的距離送來一個意料之外的眨眼。眼皮快速又輕巧地合上又展開，彷彿快門按下，在寂靜中有咔嚓聲斬落，沒躲開的周葦被定住在原地，變成一張照片，凝固在突如其來的眨眼之中，被它夾住，像一隻不懂人語而困惑焦灼的獸。

「別裝作不懂。」眨眼說的其實是這個。

除了嘴巴，眼睛也說話，眼睛說話早於嘴巴。眼睛的話不用象形文字，不用楔形文字，也不用ABCD，不用逗號、問號或者斷了頭的感嘆號，甚至不用聲音。不用聲音就沒有了語氣，拔除蔓生的枝節，減去輔助的贅餘，像是幻想中最光滑的平面，赤裸裸無從遮掩，是慣會曲折回旋的思考的絕對反面。「人類一思考，上帝就發笑」，發笑他們小小手指小心翼翼畫出的輔助線——人類總愛用輔助線，譬如，愛架橋，愛造船，愛印刷，愛劃定疆域，愛給手添手、給腳添腳，讓工具器官在身體上壘疊，在重複和增加中造殼，或許軟呢帽先生說得對，不過是佔有欲作祟。語言是佔有欲病入膏肓的地帶，多到消亡都不再引起注意的語言，一張嘴能說出四國、五國的語言，一首詩在他那張薄唇中變換著聲調和腔調，元音、輔音立成地基，輕濁音在送氣，小舌音要吐痰，還有被地中海海風時隔千年吹來的拉丁語，雨水一樣落下來，底下一張張仰起的臉在瞠目結舌中變成荷葉，虔誠承接那雨滴，而雨滴只是冰涼地滾過，並不留戀。發明一種語言，人類就多一層角質。軟呢帽先生最懂不過，他不停地塗抹，讓自己變成一隻泥鰍，以便從所有想要將他抓牢的手裡逃出。周葦做不成泥鰍，她已是困獸，故而，對著全家福，她嘴巴說不出話，只能用眼睛發聲，眼睛的語言是滑落，像是眼淚，有人也稱它為「流露」，也有人偏狹地認為，只有真情才能流露。

軟呢帽先生的眨眼顯然稱不上真情，但周葦感到其中也有什麼是真的。真成一根魚刺，在每一次吞咽般的回想中，深深地扎進肉中。關於她和軟呢帽先生的故事，沒有照片佐證。一切都被保存在隱祕眨動的眼睛中，以倒影呈現。一個藏在玻璃體後的影子世界，僅供閒暇、午夜時的反芻、咂摸。一次眨眼復刻一次拍攝，軟呢帽先生端著雙孔相機鏡頭捕捉。「別動，這個姿勢不錯！」又或者是「抬一抬腿，翻一翻身」。抬起腿、翻過身後，世界便會慷慨展現全新角度。就像在課堂之上，他穿過課桌與課桌間的過道，停住，臉上徐徐浮起一抹神祕微笑，望著他用詩歌餵養出來的牛犢，以上帝的口吻宣佈：「讓我們來換個角度。」於是，玫瑰變作淌血的嘴唇，潔白的新雪在大地鋪成裹屍的白布，一顆果實落了，砸在地上變成老皇帝的頭顱，粉筆每落下一次，就有一隻白鴿從他的袖口飛走。只要找準角度，他就可以時時上演魔術。

說起魔術，拍照起初也被認為是魔術——「靈魂會在閃光燈中被盜走」。人不可能既在這裡又在那裡，矛盾律暗示，必有一個是假的。為了證明活著的自己為真，人們決定將相機裡的定義為假。魔術也是假的，只有孩子會睜大著一雙少見多怪的眼睛發問：「這是真的嗎？」編織出聖誕老人的大人此時卻一本正經了，斬釘截鐵把標準答案公佈：「假的，魔術都是假的。」畢竟，聖誕老人只會送來禮物，至於魔術，魔術會把人分成兩段、埋進土中，魔術最讓人狂熱的表演是死裡逃生，誰知道魔術還會帶來什麼？孩子拿走答案，卻粗心大意把問題留在了大人的腦袋中：「這是真的嗎？」一個聲音自動答覆：「是假的。」聲音是從哪裡來的？斬釘截鐵的大人忽然發現他也並不知道那聲音來自何處，就好像它已在原地隱藏許久，時機一到就自動跳了出來，替他開口。他想起自己也曾是痴迷魔術的孩子，一副撲克牌中魔術師總能挑中應該被挑中的那張，他一遍遍地看，趴在電視機上看，眼睛都快掉進屏幕，可也始終沒看出所謂的破綻或者疏漏。後來，他累了，再後來，他就忘了，他沒看過一次揭祕的過程，最終卻相信了魔術是假的。畢竟，如果魔術不是假的，生活就岌岌可危了，抽紙盒裡會抽出玫瑰，玫瑰當然不錯，可不應該從抽紙盒裡長出。「不應該是真的」，「應該」在日子的顛簸中悄悄滑落，最後剩下來的只有「不是真的」。人們握著「不是真的」像握著一截蠟燭，它溫暖、光亮，驅散黑暗和迷霧。

「不是真的」，一句簡短的咒語，當軟呢帽先生開始花樣百出地表演魔術，被扭成不可能角度的周葦就這樣在心中默念。動畫片裡的正義主角為她幫腔：「只有魔法能打敗魔法。」唯一的出路，鏡像彼此抵消，敵人永遠是自己。殺死真實的同時殺死自己也不可惜了。不過，周葦倒並不試圖打敗什麼，勝利的旗幟總是插在焦土上的，勝利最好和失敗手拉著手，走向末路。末路盡頭，一個虛假的世界會將它們一視同仁地全盤接收，就像接收相片，接收玫瑰和抽紙盒，接收一個下落不明的男人，接收一面立在床尾的鏡子，接收雙腿舉過頭頂的投降，接收那些消失不可被解釋的夜晚，接收她自己，所有接收的都浸泡在河水中，在那裡，月亮不可被任何一雙手打撈。

那是周葦的月亮，和陳香蘭如今擁有的那個不同。當然，她們也擁有過同一個月亮，在她的童年，在她的青年，在連同風一起吹走的時間裡，隨著不定的陰晴而圓缺著。但到底也是有過圓的，不存在於「流金歲月」中的八月十五，不被陳香蘭視作考題的邊角料們，卻固執地留在記憶中。穿著雨衣的女人和孩子，全身上下都冰冷，只有牽著的手溫熱；額頭燒得燙手，手卻執著地一遍遍撫摸，熱疊加熱使降溫更困難了，可有時候人就是會忘了這些道理、規則，而降溫也不總是最重要的；當然，還有那個蛋糕，那些更好的肉，那根穿過考場鐵門塞過來的香蕉，那些無法被胃酸消化的食物。那是周葦的麵包屑，殘留於舊衣服的口袋中，等待著有一天被手指觸碰、翻出，指頭會誠實地告訴她，它們雖然沒有被鏡頭捕捉，沒有被嚴整地塑封，卻依舊是真的。

真月亮在記憶中金黃、牢固，日升日落都拿它沒有辦法。假月亮還在天空陰晴圓缺著，流到河面，就連角度都模糊，變成比假更假的。周葦立在C城江邊的護欄旁，眺望這輪更假的月亮，它毛茸茸，像不知被誰扔進去的破玩偶。也許是舊年的怨侶，而此時站在她身邊的這幾對則是新的。選擇在江邊歡度佳節的新情侶證明，團圓的日子也不必是擠在客廳的話家常，只要還有他們，一切節日都可以變成七夕或者二月中。情侶們也學周葦看月亮，在偷偷摸摸的親吻之後，當然，偷偷摸摸只是周葦的揣測，在對方看來，也許月亮都是打在他們頭頂的聚光燈。甚至於這樣的舞台都嫌不夠，於是甘願冒著寒風，顫抖著，等待一艘不知何時才能抵達的遊船來將他們的愛從下游一路巡演到上游。周葦也在等，不是等船，但也差不多。和船一樣，流浪詩人也「只靠岸，不上岸」，也許他們應該將這句話刻在墓碑上，以免未來有一天被人誤讀。但周葦也不致力於做岸，她擅長的是拋棄岸，譬如，此刻，她就拋棄了全家福裡的一家三口，順著長江而不是送她南下的北風，一路漂流到了太平洋的入口，而做到這一切，只需要一句拙劣的假話罷了。

假總是比真更有辦法，假它變動。滑不溜秋，像舌頭，或者手指，在出逃遊戲中，它們永遠最搶風頭。假也捏造，看家本領是無中生有，就像十分鐘前她在情侶交頭接耳無暇他顧時捏造的那封情書。

「我想你了。」

情書甫一捏好便被驟起的晚風銜走，但願晚風的風向是對的，即使周葦也不清楚究竟東北還是西南才是對的。她只知道這條江會一路流進大海，從淡水變成鹹水，在某個轉瞬即逝的片刻，一切會像魔術一樣出其不意地發生，畢竟，這裡是大魔術師軟呢帽先生的家鄉——C城。為了簡明扼要向無知的遊客說明本城特色，免得多費口舌，人們乾脆將它直接命名為「魔都」。

魔都是一隻快要邁出去的靴子，或者僅僅是時髦尖邊點綴著的一粒打磨光滑的珠子，沾染了些許海的羅曼蒂克氛圍，欲進不進、欲退不退地懸在那裡，像女人難以捉摸的下一步。然而，昨天夜裡，當周葦在懸掛於臥室牆面的舊地圖上找到魔都後，她立刻就想好了下一步。雖然她是女人——軟呢帽先生在她性別欄上親自寫下的鑒定結果，但周葦認為自己並沒有什麼捉摸不透。書上不也總是這樣寫嗎？「千里尋夫」，即使是離奇到從瓜裡蹦出來的孟姜女，長大後要做的也只是不遠萬里去男人築起的城牆上哭，哭她那已經變成一塊牆磚的丈夫。城牆哭倒了也是魔術，沒人會當真的，一些人甚至是站在那段城牆上聽導遊講完這個故事的。如果故事是真的，那他們又站在哪裡呢？「故事的誕生是出於需要。」軟呢帽先生曾如此解釋人對虛假故事的渴求，「但也不能一概地假，得真假混合，人類能活到現在主宰一切就因為我們是雜食動物。」雜食動物，不會只吃草，或者只吃肉，不能像熊貓，非要在竹枝上吊死，人要吃真的，又要吃假的。倒下的城牆是假的，尋夫和眼淚就是真的，合情合理，無人質疑。畢竟，多少年來，這個故事激勵了一撥又一撥前輩孟姜女的效仿者。

效仿者之一周葦來到的不是一片肉身築成的城牆，只是一條普普通通的江，裡面淌的不是血也不是淚，以它們築基的蠻荒時代已是舊篇章了，如今一切都文明，連江水都文明，聲音克制、柔和，不知從哪扇窗戶飄出來的鋼琴曲與它一唱一和。情侶們相攜著要登船了，列隊的不鏽鋼欄杆為他們周到引路，無人爭搶，無人慌張，這不是鐵達尼號你死我活的救生船，每一份愛都能安全無虞地抵達、上岸。這趟旅途唯一的流血可能只會來自那些逐水而居的蚊蟲，文明也不能拿牠們怎麼樣，幸好這些野蠻的原住民一般只會帶來瘙癢而不是死亡，文明能也應該容忍這種偏差。只是，瘙癢的確讓人難以忍耐，通常，周葦的辦法是不停地抓，抓到表皮破裂，染毒的血流出來，疼痛就會取代那沒完沒了的瘙癢，她更熟悉疼痛，疼痛據說咬緊牙關就可以忍耐。於是，她的身體上總有大大小小的疤，醜陋地散布於雪白的皮膚上，軟呢帽先生見過，不喜歡，送給她一個成語：白璧微瑕。周葦想到另外一個成語，完璧之身，它們聽上去像是同一塊玉璧，可她不懂為何一個人既想它無瑕又將它打破。但周葦也沒多想，她只是繼續製造更多的疤，就算軟呢帽先生不喜歡，癢也不會因此就放過她，她想他應該能容忍和體諒，因為他向來把文明背在肩上。不過，此時此刻，他肩上放的大概是另外一些東西，譬如，一個還要坐大馬的十九歲孩子，一個躍上肩頭還保持著得體微笑的女人，當然，還有那些他須臾肯放下的詩歌啦，對著十五的月亮，艾略特不合適了，該吟誦的是「但願人長久」「天涯共此時」。魔術師的元宵表演剛剛開場，這大概就是那封情書有去無回的原因。當然啦，也可能另有原因。例如，情書太沉，瘦巴巴的風馱到一半就馱不動了，它也要趕著回家慶賀佳節，便趁著四下無人將它扔進江中。泡在江水裡的情書游啊游，游到江與海的接頭點，隨著浪濤「嘩啦」一下，變作了石頭，石頭連同刻在石頭上的字一塊沉進大海中，等到海乾涸的那天，它們才會結著一身發苦的鹽粒將這個平平無奇的故事訴說。

回信還未到來，濱江路的情侶就都消失

了，路燈下一塊塊舞台空出來，只剩周葦這個不肯離場的觀眾，像是意猶未盡還想再看點什麼。再看什麼呢？太陽底下無新事，月亮底下大概也如此。在周葦的故事中，情書自然是假得徹底，她想知道的是，真的那部分去哪了？魔都是真的，和明信片上一樣，球形塔在黑暗中依舊發著光，那關於魔都的故事是否便是假的？軟呢帽先生是否真的在這裡，又是否真的有一個真正的家，真正的家裡住著他真正的妻子和孩子，在一切都被命名為「真」的地方，魔術又該如何上演呢？周葦不知道，她不是他這場魔術的助手，無法窺見他藏在袖口裡的戲法，助手另有其人，也許他們也和她一樣，目睹了「假」誕生的全過程，然而，他們和她一樣保持著沉默，在擺著團圓元宵的餐桌邊，在播送著聯歡晚會的電視前，在共同醒來的清晨和共同睡去的黃昏，沉默隨著呼吸一同被吐出，一點點堵塞住真與假之間的縫隙、鴻溝，如此成就一門黏糊的修補藝術。魔術就是，不要開口。

軟呢帽先生也熟諳沉默，沉默在對話框的另一頭，周葦與他中間隔著一條江，跨不過。可沉默也並不是什麼都沒說，它也說，說現在不是她登場的時候，於是，周葦只好提著她那些哐當作響的傢伙什灰溜溜地逃走了。只是，在逃走之前，她還不死心，半途停下來，又托風送去了一封也許還是會有去無回的情書。

「我來C城了。」

一樣簡短，一樣以「我」開頭，只是這一次不摻假了，句句屬實，那些遊船上的情侶可以為她做證。在正月十五，元宵節，掛著彩燈的江邊大道，一個形跡可疑、動作鬼祟的女人確實出現過，在喝飽了一肚子泛著魚腥味的江風後又沒頭沒腦地消失了，來去飄忽像是沒想好復仇計劃的女鬼。

長髮女鬼、吊死女鬼、抱著孩子的女鬼，都穿一身白衣，周葦也穿白色，只不過是鼓脹的羽絨白，而不是消瘦的麻布白，不過天太黑了，也勉強可以蒙混過關。貧乏的想像力重複著她們，卻總能一而再再而三地讓人瞳孔放大、驚聲尖叫、渾身冷汗。鬼故事裡的常駐演員，風靡世界的爬井橋段，總有那樣一個女人能讓人頭皮發麻。在恐怖的世界裡，女人和小孩總比男人吃香。男人往往是慘死的對象，當然，他們死得大都並不冤枉。可沒人要在恐怖片裡看公平因果的戲碼，那些關於前塵、舊事的平淡橋段，鼠標或者遙控輕輕一點就被熱心的觀眾自發剪輯掉了，留下來的只有一個女鬼，或飄蕩、或匍匐、或攀爬、或突然從門後彈出來，像整蠱遊戲裡的機關。然後，人們瞳孔放大、驚聲尖叫、渾身冷汗，只有屏幕上的女人，面無表情立成一面鏡子，供人們看清自己恐懼的形狀。

周葦看不見軟呢帽先生恐懼的形狀，他的恐懼只有聲音，在安靜的出租車車廂裡響起，尖銳、執著，沒完沒了。周葦沒有第一時間回應，看過的恐怖片告訴她，延遲是催化恐懼的最佳手段。延遲到司機都忍不住回頭想要提醒她，卻在看見她的表情後又飛快轉過頭去了。真是撞了鬼了！也許司機心裡在這樣說。直到五六分鐘後，電話聲再度響起，女鬼於心不忍，又或者是覺得厭煩，終於好心給它放行。

「你真的來C城了？」

比起電話鈴聲直白的焦急，軟呢帽先生的聲音顯然經過了處理，它被打磨、拋光，還抹上了一點兒潤滑劑，而這大概是出於魔術師的職業慣性。只是問題卻像觀眾席裡看魔術的孩子——真的還是假的——他拿不定。

這讓周葦有了青出於藍的成就感，她不想讓它太早消失，於是學著魔術師本人賣起關子：「你不想我來嗎？」

「呵呵，」手機的屏幕冒出白氣，周葦換了隻耳朵聽，「我當然歡迎，不過，你來做什麼？旅遊嗎？和家裡人一起？」

「就我自己。我來，是因為，」周葦把聲

音吊起，像玩木偶戲，「想你了啊。」

電話那頭沉默著，軟呢帽先生大概又開始精心打磨他的聲音，果不其然，再開口時它聽上去嚴肅很多，像是刷了一層硬漆。

「別鬧，說真的。」

周葦打鬧的手被他隔空按下去，他總讓她「別鬧」，用聲音反擰她的手臂，像某種警察與犯人的扮演遊戲。她只好乖乖坐好，一五一十，將真相調取。周葦承認，除了躲避家鄉那輪太過刺眼的月亮，此趟行程的另一個原因是她某日在電視上瞥見的尖塔，尖塔變作一顆大頭釘子，扎破她一個多月僵硬的假面，扎穿她的棉布椅墊，扎得她如坐針氈只好馬不停蹄地找來爛藉口出逃。她也承認，在火車臥鋪上的十多個小時，軟呢帽先生總是踩著車輪撞擊鐵軌般哐當作響的步伐，一腳深又一腳淺地順著夜的逼仄廊道走入她的夢境，可床實在是太小，連夢也變得擁擠，他只好出出進進，突然推開夢的鏽門又突然離開。她也承認，那些夢很難稱得上愉快，它們是黏稠、酸澀的灰暗發酵物，直到這一刻尚未能完全消化，淤積在她的身體裡，排不出去。但就像一個慌不擇路的暴食癖，她仍舊不停地吞咽它們，直到五臟六腑都被頂得發燙發漲，接近走到末路的太陽，將她融化成一種無法辨認的質地，空間和時間都遭到腐蝕，一種精神的胃酸飢渴地呼喚著，用一種通俗的說法來表達，那大概可以將其含糊地劃歸為，她想他了。想念是一張不透光的黑罩袍，將她與其餘的世界隔絕開來，只有軟呢帽先生知道如何掀開罩袍將她解禁。

軟呢帽先生卻無心解禁，他甚至否認囚禁的事實，他只需繞著周葦看一圈，就能用一個「真」字將它判定為假、為贗品，於是，罩袍的黑一瞬間瓦解，變成討人厭的烏鴉，飛進夜空裡。怎麼可能會有罩袍？他很確定，他從來不會給她留下一塊布料用來蔽體。周葦的新衣輕而易舉就被扒下，她這才只好真的老實。

「騙你的，嘻嘻。」嘻嘻撓著頭，一副賊被當場抓住的樣子，但還要解釋，要畫蛇添足地編故事，「我到C城做什麼？你又沒時間陪我。」

聽到了真話，軟呢帽先生終於滿意，先是呼出一口憋了老半天的氣，然後才笑呵呵慷慨表示，時間不是問題。「未來有的是機會，到時候我帶你好好轉轉，有家酒店我常去，江景很好，你一定喜歡。」大把大把的時間沉積在未來，一座等著周葦去開採的富礦，軟呢帽先生已高抬著聲音代替手臂為她把方向指明，在那裡，不僅有時間，還有消磨時間的酒店，還有為時間和酒店充當裝飾的江景，也許還有其他沒有說明，周到的高級酒店在展示周到時總是含蓄。軟呢帽先生常去，所以懂得這個道理。

不含蓄的周葦忘了，詩人不說想念，只說月色真美，缺角的月亮美，圓滿的月亮也美，「美是真實」，美的戒律被他掛在嘴邊，但他卻沒說過真實是什麼，彷彿那不言自明。周葦此前不懂，掛斷電話就懂了，真實是，缺角的月亮和圓滿的月亮不能同時升起，否則其中之一就必然為假，周葦早該明白的道理，兩個家偉的故事她從小就聽。真實是被切割開的時間和空間，軟呢帽先生選擇進入哪一個，哪一個就在那一刻被判定為真實。不過，也不能怪詩人貪婪，誰叫月亮自己要變換形狀，使美總不能安於一種樣子。缺角的周葦拿著缺角的車票總算搞清了這個問題，回程的路上她沒有再做夢，而是一覺睡到了車停。

「終點站到了。」

廣播裡傳來這樣的聲音，周葦跳下臥鋪，穿好鞋子，背上行李，拿出手機，手裡彈出一條未讀信息。

「我也想你，等我回去。」

署名為C，C城的C，一輪不滿的月亮，再度於屏幕的夜空中升起，缺角的想念被重新鑑定為真，隨著周葦走出車門，暴露在濕熱的南風中，一秒鐘就氧化得斑駁不清。

災星夜晚

當周葦提著行李箱灰頭土臉地回到那座南方校園時，校園還空空蕩蕩，只有綠意不改的樹和溫暖依舊的風代替不存在的友人對她表示了並不熱烈的歡迎。宿舍是空的，門窗緊閉，活生生造出一個霉菌的天然培養皿，它們趁此機會大肆繁育，周葦花了一個下午的工夫才讓空氣重新恢復到怡人的清新。她收拾衣物、更換被褥床單、扔掉舊年的垃圾——幾本塗鴉筆記、三根沒墨中性筆、一雙裂縫皮靴、兩把炸毛牙刷，她洗洗刷刷，用大門樂隊鬧出不小的動靜，她做完了一切近在眼前以及遠在天邊的事，包括給陳香蘭發去報平安的簡訊，像是一個突然流落荒島的文明人，她試圖通過勞動來緩解某種鋪天蓋地壓過來的東西。但周葦知道，她真正在做且別無選擇只能繼續做的只有一件事，那就是等待，等待一艘不知道何時才會再度出現的船隻。

船還沒有等到，周葦先等到的是另一個上

島者陳晨，馱著一隻黑甲蟲背包，逃荒一樣地出現在門口，她大概以為自己應該是首位登陸的成員，在見到宿舍裡還晃蕩著一個穿著睡衣姿態悠閒的活人時顯然嚇了一跳。「你怎麼來這麼早？」周葦當然不能將那些狗血春節檔的故事和盤托出，於是就用「無聊」作為藉口蒙混過關。幸好，陳晨對考研之外的一切事情都缺乏打聽的興趣，在略做收拾之後，她就重新背著包去自習室繼續埋頭苦戰了。陳晨之後是提著大包小包江南土特產的周媛，她帶著一身還沒散盡的年味，往周葦的手裡塞了一把奶油榛子和五顆圓滾滾的山核桃。李琳琳壓軸登場，拎著一隻32吋巨型行李箱，高跟鞋一甩就一屁股坐進床上拉上床簾與男友訴說分別之後的相思衷腸，雖然最終還是沒能避免以摔電話收場。唉，還是那些老戲碼，熟悉得像是重播了二十年還在六集連播的電視劇。

海也平靜得過分，幾天過去，別說船隻，就連一隻可供取樂的魚也沒有游來。只有手機似乎總在響，敲門聲也讓周葦神經緊張，雖然軟呢帽先生絕無可能突然出現在這棟「男士禁入」的女士領地，他更擅長的是誘捕而非深入險境去冒險追擊。道理再清楚明白不過了，周葦還是整日提心弔膽。膽體滴滴答答滲出苦汁，讓舌尖發麻，她先是失去味覺，再是失去嗅覺，料峭早春的寒風還沒刮來，她就先被一陣來勢洶洶的重感冒給擊倒。這下是真的得躺著了，額頭的退燒貼是靜止符，藥片的苦替代了膽汁的苦，再度找回失蹤的味蕾，舍友去上課的白天，她趴在盥洗台前嘔吐了不下三次，那場景讓她想起千里之外的陳香蘭，或許這也算母女連心了。不過，嘔吐也沒能喚醒她更多的鄉愁，每當她想起陳香蘭，一個嬰兒就會蹦出來手舞足蹈地將那些薄霧揮散。年長孩子的首要美德是謙讓，梨和母親一樣，在必要時候最好大度割愛。這場感冒讓周葦錯過了一些事情，比如競爭激烈的選課，因此她必須在不久後開始練習三步上籃，她還錯過了第一次班會，這倒算不上壞事一樁，真正可能稱得上「壞事」的是，在那條歡迎信息後，她就徹底失去了軟呢帽先生的音訊，全校更新的課程表中，他的名字也離奇消失，只有「等待」扭結著在周葦的腦子裡吊成麻繩一根，每當她的思緒飄遠一些，頭皮就會忽然一緊，提醒她別忘了那根外接神經一樣扎進皮肉裡的東西。她只能氣急敗壞、輾轉難眠，只能長吁短嘆，借此排出肺裡的濁氣。她被架在火上煎烤，沒能涅槃，反而把自己燒成一團火球災星。

災星墜落的夜晚總被描述為平靜或者祥和，可沒有那樣的夜晚，只有平均的不好不壞或者好壞參半的夜晚，而災星一旦出現，夜晚就變得無關緊要，變成一張純色的幕布，任勞任怨地懸掛在那裡，充當灰暗的陪襯。可那個夜晚確實繁星密布，也許是周葦燒昏了頭產生的錯覺，當她靠在出租車後座，透過緊閉的車窗向外望時，眼前出現的是一片閃爍的碎金，多得像是被誰收集起來好鑄造出一朵獻給愛人的金薔薇。「愛人」卻不在這樣的夜裡，陪伴她的是兩位好心室友，她們將周葦從再度飆升的高燒火場裡拉扯出來，攔下一輛臨時的救護出租車，一路將她運送到某家醫院的急診大廳裡。分診、掛號、繳費，在幾隻手的攙扶下，推門關門，機械地坐下、躺臥、伸出手指、掀開衣服，被形狀怪異的機器和探頭裡裡外外地查探，搜尋火種的蹤跡，可火種不在她身體裡。沒人知道，它在需要穿越幽深隧道才能抵達的祕境裡，就算最尖端的儀器也只能束手無策，除非，有一位叛徒爬出來告密。

　　這位叛徒，出於形狀上的相似，周葦暫且稱它為「Q」，它也像一枚氧化了的硬幣，滾進了那團烏漆漆的下水道污泥裡，本該不見天日，卻被誤打誤撞伸入的探頭發現並掘出，是意外，但稱不上意外之喜。周葦只覺得怪異，她寧願那是一個腫瘤，至少，腫瘤不會有朝一日滾落出來，像人一樣發出聲音。她覺得自己已經聽到了那種聲音，嗚哇啊呀，一串又一串的神祕咒語，詛咒她的生活再無安寧。「十九歲？」醫生再次確認了一遍她的年齡，或許還確認了其他什麼東西，比如名字、病史、過敏藥品……但只有在確認了年齡時，對方的眉毛沒能守住一視同仁的專業性，它輕微地、迅速地挑起，挑開了某層掛在周葦眼前的簾布，挑破了簾後想要隱藏卻無處可藏的祕密。被捅破的祕密緩緩流出純白的膿液，那讓周葦覺得似曾相識。

有過那樣一個夜晚，那件臨時雨衣沒承受住過於迅疾的狂風暴雨，在拉扯間被撕出一道破口，直到雨歇風住，渾身濕透的兩人才發現這個意外的插曲。嚴格來講不是兩人，而僅僅是軟呢帽先生，儘管周葦同那樣的雨衣已經有過無數次肌膚相親，她卻始終避免著與它的正面相遇。軟呢帽先生將之視作一種還未褪去的少女的羞澀，周葦知道那並不是，那是其他什麼東西，類似於有人可以吃魚，卻沒辦法眼睜睜看著刀背斬落的場景，有一些近義詞可以將其概括，譬如「做賊心虛」「掩耳盜鈴」，周葦也從不解釋，她樂於在這樣的情況下變成他眼中的某位不存在的少女。破掉的雨衣被軟呢帽先生捏在手裡，他向她展示那道破口，周葦第一次清晰地看見了上面殘留的液體，它像是達利會畫出來的東西，綿軟、光滑，靜止地流動著，除此之外，它還讓人噁心，像一條蟲卵，正在周葦的身體裡蠕動、爬行，順著那些潮濕、多褶皺的壁道，陰鬱又堅決。軟呢帽先生有著不同的看法，他看到的不是綿軟而是力量，「太激烈了剛剛，」裂口造出鐵證，他露出志得意滿的一個淺淺微笑，淺到在周葦完全領會到其中含義之前就消失了，「不過，這樣還是不安全，你記得自己處理一下。」說完，軟呢帽先生摸了摸周葦臉頰，用那只在不久前捏住雨衣的手，指腹彷彿還殘存著濕意。

周葦確實吞下過一粒藥片，它被包裹在粉色的錫紙板上，也是乳白色，看上去和陳香蘭曾經藏在櫃子裡的那些藥片沒有區別。她用一杯溫水送它上路，它則報復性地在口腔內壁留下了些許苦味，周葦又喝了一大杯白水才將它們沖刷乾淨，整個過程如同清洗了一遍犯罪現場。沒有證據留下，至少周葦曾經是這樣以為，她派去的金牌殺手經驗豐富——「輕輕鬆鬆走出困境」，王子和公主最後攜手跨進一道光門，偶然出現在周葦童年裡的這則廣告，她始終沒有忘記，一個成人世界的童話，由一位聲音溫柔的女性為她講述。只不過，她忘了童話的最大毛病就是結局總倉促且不詳，彷彿作者突然遭逢厄運不得不潦草擱筆。光門的背後是什麼，來不及說了，要想揭開謎底，只得親身走進一探究竟。謎底很快揭曉，一張黑白B超底片，帶著某種暗黑化後的印象派風格，延續了粗糙、隨意、迷離的筆觸，卻並不試圖描繪睡蓮花園或者鄉野薄暮的溫馨圖景，它是從深海裡傳來的低頻音波、等待被破解的咒語。

周葦隨即跌入深海之中，聲音統統消失，只剩目光和表情，於半空浮動，如游弋來去的魚，她也浮游著，卻不是魚，而是一具太過沉重而超越了海水密度的屍體。海水散發著一股消毒劑的氣味，讓人想起明亮晃眼貼著藍白色瓷磚的游泳池，還是高中生的周葦和謝依然穿著緊身連體游泳衣，擠在一堆熱乎乎的半裸肉體之間，水面被午後透進來的陽光也曬得熱乎乎，她們最愛玩的一個遊戲是，憋住氣一頭扎進冰涼的池底，池底光明如聖殿，一根根腿是潔白的羅馬柱，她們在柱子間穿行游弋，或者乾脆讓自己懸浮在柱子周圍，池水輕輕地托起她們裸露的四肢和脖頸，在溫柔的下沉中，意識和肢體彷彿都溶解了。現在，那種感覺又回來了，即使避開了含咖啡因的藥物，周葦還是感到了相似的昏沉和睏倦，她希望有一張床可以將她收容，可床對於急診來說太過珍貴，它屬於胸口開裂、腿骨折斷、血流不止或者真正陷入昏迷的人，而她，不過是發熱發燙，除開肚子裡那個不明物體，最多能算得上緊急序列中的最末尾，她只被分配到了一把塑料椅，又冷又硬，態度堅決地抗拒著她的下沉。周媛和陳晨已經不見蹤影，從醫生診室中出來後，她們就默契地保持著沉默，直到周葦被那沉默吵得心煩意亂，率先開口讓她們離去，至於她們離開時交換的那個簡短眼神以及囁嚅著沒有說出的話，周葦也全看進眼底。明天早晚會來，這她知道，就像她終歸會因為缺氧而衝出水面，但現在，她只想短暫地浮游一會兒，一會兒就行。

周葦記得，那是她度過的第一個沒有楊樹的春天。即使氣溫早已超過了十五度，甚至一度逼近三十度，空氣裡依舊沒有飄浮起那種令人防不勝防的白乎乎、毛茸茸的飛絮，它們消失了，絕跡於潮濕的、過於溫暖的南國，這裡是落葉榕、銀海棗、老人葵的天下，因為從不缺乏陽光和水分的滋潤，它們與生俱來一種無視四季變化的雍容氣質，不像扎根於溫帶和寒帶的楊樹，總是需要逮住乍暖的春日急急忙忙地滿世界潑灑繁衍的種子。種子，也可以說，植物界意義上的受精卵。中學生物課上，當老師將其中的隱祕關係公之於眾時，曾引起一陣不小的喧嘩和波瀾。女生的臉上浮起羞怯的紅雲，男生則用變聲期的怪叫來表達同樣的情緒，與此同時，瀰漫開的還有對楊樹加倍的痛恨。這並不奇怪，人們總是對生殖一面狂熱一面又鄙棄。傅柯用了三卷本來闡述這一問題。奇怪的是，周葦發現自己根本記不起來楊樹的樣子，或許它太普通，如若不是，怎麼會成為世界上分布最廣、適應性最強的樹種？也或許楊絮吸引了人們全部的注意力，就像那些天賦異稟的孩子身後默默無聞的母親，總之，當周葦試圖在腦海裡回憶它時，它只剩下一個毫無特徵的名字。周葦接過了這個名字，它輕輕地在她舌尖上一轉就掉進了濕滑的食道裡，像是童年恐怖的櫻桃核、西瓜籽，這棵只剩名字的光禿楊樹也在周葦的肚子裡扎根、發芽，再度煥發出生機。她變成了一株回春的楊樹，也是這個南國春天裡的唯一一株楊樹。它揮灑著受孕的信息，在每一條街道、每一間房屋，不分晝夜，對著每一個迎頭偶遇的人，他們則回饋以可疑眼神和竊竊私語，祕密變成反常果皮從周葦的身上不停地掉落，彷彿無窮無盡。儘管，兩位室友第二天就曾不約而同地向她保證過不會將「那件事」——用詞出奇一致——說出去，可周葦知道，沒有一株雌楊可以避免飛絮的命運，也沒有一個流言可以被扼殺在嘴裡。可以被扼殺的是其他東西，譬如，一團血肉混合體、一個未成形的胚胎、一個還沒有學會正當防衛的生命。

世界上唯一可以豁免於刑罰的謀殺，機會就擺在眼前，刀也被遞到了手上，刀身和刀柄渾然一體，在暗處閃著銀灰的金屬光澤，冷靜地等待著插入血肉的那一刻來臨。周葦卻沒辦法冷靜，她變成了一座活火山，嘔吐物在不安的地殼裡爭先恐後著要冒出來。她只能減少進食，把一日三餐改為一日兩餐、一餐，甚至乾脆不吃，但很快，她發現這種嘔吐與食物並不相干，即使胃已經被騰為空城，噁心感仍像空城裡的鬼如影隨形，不依不饒地敲打著城門要出去。「討債鬼」，陳香蘭多年以前的口頭禪從記憶的廢墟堆裡爬出來，抖落一身的塵土，想證明它還能再度派上用場。周葦驚訝於她想起這三個字時的熟悉，就好像它已經在這裡等了她很久，也知道她一定會在未來的某個時刻與它重逢。它讓她想起「命運」「基因」「遺傳」這一類的捕獸夾詞彙，它們張著巨大的鋸齒狀裂口，等著慌不擇路的人不慎撞上，然後就死死地將其夾住，夾得對方再也不能動彈。周葦疑心這些捕獸夾都是陳香蘭提前放好的，就像她總掛在嘴邊的那個句式，「等你……你就知道了」。宛如一句讖語、一個預言，從未來專程送回來的風涼話，時間一到，隱形墨水的威力就消退了，而意義也後知後覺地顯現。只不過，如今的陳香蘭倒是不說這些讖語和預言了，也不說過去，只說說現在。譬如，「在幹什麼？」「天氣怎麼樣？」「吃飯了嗎？」話語拉起警戒線，圍出一個無風無雨的安全港，母女兩人就像動物園裡被訓練出刻板反應的困獸，照著劃定好的軌道來來回回地繞著圈子。在謹慎這件事上，她們有多年的默契，一字一句彷彿都經過了反復演練，肌肉代替了頭腦去完成記憶，說什麼已經不重要了，重要的是通過說出「這些」來避開沒被說出來的「那些」，再往上面澆上一鐵鍬一鐵鍬的廢話混凝土，便可以萬事大吉。陳香蘭的轉變可以被理解為一種母性，為了還未出生的孩子，暫時舉起休戰的橄欖枝——「特殊時期」的鳴金收兵，周葦則恰恰相反，她要心無旁騖地去策劃一場謀殺，不能事先張揚，最好是悄無聲息，事後也不留一絲痕跡。這需要克制、謹慎、縝密的邏輯和強大的反偵察能力，波動的情緒則往往會橫生枝節，最後一敗塗地。她不能失敗，至少在這件事上不能，陳香蘭已經是足夠慘痛的教訓，如果迄今為止，周葦從她那裡學到過任何東西，那其中最為實用的就是，在任何時候都要避免將偶然誤認作命運。

沒有命運，命運是弱者的托詞、逃兵的藉

口，命運是人類編造的彌天大謊，流傳了幾十個世紀的荒謬發明，命運是這個世界現存最古老的宗教，香火不絕，至今仍受到億萬信徒的狂熱追隨。來自其中一個虔誠信奉者之家的周葦——陳香蘭日日將「命」掛在嘴邊以示對它的忠心——最終卻變成不折不扣的叛徒，信奉起一些其他東西，譬如，數學概率，人活在隨機性而非命運裡，又譬如選擇以及決定。熱情的女權主義者若是在場，也會對她的想法大加讚賞，「女性要主宰自己的身體」，接下來就要從母系社會開始講起，一場經年累月的戰爭，最先需要破除的是夏娃和亞當的內嵌式神話敘事。可周葦在中途就溜之大吉，她，一個逃跑的慣犯，生來就攜帶著不忠的基因，她做不了主義的標兵，她三心二意、貪得無厭又時常心存僥倖，她在經歷了幾天幾夜的自我反省、深刻剖析和靈魂拷問之後，還是十分沒骨氣地再一次給軟呢帽先生發去一條簡訊。從可能引發的後果來看，稱它為簡訊是有些輕描淡寫了，那更接近於一包炸藥，由她親手製作，工藝並不複雜，只需要往內裡簡簡單單地填塞進硝酸鉀、硫黃和炭的混合物——「我懷孕了」，尾部再纏上一根蜷曲句號作引線，輕擊點火，就大功告成。

周葦做好了在現場觀看整個爆炸過程的準

備，只不過，這一次，計劃也沒能趕上變化，一發完簡訊，蟄伏已久的睡眠就從身後將她蒙頭打暈。她足足睡了七八個小時，直到第二天早晨陳晨洗漱時杯盆的撞擊聲才將她喚醒。這很難得，在過去的幾個月裡，睡眠都如同施捨的零碎硬幣，從不肯以整鈔的形式出現。這突如其來的乍富讓她恍惚了一陣，接著才慢慢想起來還有殘局未收。殘局並不如她想像的那樣戲劇化，沒有屍橫遍野、血流成河，不過是三通紅色未接、五條待讀信息，其中還可以撇去一條通訊商催款通知，軟呢帽先生在毫無防備的恐襲前也依舊保持著紳士的冷靜：「怎麼不接電話？我明天回來，見面聊。」「沒事吧？別犯傻。」「你如果現在躲起來，那就太孩子氣了。」看來，「孩子氣」是他說出的唯一有關孩子的部分，這也並不讓周葦感到意外，她意外的是他提到了「犯傻」，一個老掉牙詞彙，猝不及防地從激動的牙床上脫落下來，讓場面一度變得難堪。他竟然想到了死，雖然，「犯傻」這個土氣的詼諧小調部分中和了死亡主旋律的陰沉，但這個念頭無論如何還是顯得有些過分鄭重其事了。當然，他更有可能指的是某種陳詞濫調，一哭二鬧三上吊的狗血劇情，在這種場景裡，死僅僅充當營造氣氛的乾冰和彩帶，等到高潮過去，就會被迅速清理。周葦從頭到尾都沒有想過死，她承認自己偶爾憂鬱——網上那位「陌生人」的評價其實算得上公允，也承認自己確實迷戀過不少和死不清不楚的人物，譬如三島由紀夫、伍爾夫、吉姆·莫里森，但那至多算得上某種多愁善感的抒情、披著黑紗的靡靡之音。軟呢帽先生這一番出乎意料的反應都讓她開始有點不好意思，不好意思於自己再三去翻檢那間寒酸的左心房，也仍舊沒有發現任何足以匹配死亡這個詞的濃烈表達和情緒的蛛絲馬跡。要知道，對軟呢帽先生，她向來願意慷慨解囊，把囊中所有她擁有的東西都通通給出去，近乎無私，近乎只會出現在宗教裡的某種獻祭，如果說這裡面有任何私心的話，那大概就是，至少這樣，他們的關係才能不被理解為愛情。愛情是玫瑰花，是同心結，是掛滿橋廊的鐵鎖，是星座性格分析，是半吊子塔羅牌占卜，是二月過完七月又回來的情人節，是濃情巧克力、捏陶泥的貼手遊戲，是呢喃、嘆息、咒罵、蠢話，是一秒鐘看一次手機，是不敢多看一眼手機，是自我矛盾、自我剖析，是自我暫時退場又演滿全場的獨幕劇，總之，正因為周葦開始知道愛情是什麼所以她明白他們之間的不是。對了，她差點忘了，愛情還是化學反應，如果可以克服過程中的不穩定，最終可以從善變的氣體或者液體結成可靠的固體——「愛情的結晶」，嚴格來講，周葦甚至也算得上這些結晶中的一件殘次品，可現在，突然出現在她身體裡的那團可疑沉積物顯然連殘次品也不是，儘管它狡猾地模仿著結晶的樣子，還未出生就已經顯露出基因裡的求生欲。

時隔兩個月，再度坐到軟呢帽先生家裡的那張沙發上時，周葦腦子裡蹦出了「恍若隔世」這個詞。「隔世」很好理解，「恍若」在此指的是，前一世的記憶還未清除乾淨，身體裡兩條時間鏈條擰巴地交纏在一起，需要一些時間去將它們拆解釐清。出於心知肚明的原因，他們沒辦法像以前那樣直奔主題，也可以說是主題換了，而兩人都缺乏經驗，一時不知道該從何開始。軟呢帽先生有些局促，見面不到十分鐘，他已經摸了三次臉頰、兩次頭頂，最後乾脆點燃一支香菸，安撫無所適從的手指。「怎麼會這樣？」他像在提問，又像是自言自語，他嘬了一口香菸，在繚繞的煙霧中才終於想起，這裡坐著一位孕婦。「啊，抱歉，我忘了。」菸被掐滅在臨時頂替菸灰缸的白瓷碗裡，一攤水漬瞬間就將火苗滋滋啦啦地分食乾淨。「科技都發展到這個地步了，避孕還不能達到百分之百的概率，你說是不是有點落後？」沒了菸的軟呢帽先生咧出一個倒霉蛋的自嘲苦笑，下一秒，又將罪責無比紳士地攬過去，「這件事歸根結底還是我的錯，你還年輕，應該有更多可能。」他無限真誠，將年輕歸還給她，要知道，在此之前，他從不肯輕易放過她的年輕。他讚美她的年輕，用眼神、手指、嘴唇不厭其煩地愛撫這種年輕，即使它偶爾也會讓他沮喪，在那些海綿體垂頭喪氣的黃昏或者深夜，那些時刻，他那張鬆弛而浮腫的臉上總是會煥發出一種相反的孩子氣的表情，一種不被滿足的惱怒和不知所措的無辜。年輕對於他來說曾經是這些，一座僅供嬉戲玩鬧的樂園，梔子奉獻純真，玫瑰提供熱情，花瓣沁出露珠可供啜飲，空氣被不斷擴散的芳香油熏製得甜蜜溫馨，年輕曾經是這些。一旦花束開始委頓、凋謝，枝頭冒出苦果顆顆，花園的觀賞意義就被倒胃口的實用性代替，那並非浪漫派詩人樂意讚頌的景象，比起象徵收穫、圓滿、成熟的果實，他們更願意哀嘆枯枝、落葉和歡樂時光的不復存在。冒牌詩人周衛華如此，手握兩本已出版詩集的軟呢帽先生顯然比他更熟諳其中微妙差距。

周葦沒有告訴軟呢帽先生她的謀殺計劃，儘管他無疑是充當她得力同盟的最佳人選，譬如提供一些金錢上的支持，又譬如事後瑣事的協助——攙扶、陪伴、心理諮詢。可到了談判時，她發現自己無法忍受另外一個人的參與，一種奇怪的佔有欲混合著母性突然從她的乳房和心口蔓延開來，以脹痛的形式，一路轉移到小腹，那裡彷彿有什麼東西在輕輕敲擊、摸索：一隻小手，或者一雙眨動的眼睛。她第一次感受到那個「生命」——嚇人一跳的詞。它比所有人想的都要大上一些，已經有了「形狀」，只是太過稚嫩，總是變來變去，像一團新泥，或者雲。它在她的身體裡上躥下跳，沿著經絡和血管滑向一個個器官房間，一道接一道地打開那些血肉之門，堂而皇之滾進去。它在那些房間裡逡巡、查看，表現得煞有介事且足夠老練，完全沒有初來乍到者的怯意，完成這些巡禮之後，它就老老實實地回到最初的地方去，久久地不再發出一點動靜。但是，周葦仍舊能夠感受到那雙眼睛，睜開著，從內部看著自己。它在觀察它的「母親」，也許在那些巡禮期間，它早就洞悉了自己即將被殺死的厄運。因此，當軟呢帽先生委婉表達出希望她能盡早地解決掉這個麻煩時，她第一反應竟然是被抓現行的慌張——那雙眼睛在全程監聽。軟呢帽先生將她的慌張理解為猶豫和抗拒，他捏了捏眉心，又嘆了口氣，架勢擺足了，才方便吐露心跡：「我也不想這樣，但這是唯一的解決辦法，你現在剛上大學，有了一個孩子，之後該怎麼辦？」他現在開始周到起來，不做好爸爸要做好導師。周葦卻忽然想扮演好媽媽，把自己的未來無限寬容地讓渡出去，於是用一個學生媽媽抱著孩子撥穗的新聞輕描淡寫表達出世上無難事的決心。「新聞你也信？」信，當然信，新聞的宗旨不就是還原真實？可她料想軟呢帽先生對真實大概並無多少興趣，於是微笑著說起他最熟悉的虛構：「不是你告訴我說人不能活在別人的世界？要創造自己的，這就是我創造出來的。」說完這些周葦甚至真的油然而生一種搖搖欲墜的驕傲，手撫摸著腹部，如同撫摸還未建成的迦南美地。軟呢帽先生的反應卻讓人始料未及，像是魚目混珠的商家，露出被揭穿的氣急敗壞：「那是文學，是詩歌！」他站起來，走到餐桌邊倒水，也或者是酒，順道扔出一句「說你年輕，你還真的天真」，然後便留給周葦一堵牆背，以供她面壁反思。肚子裡的眼睛依然睜著，一眨不眨，將他們的對話悉數聽去。「你以為你能承受？有很多現實問題你沒有想過。」情緒或者酒精讓軟呢帽先生的臉泛起不正常的紅，他抓了一把光禿的頭頂，將判決最終宣讀：「總之，這個孩子不能要，他來得不是時候。」

談話不歡而散。

一週之後，軟呢帽先生發來一條信息，

上面除了清楚標明的某月某日某診所的預約信息，還附帶一句溫馨提醒：「醫生是我的朋友，你不用擔心。」信息本身並無奇怪之處，奇怪的是它過了整整一週才出現，周葦以為，按照他們談判的崩裂程度，他理應採取速戰速決的閃電戰策略以免目標逃出他的領地。

不過，這一週裡，周葦也無暇他顧。輔導員打來電話：「周同學是嗎？今天下午能來辦公室一趟嗎？我這邊有點事要找你聊聊。」三人間的辦公室裡，只有輔導員一個人在，周葦先是被安排到門口的沙發上「稍坐」，坐成等待叫號的病患。那張沙發看起來眼熟，軟呢帽先生的辦公室裡也有差不多的一張，只不過這間屋子沒有金色獎章，只有一筐砂糖橘替代著閃爍金光，金光籠罩著一座座高高摞起的白雪文件山，山邊兩盆綠意逼人的虎皮蘭和一盆蒜頭黃水仙本本分分地營造著適時的春意，而一旁突兀呆立的長身電風扇則還緬懷著去夏。時間失序了，在彷彿過了好幾個四季輪替後，輔導員才終於從椅子上站起來，接了一杯水，順道把半掩的門關上——全是不祥的跡象。果然，在幾句潦草的寒暄之後，輔導員就趕不及地切入了正題。「周同學，是這樣，今天找你來，是最近院裡有一些傳聞，」她觀測著周葦的表情，停頓，換上更輕柔的語氣，消毒棉球似的決定先殺菌，「但你也不要緊張，主要是為了瞭解一下情況。」已做好被剖開的準備的周葦一臉平靜。「有人說你懷孕了，是嗎？」刀口在肚臍上方落下，慢慢地往下劃，那雙眼睛藏在刀後，謹慎地不肯輕易露面，可下一秒就被同盟出賣，周葦點點頭，承認那是真的。輔導員顯得比她更為緊張，在這件事上她還是新手，她沒當過母親，於是只好猶猶豫豫抖著嗓子繼續切割：「你知道……學校也有它的規章制度，尤其是你才剛上大一……你是怎麼打算的？」露出來的眼睛就在那裡，一動不動地盯住周葦。在學會語言之前，嬰兒就已經知道如何用眼睛來表達，周葦在書中讀過，除此之外，她還獲知了，對母體來說，胎兒並非天賜的禮物，相反，它是一個外來的病毒、未知的敵人，帶來噁心、嘔吐、嗜睡和毫無緣由的躁鬱，而敵人給她帶來的是「休學的建議」，以及一串「女孩子還是要懂得自愛和自我保護」的好心囑咐。

周葦把這些「副作用」做成一串風鈴掛在頭頂的天花板上，只要四周風聲一響，它們就搖晃著發出清脆的聲響，她試圖變成一個冥想者，裝模作樣地想要從那些聲音中聽出一些天啟之音或者言外之意，可它們最終卻變成孩子的銀鈴笑聲——她從兒童書籍裡偷來的經典比喻。當陳晨和周媛先後找上她時，它也依舊響著。一號嫌疑人陳晨將她堵在走廊，「我沒說，」她抓緊周葦的手臂像溺水者是她自己，「真的不是我。」二號嫌疑人則選擇先發制人甩出個反問句：「你不會以為是我說的吧？」問完也不等被問者的反應，撇下一句「反正不是我，信不信隨你」就轉身離去。案件因缺乏更多的證據而陷入僵局，就連被害人也不願深究下去，於是草草了事，成了一樁懸案懸在這間十平米的宿舍房頂，人人路過都瑟縮著脖頸小心翼翼，以防被意外砸中頭頂，只有唯一的不相關人士李琳琳依舊大搖大擺地進進出出，將高跟鞋踩出清白的脆響，與風鈴的脆響混合得出奇和諧，叮叮咚咚、哐哐當當，組成喜悅的二重奏。聽眾們保持著一致的沉默，人聲漸漸消失在這間屋子裡，如同即將滅絕的某個小語種，沒有人試圖挽救。

只有一個晚上，那種舊語言曾短暫地再度煥發了一次光彩。先是晚歸的周媛推開門，來來回回地走了幾圈才終於按捺不住，將兜裡那個還在發熱發燙的消息扔了出來。

「你們聽說了嗎？」

她站在房間中央，用目光尋求回音。

「聽說什麼呀？」忙著塗趾甲的李琳琳的聲音在床簾後模糊不清。

「咱們學校前段時間不是有個女生在宿舍割腕嗎？」

「這大家不都知道了嗎？」

「更勁爆的來了，你猜她為什麼自殺？」

「不是說和男朋友分手嗎？」

周媛嘴角翹起，聲音卻壓低：「不是！是因為被教授那個了。」

「啊？不會吧！」

李琳琳翹著甲油未乾的手指，把床簾拉開半截，就連陳晨也抬起頭推了推落到鼻梁上的眼鏡。

「千真萬確，現在那個女生的男朋友都告上法庭了，關鍵是……」周媛停頓稍許，在得到預期的催促後才又神神祕祕抖落一句，「據說受害的女生還不止一個！」

「誰呀？這麼噁心？哪個院的？」

「好像是文學院的，教英國詩歌。」

周葦耳邊的風鈴聲戛然而止，風停了，手上那本詩集封面上菲利普·拉金的模樣一變，英國紳士忽然長出了張東方人的臉。她第一次發現，他們有著相似的前額。

「嘖嘖，文學院，那不奇怪。」

「可不是嘛，我媽說，找男朋友就千萬不能找什麼寫詩的、唱歌的，搞文藝的沒一個好的。」

「嘻嘻……」

「嘻嘻……」

心照不宣，從未有過的默契使房間的氛圍變得輕鬆，笑聲裂成一粒粒氣味香甜的爆米花，正適配午夜的八卦一刻。對待八卦，陳晨仍舊採取了相對嚴謹的學術角度：「你們有誰上過他的課嗎？」

搖搖頭，兩位姑娘都搖搖頭，周媛甚至額外擺了擺手：「我可沒興趣。」

「還好沒選，不然說不定現在遭殃的就是咱們。」

倖存者們發出劫後餘生的笑和嘆息，片刻，鬆弛下來的聲音殺了個回馬槍：「我記得……周葦，你選了這堂課吧？」

「火車慢了下來／當它完全停住的時候，出現了／一種感覺，像是從看不見的地方／射出了密集的箭，落下來變成了雨。」拉金還在喋喋不休，宿舍裡燒起的夜談火堆在凌晨到來後偃旗息鼓，只剩下周葦還坐在一旁，盯著餘燼出神，像是在仿效某些神祕學傳統，試圖從殘渣中占卜出緣由和吉凶。事到如今，她應該露出恍然大悟的臉、醍醐灌頂的臉、真相大白的臉，可她仍舊是抓不到情緒的蹩腳演員，而在一切狀態中她最不擅長扮演的就是天真和無知。進退兩難的拉扯下，面部神經選擇了乾脆罷工，於是，最後出現的是一張無動於衷的臉，映在白牆上懸掛的圓鏡裡，是略小的另一個圓，圓中某顆青春痘長勢正盛，那也是這張臉上唯一鮮活的東西，除此之外都死氣沉沉，皮膚是冬日被剝光了皮的樹幹，乾燥蒼白，散落著不知何時沾上的瘀青，密不透風的劉海排成默不作聲的陰鬱，風都透不進去。大凶。過去，周葦不理解軟呢帽先生為什麼會在這張臉上尋找青春，現在她明白了，那不是在尋找，而是在培育。有一整個精心搭建的塑料棚溫室，裡面每一張臉都是待放、待摘的花骨朵，個個相似，朵朵雷同，或許可以將其稱為：打亂了四季時序的花之迷宮。

迷宮被破獲，堪稱震動全校的年度事件——僅次於新校區選址公佈、食堂菜價整體上調，隨之而來的是一系列常規操作：比如，校方在官方平台發佈嚴正通告，聲稱會「詳細調查，絕不姑息」；比如，解除相關教師一切職務，暫停一切教學活動；比如，加強學校學生心理健康建設，開設心理輔導辦公室，每週五下午有專業老師熱心提供諮詢。輔導員比專業老師更熱心，沒過兩天，她再度打來電話，建議周葦「有時間的話可以去坐坐」。可惜周葦沒有時間，整個週五下午都已經被軟呢帽先生用一個小手術幫她預支。

手術當天他自然沒有出現，前一晚倒是打來了一通電話。「我最近太忙了，這段時間都在外地，過來不了了。」

「你自己能行嗎？我跟醫生認識，到時候會有人看著你的，別擔心。」

「過了這陣子我們再見，到時候帶你去南邊的島上玩玩。」

「島上可以潛水，還可以坐船去海釣，你沒有海釣過吧？完了咱們可以吃吃海鮮，看日落。島上有很多植物……」

他停下來，笑了一聲，眼前的海市蜃景瞬間就被那笑聲驚散。

「算了，先不說這些了，現在也不是時候。」

自始至終，軟呢帽先生都沒有解釋現在究竟是什麼「時候」，也沒有談及那個「它」，周葦含在嘴裡沒有問出的那些問題最後統統被唾液浸透，變成字跡模糊的碎紙塊被重新咽回肚中，也許它們會伴隨著肚子裡的那個「它」被一併掏出，然後扔進廢棄醫療桶裡，她知道，在那裡，人們就是這樣做的。沒有墳墓，也沒有石碑，沒有悼念，沒有被賦予意義的花朵，簡潔、迅速、謹遵「流程」。軟呢帽的那一番願景顯得多愁善感了，如臨終人意識不清的發夢，可臨終的另有其人，周葦不知道它是否已經學會用妄想來表達哀愁和憤怒。

然後，周葦如約見到了那張床，或者說，那並不是一張床，而更像是一個祭台。她沒有見過祭台，這個詞就這麼不請自來地躍入了她的腦中，反客為主。它並不是完全平的，一個折角使它輕輕翹起，如同一隻正在扇動的翅膀。當然，它並沒有扇動，它是靜止的、僵死的，一個藍白交疊的標本。穿著藍色防護衣的她也像是標本的一部分，此刻正被期待著回歸，將身體以同樣的角度與其重疊為一體。接下來，她需要張開雙腿，讓她驚訝的是，這個姿勢依然會讓她感到羞恥，原來羞恥這件事還沒有全部被軟呢帽先生拿去。護士是老練的行刑手，「再打開點，這樣做不了」。腿被毫不留情地繼續掰開，腿間突然張開一個空蕩的宇宙，廣袤無垠，比最大還要更大，持續地膨脹著，彷彿可以容納下所有，她在這個宇宙中變得渺小，變成一顆灰色的沙粒，逐漸消失。醫生和護士在那雙腿前毫無顧忌地走來走去，她們看不見它和它的宇宙，她們看見的是鑷子、鉗子、手術刀、消毒液、棉紗布和一個稀鬆平常的器官。她們談論起商場的促銷，一件八折，兩件七折，還有滿減購物券。她們輕鬆得如同已經身處櫃台前，正漫不經心地挑選一件適合即將到來的初夏的開衫或連衣裙。

對，確實是初夏了。麻醉藥注射進藍綠色靜脈時，周葦側過臉，看見窗外的樹在午後的陽光下散發出一種逼人的、耀眼的綠，白牆上光斑晃動閃爍，似乎有風吹過，幾隻腹部鼓起的褐色小鳥突然結伴躍起。這就是全部的風景，慣常的、午後的那種風景，只有空氣中遊走的一絲燥熱使得初夏變得具體。楊絮不見蹤影了，屬於它的時候已經過去，消失常常是這樣無聲無息的，周葦發現，人們對於失去總是後知後覺，慢上半個拍子。陳香蘭是在周衛華不告而別後好幾週才確認了這一消息，然後，在周葦出生之後很久，才真正意識到他將在配偶這一欄始終缺席。「她應該早點清醒」，講大道理的人不止一位，說辭卻異常統一。談不上理解，周葦只是開始明白，「應該」是擺在櫥窗裡的道具模型，往往只能拿來演繹而非還原真實——某種理想的、刻板的、不多不少的真實，而她發現自己擁有的則全都是偷工減料的、疊床架屋的真實。

正如此時，她應該感覺到它的離開的，可她沒有，那片宇宙的爆炸在真空中悄無聲息地發生著，她只感到一陣無可附著的麻木，而麻木事實上就是什麼都沒有感知到，只是人們又需要一個詞去描述應該被感知的一切。掩耳盜鈴也可能是自救。醫生在術前確認時安撫她：

「你做的是無痛的，沒事。」醫生的微笑被口罩擋住，轉道從眼睛裡綻開。那個笑容讓她想起小學讀過的少兒科幻，作者想像出一個無痛的未來，在那裡，針頭扎進肉不會帶來疼痛，從滑梯上摔下不會帶來疼痛，父親落下的巴掌不會帶來疼痛，所有的疼痛都被一種神奇的白色藥片（又是白色藥片）殺死。儘管，文中對這一藥物的作用原理隻字未提，只有通篇的期待、希望，堆沙雕一樣堆出一個烏托邦，而遠處洶湧的浪則被隔絕在時空之外，凝固成久遠的舊日光景。那不是一篇科幻，至少對周葦來說不是，它更像是一篇禱告，一個在燭火前搖曳的耗時過長的生日願望，一顆直白透明的水晶球，裡面裝載著一進入就會破碎的夢之場景。多年之後，周葦從一本雜誌上偶然讀到，痛覺是人類不可或缺的感官能力，作者一一列舉失去痛覺的可怕後果：不能及時獲知身體病變的信號，被一百度的沸水燙傷而不自知，缺少了痛苦而帶來的情緒失衡……總之，人不可救藥地需要疼痛，儘管他們對它厭惡、痛恨、恐懼。麻醉藥是一種折中的投機取巧、限時存在的烏托邦、一次魚目混珠的障眼法，到了魔法消失的十二點，被按下暫停鍵的灰色浪濤就會繼續按照既定的引力湧進。沙雕城堡被沖毀，水晶鞋倒扣進沙子，遲到的疼痛終於開始從小腹的某個點以擴張的軌跡向四周蔓延。

那裡如今是一間空屋子了，風鈴也被帶走了，腦中不再響起那叮叮咚咚的吵鬧聲，他們做得徹底乾淨，也許連牆壁也粉刷了一遍，以便遮掩可能殘留的痕跡。那一晚，周葦沒有做夢，後來一連好幾個晚上也沒有做夢，她懷疑它在離開時順手偷走了那些夢境，如同好心帶走屋子裡的垃圾。她重新擁有了水泥般密不透風的睡眠，夜晚被封存在裡面，一如被拋棄的死屍，但它也不會腐爛、分解，只是僵硬而冰冷地立在那裡，把時間擋在外面，也把周葦擋在外面。可正如需要痛苦一樣，人也需要夢和夜晚，於是周葦開始將一部分白天切割，揉成維生素補片，去彌補這種必需品的缺失，她開始陷入混沌，或者，用心理學的慣常表達來說，她開始產生幻覺。幻覺是一片一片落下來的，巨大而輕盈，呈朦朧的半透明狀，時而鮮艷，時而灰暗，它並不完全奪走現實，而只是為它輕輕地罩上一層薄紗濾鏡，它也並不像人們通常認為的那樣粗暴和野蠻，它富有詩意，委婉、克制又敏感，一點輕微的搖晃或聲響也能驚動它，使它變幻出新的色彩和形狀，像是淺眠的嬰兒。確實，它的脆弱和壞脾氣給周葦帶來了不小的麻煩，她總是需要花費巨大的精力才能將它安撫，她為它唱歌，為它讀詩，對著它自言自語，當然，總是得趁著沒有人在時。但它也給周葦帶來了快樂，帶來了一段「寧靜的時光」，那些尚未被烈日炙烤得虛脫的初夏日子裡，她懷抱著它，在旁人無法聽見的呢喃中彼此陪伴。

軟呢帽先生的電話沒有再打來，陳香蘭的電話倒是打來過不少，說了什麼周葦全不記得。身邊的世界開始褪色，而另一個只屬於她和它的世界則越發明亮起來。

魔藥時間

關於彌留之際的說法有許多種。從冥府遠道而來屬於夜晚的孩子，用彎鐮擊出地獄惡鬼的號叫，做上路的序曲；也有陰差一對，著黑服白服、黑帽白帽，在棋盤上擺成死局；又或者是某位路過的無名乞丐，口齒不清地將死亡隨意宣告；當然，也有更為現代的自助式場景，自動脫殼的靈魂浮到半空，俯瞰肉身如最後對鏡自顧；還有那些乍現的金光、張開如來時母體甬道的漆黑洞口、無法言喻的斑斕、扭曲交疊的幾何形狀，那些奇跡、盛景、海市蜃樓……死亡擎著白布，縱容著人們用恐懼、悲傷、遺憾、興奮或是其他種種去隨心塗抹，反正白布最後也都會將一切連同沒有了神經反應的肉身一塊兜頭蓋過去。

周葦的白布上最先出現的是一個發散開來的七色光圈，這也許是散光導致，也許僅僅是幻覺，光圈懸在她的頭頂，隨著顛簸忽大忽小水母般收縮擴張。顛簸是因為她正身處一輛救護車，週五夜晚的壅塞車流逼迫司機不得不在油門和剎車之中反復無常地遊走切換，以免撞上前面那輛時刻亮著紅尾燈的車，那也是一輛救護車，車身慘白，車頂一盞警示燈應卯旋轉，轉成倒計時的鐘盤。趕著交班的出租車司機見縫插針在下一次鬆動時加塞，兩截鬆垮勾連的救護列車車廂斷裂開，繼而被越來越多跟風與死亡賽跑的車輛衝散。「倒霉鬼，沒趕上好日子不死也得死啦」，出租車司機按下車窗鍵，罵聲就輕飄飄隨著微熱的風吹進猩紅點點的夏夜之中，他繼續加速，心裡早已只剩下老婆幾分鐘前剛傳來的訊息──「綠豆湯冰上了」。倒霉鬼則仍舊在顛簸中一動不動地躺著，但她卻覺得自己在浮游，水母光照出一片寂靜深海，身體變得輕盈，四肢波動如斷根的海草，海水溫熱，也許這是一片熱帶海域，即使是深海幾千米，也仍受到陽光的佑庇。

如果早知葬身魚腹如此寧靜，她就不會選擇硫化物，那太難聞了。她不喜歡煤炭，它讓她想起寒冷的冬日、清晨的煤爐、被起床氣折磨又將折磨附贈給她的陳香蘭，後者總是半蹲在煤爐前，臉被煤爐的紅光映照得艷麗又陰鬱，上面黃褐斑如蛾子一樣匍匐。還有那些氣味，陰魂不散，召喚出睡意昏沉的午後、黃昏，使人意志頹靡、了無生意。很久以後，她才反應過來，那正是死亡的氣味，只要濃度達到某個數值，人就會在那種氣味中逐漸喪失呼吸、意識以及生命。「在睡夢中無知無覺地死去」，一位佚名網絡分享者如是描述。她被這個描述引誘，比起死亡，她更渴望睡眠。從某一晚起，她突然發現自己找不到進入夢鄉的門了，門消失得無影無蹤，彷彿從未存在，被召喚的數千隻綿羊也無法引路，隨著她一同在黑霧瀰漫的荒原迷失，校外小藥店搞來的一罐無名藥片也只能造出臨時之門，在短短幾小時做賊心虛的驚恐和焦慮後，她就會被睡眠巡邏兵識別抓捕，一腳踢出，哭泣和啃咬手指都無濟於事。起先，她還抓撓頭髮來作為供奉給睡眠之神的憤怒獻祭，等到發現洗手台和枕頭床單上密密麻麻的逃兵後，她才明白，它們早已覺察勢頭不對，於是紛紛叛離。與之一道離她而去的還有食慾、味覺、注意力、指甲縫邊的皮膚、左頰的知覺——它開始反復失靈麻痺，以及其他被遺漏的更為細微的部分——蛋白質、血含量、維生素ABCDE……情況再清楚不過，困守的將領軍心盡失、大勢已去，只能獨自在空蕩的營帳裡冥思苦想究竟哪裡出了問題，卻毫無頭緒。思維也在夢的匱乏中變得遲鈍，她開始忘記上一分鐘還在做的事情，缺少滋潤的記憶海綿體變得又脆又薄，成了布滿孔眼的篩子，每一刻都有什麼從那些眼中流失。她只好長時間地保持靜止，彷彿這樣就能避免產生更多的震動，從而減緩流失的速度，而事實是，有好幾次，她感覺自己皮膚下的血肉全都凝成了黑鉛，沉重得將她壓在原地，翻身都變成了難以完成的事情，一如剛出生的嬰兒，又如癱瘓多年的老人。她吃不下去東西，就算勉強吞咽下去，食物也會無一例外凝成新的一坨黑鉛堵在胃與喉嚨之間的某個位置，她可以感覺到那些形狀、質地，它們或是光滑的球體，或是稜角分明的錐子，或者不偏不倚，恰恰好成為一塊完美的正方體，沒有補給的胃袋則開始發出來自地殼深處般湧動的咆哮和轟鳴，沸騰的胃液憤怒地沖刷著早已飽受摧殘的胃壁。她應該感覺到疼痛的，各種各樣的疼痛，就像電視廣告裡的模擬場景，電鑽、榔頭、鐵錘齊齊上陣，胃露出一張苦刑犯的受罪面孔，哀哀乞求身著藍色健康披風的胃藥俠士降臨。可疼痛沒有在胃裡如期而至，它奇怪地出現在了後背、手指、腰椎、膝蓋，不停地遷徙，在皮膚掩蔽的地下道裡打游擊，神出鬼沒、行蹤不定，猛一出擊便打得她措手不及，雖然不至於一擊致命，卻足以讓每一個日夜在身體的輾轉反側下被碾成爛泥。

在爛泥中打滾的那些日子裡，確實出現過

一雙手，試圖將周葦援救，那是一雙女人之手，圓潤、白淨，右手無名指戴著一個素圈金戒指，舍友提到過她新婚不久。周葦看見，女人的臉上也確實洋溢著一種新娘的紅潤和熱情，那是她沒有的，她的臉是過度粉刷的白牆，大紅喜字貼在上面只會過分扎眼了，但女人還要貼，派發愛心如派發盒裝喜糖，她先是突然打來電話，又嫌說不清楚，還專程來宿舍一趟。「來看看你們，都好吧？」她環顧一圈，目光落在角落裡的周葦臉上便粘住了。周葦想起來，她們曾見過一面，在行政樓裡，女人是輔導員，她是意外懷孕的女學生，不過一個多月前的事，卻讓人感覺恍若隔世。臨走時，輔導員將周葦叫到樓道。「其實，我這次來主要是想見見你，」她微笑，露出的牙齒沾了一點兒口紅，也顯得喜慶，「院裡現在很關心你的情況，有什麼困難可以跟我說。」周葦在派發的愛心中變成等待幫扶的「貧困生」，只不過這貧困無關金錢，陳香蘭打來的生活費足夠她應付日常開銷。如果非要說有什麼貧困，那大概就是睡眠，可周葦並不打算將這一情況如實反映，因為她知道，他們詢問她是否有困難，卻又不真的希望她有困難。她應該是心平氣和、萬事順遂，應該對一切心存感激而非懷恨在心，一位眼睛藏在茶色鏡片後的領導人物曾私下裡對她暗示：「你也知道，我們學校研究生名額競爭很激烈，你現在雖然還早，但未來如果有這方面的打算……」起早貪黑的陳晨若是聽見大概會開始咒罵世道的不公平，儘管世道總是不公平，她孜孜以求的機會現在就這麼放在了周葦的手邊，對方大方隨意、態度輕佻，如同遞出的不過是一枚紙杯、一根木筷。她沒有接過，至少沒有當場接過，只曖昧含糊地推辭：「我還沒有想好。」領導人物用一段足夠長的沉默表達著不滿，直到那不滿快要撐破屋子，最後卻也客氣地送她出去，身後門鎖咔嗒閉合的瞬間，像極了一截救生繩被攔腰剪斷該發出的聲音。一些應景短語或許可以派上用場，譬如，談判破裂、交易失敗，可其實沒有什麼談判，更說不上交易，那不過是經過裝點後的恐懼，被上一個割破手腕血染宿舍地板的女孩嚇破了膽，於是，人人風聲鶴唳、草木皆兵，一場暗地裡的掃雷活動成為當務之急，大概還有線人透露了某些捕風捉影卻不得不引起重視的消息，總之，結果就是，周葦很快就被鎖定。掃雷唯一成功的方式就是讓雷爆破卻又無人傷亡，輔導員站在過道，遲疑地再度拋出偽裝成橄欖枝的心理諮詢探測儀。這次，周葦沒有拒絕，或許是她知道拒絕了救援繩就最好不要再拒絕橄欖枝，也或許是因為輔導員總愛用疑問句，那聽上去有種溫柔或羞怯，何況，周葦看過不少電視劇，裡面的心理諮詢師幾乎無一例外地通曉睡眠的祕密——它總是藏在一隻擺動的金懷錶裡。

遺憾的是，沒有擺動的金懷錶，也沒有深色的躺椅，除了門口新近張貼的標識，所謂的諮詢室和這棟行政樓的其他辦公室別無二致。一位女老師坐在辦公桌後恭候已久，她身穿一件米白色短袖絨毛針織衫，有些心理學理論認為，人類對毛茸茸的事物天然親近，也更容易卸下防備，周葦倒沒有覺得親近，她向來對貓貓狗狗沒有興趣，她只養過一隻烏龜，通體無毛、甲殼堅硬，皺巴巴的皮肉在覺察到四周的動靜後，總會緩慢地瑟縮進巨大的殼裡。烏龜並不靈敏，有研究表明，緩慢是它長壽的祕訣，可對周葦養的那隻龜來說，緩慢卻足以致命。當陳香蘭心血來潮決定將它作為年節的菜餚之一時，它每分鐘幾釐米的爬行速度注定了被捕獲的命運，整個過程不費吹灰之力，不像會張開翅膀滿場奔逃的雞鴨，也沒有年豬被宰殺時的震天哀叫，唯有那副死到臨頭還盡職盡責的硬甲帶來了一點兒麻煩，可陳香蘭有錘子和砍刀，一陣叮叮砰砰的敲擊，麻煩就四分五裂潰不成軍。上桌時，那身甲殼還充當了某種原生態美學裝飾。萬幸的是，出於某些迷信或者養生原理，陳香蘭認為女孩子不宜吃龜，周葦這才得以避免吞咽自己短命夥伴的厄運。第二次會面，周葦將這個故事講給了女老師聽，因為她——並不令人意外地——認為回憶童年的某些遭遇或許會對「走出當下的困境」有所助益，雖然看上去更受這個故事助益的是女老師，她明顯拔高的語調和略顯興奮的神情都透露出她對整個進程「順利推進」的欣喜。「創傷」，她用這個詞來提煉故事的意義，儘管，在周葦看來，故事中唯一受到創傷的應該是那只龜而非自己。女老師再接再厲，拿出一整套用「我」字開頭的測試題，「我」一會兒熱心，一會兒冷漠，一會兒冷靜，一會兒恐慌，一會兒愛思考嚴肅的哲學問題，一會兒又沉溺於華服珠飾，「我」躲在堆成安全牆的問題後面賊眉鼠眼，裝作友軍想要套取她堅殼下的祕密，整個答題過程耗時將近一小時，交完卷就到了會面約定結束的時間。女老師抬起手腕，看了看那上面的金色女錶，「下週還是這個時間，我會針對這次的測試來進一步細化你的問題。」懷著一種等待分數揭曉的心情，周葦繼續在幾近崩潰的失眠中熬過一週，可下一次會面，女老師並沒有如約為她講解那些「我」字背後的奧祕，她只是讓她繼續講述自己的故事。女老師善於用微笑來不變應萬變，變換嘴角勾沉的角度去表達模糊曖昧的態度和情緒，一個活靈活現的蒙娜麗莎，只可惜周葦並沒有達文西的畫技。相反，女老師面前的筆記本上倒密密麻麻全是字的素描，不用馬良的點睛，黑字就能自動變成彎彎曲曲的字蟲一隻一隻，從白紙上爬走，爬到桌面，順著女老師的手肘掉到她穿著絲襪的腿上。她看見幾隻黑字蟲咬破了絲，鑽進露出來的白肉裡，她咬緊舌根免得自己當場嘔吐起來，那樣他們大概就會認定她確實有病，病入膏肓，藥石難醫。

每週一次的談心很快就不是祕密，一個人重複在同一時間消失難免可疑。可疑招致風言和風語，和風沙一樣，只要時間夠久，就能產生鬼斧神工的塑形魔力。周葦不知道自己究竟被塑形成了什麼樣子，尚在早期的精神病、擁有不檢點祕密的壞女孩、誤入歧途的愚蠢女學生、羅曼蒂克的典型受害者、下一位割腕者的有力候選人……從周圍人的眼神中，她讀出了這些東西，當然，還有更多更普通更不值一提的東西，譬如，疏離、好奇、打量、同情、恐懼。周圍人都開始不約而同地對她背過身去，走廊裡自動劈出寬敞紅海，擁擠食堂裡出現了獨屬於她的奢侈單人桌，舍友們對八卦、夜談和分享零食陡然喪失了興趣——至少她在場時是如此。某天，她被班長「不小心」從班遊的名單裡漏掉，他們去了鄰近的小島，她想起來，那是軟呢帽先生最後一次跟她通話時提到的幽會地。奇怪的是，她沒有忘記這件事，以及與他之間的每一件事，甚至包括她去教學樓廣場前參加的哀悼儀式，雖然嚴格意義上，這並不是他們之間的事，而是他和另一個女孩之間的事。她並不是特意去的，特意是指像其他人一樣，手持著蠟燭或者鮮花，懷揣著憤怒或者悲傷，銜著相似的問題和疑慮，三五成群，在太陽落下後以某種祕密的方式短暫地融為一個集體。她不屬於那個集體，儘管當他們點燃一圈蠟燭對著女孩的照片集體默哀時，她也在整整一分鐘裡保持低頭不語。低頭時，擺在地上的照片正好跳進視野，女孩留著長髮，和她一樣，青春年少，也和她一樣，女孩似乎很愛笑，至少從照片上看是如此，這一點和她不同。即使面對致力於收集快樂時刻的相機，周葦也總是耷拉著一張臉，並非她不願意，而是她始終也沒學會如何對著那個金屬盒子和它周圍的虛空突然無中生有出一張足夠自然、真心的笑臉，因為通常來講那種時刻不會發生任何值得笑出來的事情，相反還常常伴隨著過分緊張的氣氛——「看鏡頭！」「眼睛不要眨！」「頭髮再往中間撥一下！」，被這些聲音撥弄著的周葦只好俘虜一樣笨拙地左右移動，在慌張中勉強靜止，懷著某種類似於等待處決的心情看快門如扳機一樣扣動，將某個時刻的她當場擊斃，變成一張薄片標本，壓進塑封相冊裡，就像面前的這些相片，在拍下的那一刻就已經是遺像。人不止會死一次，而是兩次、三次、成百次、上千次，無數死掉的時刻堆在身後，直到最後一次死來臨。最後一次的臉卻沒有被相機記錄，但周葦料想大概是沒有笑容的。於是，地上成排的笑臉成為一種代償機制，一套完整的說明——也曾有過幸福的、快樂的、微笑的、大笑的時光，小孔成像原理可提供確鑿無誤的證據。

「朱瑜同學是我遇見的最為樂觀積極的人之一，她熱心幫助他人，認真對待學業，她的夢想是能在未來成為一名使正義得到伸張、不公得到糾正的人民律師。大學期間，她曾多次參與社區、鄉村義工活動，對待求助者總是以熱情的笑臉相迎。然而，這樣一個品德優秀、前途無量的年輕女孩卻在人生最好的年紀選擇了離開，以最決絕的方式，離開了她親愛的同學、尊敬的師長、摯愛的家人，這一悲劇不能不讓人感到無比震驚、痛心……」

一位女同學站在相片前代表致辭，人群中有隱約的哭聲環繞伴奏，燭火搖曳出悲苦劇的舞台陰影，周葦從舞台的側方悄悄退出，無人注意。

後來，周葦又見過那些照片數次，分別在校園論壇、當地晚報、電視新聞裡，在為受害者的臉打上馬賽克模糊處理尚未被認為是必要的道德時，那張不設防的笑臉理所當然地變成了廁所標識、逃生出口一樣的公共物品，無數目光對著它打量、審視、意淫、狂歡。「長得還挺漂亮，可惜了，非要跟老師搞婚外情。」「這種看起來清純的女的骨子裡最騷，跟我前女友一樣，找老婆不能找這樣的。」「之前不是要打官司嗎？怎麼就自殺了？」「是知道打不贏吧，事情肯定沒那麼簡單。」「一個巴掌拍不響。」鍵盤一個巴掌卻可以拍得咔咔作響。發言上方的臉還在笑，微笑、大笑、露牙笑，周葦驚訝於那些人竟然能夠收集到這麼多各式各樣的笑，沒有人收集哭，一張哭也沒有。彷彿哭不曾存在於女孩的生命，就像軟呢帽先生的肖像也不存在於這一場互聯網藍海捲起的風暴裡。

他的姓名被抹去，學校網站上用了「某某老師」代替，報導裡統一採用了高校教授這一稱謂，應和那時正在流行的網絡語——「叫獸」，以達到吸引眼球的目的，眼球也果然被吸引，視覺神經連接腦神經，電光石火地完成一次閉眼掃射觸發的凶猛快意。也許也有人提到過他的名字，只是意外地並沒有激起「叫獸」那樣鋪天蓋地的恨意，於是，那幾個不起眼的字在槍林彈雨中竟逃過一劫，在風波漸漸平息之後開始隱姓埋名。詩歌和文學理論課程消失在了選課表裡，個人簡介消失在了「師資力量」裡，單人照和合照一齊消失在了布告欄的「優秀教師風采」系列裡，金邊名牌消失於行政樓第七層的走廊，一隻或許多隻橡皮擦趁著人們在欣賞笑臉時將它們一點點抹去。如果不是床頭的那兩本詩集——扉頁留存著作者的親筆簽名——和收件箱裡幾十封已讀信件，他差一點就會像水滴一樣在周葦意識到之前就蒸發得毫無痕跡。但畢竟還有那些東西，來不及或者沒辦法徹底清理乾淨。「只要犯罪，就一定會留下痕跡。」某位名偵探試圖用來降低犯罪率的恐嚇箴言對周葦眼前的情況也頗有借鑑意義。不過，就算不發散而論，而是就事論事，周葦也可以理解軟呢帽先生的馬虎大意，因為，一切都「事發突然」，誰都「沒有想到」。

「朱瑜去世的前一天還在整理訴訟資料。」當事人好友跳出來做證。「你說情緒嗎？沒什麼不對的，不過事情出了之後她就很少來學校了，我瞭解的也不多。」朱媽媽對著鏡頭：「她怎麼可能自殺？發生什麼我都會信，可我就是不信她會自殺，她最孝順了，怎麼會捨得……」哭聲打斷疑問，說不出來的話變成抽泣，朱爸爸扶著妻子，擺了擺手，不願多說。「我們已經收集了足夠多證據和材料，可以證明對方確實對我女朋友構成了性侵害的行為，開庭時間就在下週，我們有絕對的勝訴把握，在這個關頭，她不可能做出這種行為。」同在法學院的男友情緒更為克制，當初也是他鼓勵朱瑜「打破沉默、說出真相」，也因此收獲了一批稱號，有的好——「新世紀模範男友」，有的壞——「最強綠帽」。「只差一步，只差一步我們就成功了。」終於，在採訪接近尾聲的憤慨嘆息中，他鏡框後的眼睛泛起情緒、眼淚，「我不會就這麼放棄的，罪犯必須付出代價，接受法律的制裁，這不是自殺，而是他殺。」

然而，警方第一時間就排除了他殺嫌疑，時間、地點、現場、動機都擺在那裡，證據充分、事實清晰，並無可供推敲的疑點，也無值得揣摩的內情，經驗豐富的老刑警和絕地逢生的名偵探都可以退場了，接下來，「需要留給家屬和親友一點時間、空間」。家屬和親友漸漸消失在了時空織造出的蟲洞裡，當事人缺席，庭審沒能如約進行，新鮮出爐的搶劫、偷盜、殺人、拐賣、虐待、戰爭很快將這則舊聞擠出頭條，再擠出內頁，擠進城市新換上的綠色垃圾桶裡，「可回收物」，可至於是否真的回收了，沒有人會較真去打聽。那之後，周葦偶然遇見過朱瑜的男友一次，在仲夏日暮時分的校園，她驚訝於自己隔著半條昏沉的馬路也能一眼將他認出，畢竟，那時她的記憶力已經開始嚴重脫膠，粘不住任何只是輕飄飄一晃而過的東西。他看上去和電視裡不太一樣了，更瘦、更高、更沉默，背一隻黑色書包，在黃昏的樹影裡走著，忽明，忽暗，但最終還是暗下去了。

後來周葦聽到過一條流言，據知情人士聲稱，這位好男友已經提前獲得保研資格，師從某位知名教授，於是，叫獸又變回了教授。人不能踏進同一條河中，除非他始終和河水並肩同行。

六月或者是七月，總之，在人們開始穿夾腳拖鞋和短褲短裙的時節，周葦開始單方面切斷與女老師一週一次的會面。女老師的針織衫換成了連衣裙，淺粉藍、薄霧藍、寶石藍、趨近於黑的深藍，在午後輪番登場，有一種說法是藍色使人鎮靜，也有說法認為它使人憂鬱，而女老師的藍色連衣裙只使她的皮膚看起來比往日更加白皙，趨近於半透明，淺埋的藍綠青筋也因此顯得脈絡分明，在談話靜水深流的間隙，周葦時常盯著它們，從而獲得一種觀賞植物般的寧靜。長時間地盯著植物是一個壞徵兆，這不是女老師告訴她的，而是來自她在圖書館角落偶然拾得的一本入門心理學書。「偶然」只是她的說法，認識她的同學後來表示，那段時間常常看見她徘徊在心理學書架區域。第一次會面遲到時，她懊惱、道歉，用三分愧疚裝出十分後悔；第二次，她謊稱自己睡過了頭，儘管約定時間是下午四點；第三次，她忘了自己說了什麼，只記得女老師的臉聚起密雲，像那一陣常出現的雷暴天，四周都暗下來，只有她被頂光照亮，頭頂聚著一束沒被雲霧遮掩住的亮金，亮得像是即將有什麼會從那裡降臨，可什麼也沒有降臨。然後，第四次、第五次，周葦關掉手機，萬事大吉。輔導員找上門來，臉上還是掛著笑，一副提前打好的蝴蝶領結，只是過程中她開始時不時去鬆一鬆、理一理了，像是不這樣就呼吸不過來。「有什麼困難？」「有什麼想法？」周葦眼神忍不住開溜，溜到牆上、地板，一路滑向自己的腳，她瞥見那對腳尖一致朝著門口的方向，行為心理學說，這意味著一種急欲離開的潛意識，可惜，輔導員看不懂。她試圖通過絕對的正向反饋來盡快地結束這場對話，點頭如搗蒜，嘴裡連連吐出「可以」「很好」「沒問題」，卻沒什麼起效，她開始抖腿、搓手、眼神飄忽，整個人如同開始冒起小泡、即將沸騰的一鍋熱水，直到，終於，一個救火電話打來，諸事纏身的輔導員才不得不「先聊到這兒」，然後就慌慌張張、三步併作兩步離開了。

總有更大的事，她不過是糧倉裡一粒爛掉的還未來得及清掃的穀子。諮詢室她沒有再去，輔導員也沒有再來，沒過多久，所有人都放假了，暑期的校園彷若剛剛經歷過滅絕期後的世界，寂靜、空曠，尚未被掩蓋掉的舊日遺跡裸露在外，植被瘋長，枝蔓越過禿牆垣、鐵柵欄、房頂，自由擴張。黃昏是鳥的時辰，嘰喳聲、啾啾聲在濃蔭支起的黑布中撲騰，再往後就是蟲的時辰，它們徹夜歡歌，發出醉酒的吵鬧，以慶祝人類的消失。人類也並沒有徹底消失，路上偶爾會晃過幾個踽踽的影，失去了人形，演化成某類新生的無名物種。宿舍也空下去，被子則捲起來，露出床板焦黃疲憊的臉，忘了收的內衣、襪子、吊帶懸在陽台上終日晃蕩，桌上幾袋膨化零食整個夏天都寂寞地鼓脹著身體，胡亂堆積的書、紙、筆進入一年中最漫長的休眠期，一片遲鈍的衣角卡在進門第二格上鎖的櫃門邊，無人救援，窗台上唯一一盆茉莉在花期來到前就死了，早變成乾屍一具，周葦卻常在夜裡聞到一陣幽魂清香，若隱若現，似要訴說隱情。她把這種體驗歸入夢境，除此之外，還有孩童的低泣、叩牆的咚咚聲、突然被吹開的窗戶、童年的幻影、耳邊低沉的男聲……夢和現實依偎成緊鄰的黑白琴鍵，高低和鳴，拉扯著她捲入某段持續不停的曲調中去。

偶爾，這種和諧的旋律會被一些雜音打斷。「叮」聲報喜，送來一張福照，照片上陳香蘭被明顯隆起的肚子壓在沙發上，她睡著了，面容稱得上恬靜，某種淡淡的母性光輝——周葦從聖母油畫上剝下來的詞——給照片鍍上一層透明薄膜，守護著裡面那個柔和、安寧、被神跡眷顧的瞬間。每隔一段時間，周葦就會收到一張這樣的照片，它們是那位「新爸爸」從遠方遙寄而來的明信片，作為家庭的駐外成員，每一站的風景也不容錯過。不過，這些也只是題為「小家幸福瞬間」的系列組照中的精選作品，若要一覽全集，則需移步至某個以空間命名的線上展廳。展廳結構精巧、風格複雜，復古螢光花束在入口處造出熱烈迎客氛圍，焰火、星辰與太陽齊聚一堂展現出略顯超現實主義的金碧輝煌，巴洛克式的繁複花紋簇擁著七彩行楷的「花開富貴」和「平安健康」，兩盞並不專為節日亮起的長明紅燈籠是一左一右的點睛之筆，通俗又直白地將主人喜事臨門的雀躍淋灕盡致地演繹了。這些東西花了「新爸爸」不少時間，陳香蘭在視頻那端不止一次暗示周葦去「踩踩」，這個踮腳小姑娘般的疊聲詞著實吹起一層大驚小怪的雞皮疙瘩，除此之外，還有「flash」「加好友」「暱稱」等等被這兩位愛侶在閒暇午後從互聯網深海裡打撈出來的鏽詞廢句，他們視若珍寶，一度還鼓勵周葦加入他們的尋寶之旅。「當然，你懂的肯定比你鐘叔叔多了，有時間你可以跟他交流交流。」攝像頭前陳香蘭擠擠眼，試圖用拾來的舊物為這對半路父女改造出一架溝通的新橋。「新爸爸」坐在一旁，用笑呵呵的「少操點心」打住妻子的念頭。周葦明白，除了陳香蘭，沒有人想架橋，「新爸爸」全副身心都投入到了家的建設工程之中，無暇他顧。周葦造訪過那個展廳數次，為了避免留下深夜腳印，她甚至重新披上了荒置多年的幽靈馬甲，一時激起不少舊日塵埃，塵埃中一座座灰黑墓碑林立，它們分別屬於下落不明的「陌生人」、離開房子的謝依然、被周葦正中心臟的小余以及許許多多死因和名字皆已不可考的舊人，墓碑上的照片仍頂著舊日的模樣，只是無一例外地褪色成黑白了。塵埃嗆出一陣咳嗽，聽上去像是有誰來了，那時，人們的腳步聲就是這樣的。於是，那些看不見的、四通八達於天空下伸展著的隱形繩線將舊日世界和眼前世界連接起來，上面停駐的鳥雀不是空間而是時間，當周葦吹響召喚之哨時，它們就會從遙遠的天際掠翅而下，落成一粒一粒棋子般短暫的黑白色靜止時光，用來沉思、停駐，既不是退，也還未進，而只是讓目光在棋盤上一圈一圈地逡巡、徘徊。周葦將這一切稱為「鄉愁」，不是藍色的，而是分明的黑和分明的白，琴鍵又回來了，切換成民謠小調，一遍又一遍地在午後或是午夜奏響。可鄉愁小調仍舊沒有喚醒回家的渴望，周葦並不後悔又一次重複春節的把戲，用爛藉口做脫殼的金蟬。「我想做個暑期實習。」陳香蘭自然有疑問一籮筐：「才大一實習什麼？」「有工資嗎？」「有同學和你一起嗎？」還沒等周葦將準備好的答案一一奉上，「新爸爸」就開始充當深明大義的調解員：「現在和我們那會兒包分配不一樣了，實習經驗豐富有助於就業，年輕人趁有機會多去社會上鍛鍊鍛鍊，是值得鼓勵的。」一個同謀的眼神順道拍了拍周葦的肩，意思再明白不過：「去吧，你媽我來搞定。」半路父女用笑隔空擊了個掌，為這難得的心有靈犀。這樣也好，陳香蘭的那些問題終於不用再在寂靜中空響，有去無回。從童年起周葦就總是接不了的羽毛球，球拍終於能易手下一位，新球員信心十足、精力充沛，扛得起鋤頭也拿得穩筆桿的胳膊接下來也將掄出完美的擊球弧線，使這場友誼第一比賽第二的家庭賽在「有來有回」中繼續熱鬧開展，而淘汰的前隊員只需在賽事正酣時擇一側道低調離場。

暑期實習自然是現織出來的幌子一面，風浪過去後就偃旗息鼓癟下去，露出空心肚囊，陳香蘭仍舊堅持把錢按時按量打到周葦的那張哆啦A夢聯名卡上，親情魔法為她解決了溫飽難題，剩下來的困難就是精神層面的啦。精神層面還是那幾個老大難，失眠啊、憂思啊、多夢啊、幻聽啊、健忘啊，陸陸續續又增加了暴躁、被害妄想、胡言亂語等等前來投奔的難兄難弟。「蝨子多了不怕癢，病多了不愁」，周葦決定服用這一改良版的民間妙方，除此之外，她還通過一些「特殊手段」獲取了幾瓶花花綠綠的神奇魔藥。

魔藥來自一位做好事不求留名的慈善肛腸科醫生J，除了將內鏡伸入彎曲腸道來為患者的隱痛排憂解難，J的另一特長是在深夜用鼠標線鑽研女孩們的心腸，為自己的隱痛排憂解難。說這是他的特長其實是誇張了，較之於打磨多年的嫻熟醫術，在這上面他的技術顯然還有待提高，何況，心腸往往比肚腸更曲折、幽深，難以探看。在情慾的浪潮順著濕潤的髮梢退去，閃爍著理性光輝的半禿沙地終於顯現時，他也承認，這樣的相遇稱得上難得，並非所有女孩都像周葦一樣「隨性灑脫」，她們大都會消失於晚餐結束之際，很少會有人像她這樣爽快地踏進路邊那輛不太起眼的銀灰色馬自達，再躺上這張出於職業習慣整潔如停屍台的雙人床。只需抬頭看一看那張比馬自達更不起眼的面孔，周葦就相信了他所言非虛。「現在的女孩太物質」「太虛榮」「太注重外貌」，也許是適度的沉默給想像騰出了空間，J變得鬆弛，被黑暗環抱的雙人床變成唯一亮燈的拳擊台，他一連三個直拳，腦中女孩便保齡球瓶般一個個應聲倒下。周葦僥倖躲過，她眼下並不在任何一個他拳頭揮向的方向，但她也並非午夜耶穌、性愛菩薩，妄圖用肉身凡胎去為慾望移山填海，讓枯木再度逢春。相反，她是一個求助者，是枯木本身，和等在他候診室外因禁食禁水而唇焦口燥的病患並無二致。不過兩次簡短的深夜線上會診，醫生J就大致摸清了她的情況，但也許因為肛腸離大腦實在太遠，起初他還拿不定主意，只好給出模稜兩可的診療意見：「我認識些人，可以幫你想想辦法。」周葦只好隔著屏幕表示遺憾，如果沒有辦法，也許她就不得不另尋出路。於是，儘管困難，本著救死扶傷的人道主義精神，醫生J還是決定動用一些「人脈」「關係」，曲折輾轉終於從久未聯繫的大學同學那裡找到了辦法。辦法在初次線下面診前就被揣進了J的上衣兜裡，但一直等到兩次相當細緻且深入的查體之後，他才頗為戲劇化地猛地拍了拍腦門，後知後覺地將它掏出來。「不管有什麼問題，這些東西還是要少吃。」他低頭皺眉盯著瓶身的成分表，像是要借此解析出眼前這個來歷不明的女孩。害怕供方後悔、交易中斷，周葦只好借著幾個虛晃答謝吻的走神間隙將東西從他手中順走，猴急得像個斷供的癮君子。他的目光中同時流露出驚訝、憐憫與揣度，與此同時手也並不閒著，繼續敬業地摸索查探著眼前這位女患者的「病體」。在他散發著淡淡消毒水味道的手掌下，她變成了一具實驗台上的捐贈遺體，於是，每一寸皮膚、每一根骨頭、每一塊肌肉都獻身出去，最後還剩下什麼她也沒搞明白。她奇怪的是，軟呢帽先生竟然還留下了可供使用的東西。這樣的實驗等到藥片到手後就被周葦單方面切斷，在出租車後座，她只花了一分鐘的時間就將J的一切聯繫方式清除乾淨，等到他反應過來時，她早已在藥片的幫助下重回夢境。後來，幾通陌生的未接來電和一連串塞滿感嘆號和問號的短信相繼找上門來，周葦只讀懂其中一句——「你他媽真是個神經病」。至此，醫生J終於肯明明白白地如實告知患者她的病情。

藥片是這段關係中唯一貨真價實的部分，粒粒分明，童叟無欺，周葦終於找回了失散已久的睡眠，儘管它已經變成一個痴呆、黏人又霸道的孩子，總是緊緊環抱住她，從天亮到天黑再到天明。有時，它也蠻橫地搖晃她，使整個世界都陷入重逢的眩暈，眩暈連鎖反應出噁心、厭食以及肌肉突然陷入緊張後的抽搐漣漪。這些症狀似曾相識，在近半年與陳香蘭的通話中，她偶有提及。也只有在那些時刻，周葦才會遲鈍地記起那個突然出現又匆匆消失的孩子。現在，孩子在藥片中重生，睡眠是它的呼吸，眩暈是它的腳步，抽搐是它的心跳，它和周葦一樣，不愛吃飯，偶爾暴躁，時常陰鬱。她不知道它為什麼要回來，在所有人包括它的一對父母合謀將它驅逐之後，它還要回來，像是一棵丟不掉、甩不脫的鬼針草，纏人又麻煩的刺頭，周身長滿的全是矛盾。它鬧出這些不小的動靜，像在賭氣，折騰著發洩心中的怨和恨，當然，這可以理解，沒有人能心平氣和地接受被拋棄，即使它還只是一個發育中的胚胎，這是比「人人生而平等」更早寫入天性和基因中的東西。它要一個說法，要公平，要引起注意，就像周葦六七歲時，為了一個巨大的螺旋彩色棒棒糖，在商場櫃台前的地板上滾來滾去。陳香蘭是怎麼做的？她站在那裡，先用雙手抱臂來表明不干涉的立場，再冷靜地拉長聲音倒數「三——二——一」，每一個數字都被拉成一條長線，將周葦的心拖拽到半空，直到聲音消失，長線斷裂，心砸向地面的同時，陳香蘭轉過身就走，周葦終於慌不擇路、連滾帶爬地從地上翻起，哭哭啼啼追上那道背影。「別跟著我，我不是你媽。」陳香蘭甩開環抱上來的手臂，腳步不停，那雙手臂不依不饒，被甩開一次就又環上去一次，然後，又被甩開，如此重複，直到變成某種循環遊戲。周葦想起來，她也曾是鬼針草。有那麼一個瞬間，當陳香蘭又一次用力甩開她時，她確信，陳香蘭是真心實意、發自肺腑，想要就那麼將她甩開。

陳香蘭沒有做成功的事，輪到周葦也是一樣的結局。她甩不掉那個纏人精，它精力實在旺盛，在白天和黑夜間鬧個不停，它是一隻上躥下跳的耗子，一頭活力充沛的牛犢，它橫衝直撞、左右翻騰，它快要衝破她的顱骨，這使她常常一整天都受到偏頭痛的折磨。它在她的身體裡打孔、鑽洞，專門針對骨頭與骨頭的連接處，它洞悉了她的每一處弱點、不足，不慌不忙地挨個擊破。它玩轉了辯證論，把死亡掉了個個，變成永生，它永生在了她之中，肌肉、神經、血液、細胞都被它馴化成聽令的士兵，它指哪打哪，成了不會失敗的常勝將軍。然後，有一天，它用低沉腹語告訴她，它想見見他，那位給它血緣又將其斬斷的父親。

光明之地

為了見到軟呢帽先生，周葦頗費了些周折。他不在此地，此地已是恥辱之城，他需另尋光明之地。「再找出路」，電話那頭傳來的原話，聽上去像是老港片裡末路匪幫的台詞。對於她提出的見面請求，他顯得警覺，先是旁敲側擊了一頓，意欲套出她此舉背後的「目的」。從前，他從不問「目的」，「目的」向來都攥在他的手上，她擁有的只有過程，其中包括時間、地點、搭乘的交通工具，以及服裝、配飾、心情等等。現在，他開始問「目的」了，周葦只好臨陣磨槍、現編現造：「我想你了」「好久沒見」「我暑假沒回家」「時間一大把」「沒人跟我在一起」……她軟磨又硬泡，用話語銼刀耐心地一點點銼去他心上結繭的疑竇和防備，這並不容易，一不留神就可能錯手劃破他那顆驚魂未定因而格外敏感的心臟。可如今周葦有的是時間和耐心，她正愁沒地方將它們打發出去，於是一股腦通通倒進了軟呢帽先生藏身的地洞裡。「等待一個春天」，詩裡是這樣描述的，她等待的是一個動靜、一聲信號，土層鬆動，新芽萌發，她守在洞邊，一捧接一捧地澆築和風、澆築細雨。唯一的難題在於她還必須同時安撫好那個死而復生的孩子，它還沒來得及培養出成年人的耐心，總是在她腦中齜牙咧嘴、焦躁不安地轉來轉去，時不時還發出歹徒似的威脅恐嚇，逼她盡早解決問題。

幾番來回的偵查試探後，洞口終於傳來一聲熟悉的嘆息：「現在沒人信我的話了，他們只願意聽故事。」被耐心刨銼的心臟終於再度露出一角柔軟肉粉，他開始抱怨，語氣是孩子氣的無辜、委屈，「我並不想傷害她，也不想傷害任何人。」「她」的專屬座椅上端坐著朱瑜，周葦環顧四週一圈，才發現自己站在了「任何人」的隊伍裡。那是一支無臉人隊伍，五官被抹去，姓名也不便透露，除此之外還有整齊劃一的沉默，唯一沒有沉默的已經死去。軟呢帽對此次死亡事件發表起遲到的感言：「她這樣一死，我倒洗不清嫌疑了，人不是我殺的，我卻成了殺人犯，這是什麼道理？」「學校為了避嫌要解聘我，說是等風頭過了再補償我，可有些東西沒了就是沒了，怎麼補償都無濟於事。」孩子被軟呢帽喋喋不休的抱怨搞得耐心盡失，它捏著一把匕首抵住周葦的脖子（沒人知道它是怎麼弄到那東西的）：「別廢話，約他出來。」它語氣陰沉，模仿著成年人的口氣。周葦只好逮住一個沉默的間隙，發出醞釀已久的邀約：「我想見見你。」軟呢帽先生沒說好，也沒說不好。「等等再說吧。」

其實周葦知道，他會跟著秋天一塊回來，輔導員在某次談話中無意——也或者是有意——洩露了這個消息。可當他真正回來時，已經是將近中秋，月亮的秋膘養得又肥又潤，金黃的一輪貼在無雲的夜空，周葦想起第一次跟軟呢帽先生出去也是這樣的景象。天上月圓，人間團圓。「新爸爸」新發來的合照上，陳香蘭的臉也圓如月盤，只不過不是光亮的金黃，而是鍍了一層舊掉的蠟黃，黃褐斑在幾乎被皮肉淹沒的顴骨上停成蛾折斷的翅膀，她沒看鏡頭，目光朝下打成一束聚光燈，照在家裡最新登場的「小明星」身上。她被一團天藍色的純棉織物包裹著，只露出一角的側臉保持著明星的神祕，也許她睡著了，也許只是在發呆，無論怎樣都無關緊要，她只要在那裡就足以吸引在場所有人的目光。外婆呵呵笑出假牙一副，二舅媽和小舅媽分別送上金鎖、金手鐲——「鎖住福氣」「鎖住平安」，已不算新的新大舅媽也在多年的來往應酬中「變得懂事」，用一套英國王室寶寶專用護膚品在一堆紅彤彤、金燦燦的傳統禮品中獨闢蹊徑，人到中年突然被佛門點化的三姨為新外甥女求來一道「諸事順遂」符，小姨遠在他鄉，只能遙寄一個電子紅包以表心意啦。「趣事」樁樁件件，「笑料」接二連三，一度變得冷清的家庭會話重新被這些喜事邊角料塞得滿滿當當、熱鬧非凡。有時是陳香蘭說，有時是「新爸爸」說，有時兩人搶著說，不同的故事版本在電話那頭擦撞出喜氣洋洋的火星火花，有時火星不小心濺到了一旁的娃娃身上，娃娃就會發出震天哭喊，兩位已經算得上老手的爸媽仍舊會立馬陷入兵荒馬亂。有幾次，亂得視頻都忘了關上，對話框裡就只剩下周葦一個人的腦袋，她聽見叮叮砰砰的聲響從凝固的畫面後傳來，驚悚片一樣。但他們還是顧及了她，為了使每個家庭成員都分享適度的參與感，起名的任務被分配到周葦頭上。「你是大學生，最有文化。」為了不辜負上一輩人對當代教育的期望，周葦花了整整一個下午，穿梭於圖書館的書架，翻找了不下五本看上去頗為權威的字典，企圖找到一個或者兩個恰如其分的漢字去匹配明星娃娃。然而，最終躍入視線的字並非打撈自茫茫詞海，它誕生於一次偶遇，由沿街燈箱廣告提供靈感，一個笑容甜美、模樣清新的女孩手持一支香草味甜筒，字號碩大的花體廣告語用本地方言對來往路人發出招攬，然而，周葦的目光只被藏身其中的「鐘意」二字吸引，對啊，再沒有什麼比它更適合作為明星寶寶的名字了。清脆、直白，板上釘釘的篤定，適合用來抒發湧破喉嚨的愛，譬如，所有人對這個新孩子的愛。至此為止，這起年度家庭事件終於可以完整敘述了：2010年9月1日晚上八點二十三分，鐘意，周葦同母異父的親妹妹呱呱墜地於X市第二人民醫院，重六斤八兩，身長46釐米，出生時健康狀況良好，無畸形，母親姓名陳香蘭，此次分娩為第二胎，生產方式剖腹產，無產時併發症。簡而言之，母女平安，皆大歡喜。

滿月酒恰好撞上了中秋，不嫌多的喜上加喜。當大家回望這一天時，記憶將盛滿了歡聲、笑語，從金色圓盤裡溢出流淌的奶與蜜，奶是胖乎乎的奶娃娃，蜜是中秋夜的糖桂花，蓮蓉餡、棗泥餡、冰糖餡、五仁餡、芝麻餡、豆沙餡的月餅在高台上摞成環形山，掛禮的賓客見者自取，瓜子殼、花生殼、核桃殼在腳底劈劈啪啪地放起鞭炮，整個酒店大堂熱烘烘、紅彤彤，映得所有人的臉蛋都蕩起飛霞。「新爸爸」在霞光的旋渦裡打著轉，腳步開始在雲端發飄，這桌說完「吃好，喝好」，下桌已經舉起酒杯探頭相邀，「喝不了了，你們隨意」，剛想耍個滑頭，就被多年的好友按住肩頭，「今天什麼日子？」轉頭看一圈在座賓客，又回過身將眼神鎖定到男主人身上，「你老鐘的大喜日子！不陪哥幾個喝兩盅說不過去吧？」「就是！就是！」「誰能像你？五字頭了，還喜得千金！我看你正當壯年呢！」推辭不過，只好又舉起一盅在妻子的囑咐下兌了水的白酒，一路火燒火燎地下肚，整個人便愈加沸騰，心中彷彿有什麼正在翻滾、冒泡、亟待湧出。他又想起了剛出生的女兒，醫院的護士抱在手裡遞給他看，小得像隻老鼠，哭聲卻如洪鐘，響得整條走廊都能聽見。「聽這嗓門，以後說不定能當個歌星呢！」不知誰來了句。歌星？影星？老鐘沒想到那麼遠去，他現在只想眼前，這麼小的孩子，像是一株剛冒頭的幼苗，給他本來快要謝幕的人生帶來了新的生機。兒子出生時，他還是個二十出頭的愣頭青，生意、酒桌、洗腳城佔據了太多時間和精力，等他想要仔細瞧瞧那個孩子時，他已經跟在他媽身邊對他愛搭不理。他錯過了一些事情，可老天爺突然又給了他一次遊戲重啟的機會，這一回，他決定洗心革面，在未來找回丟失的過去。坐在包房裡給孩子餵奶的陳香蘭沒想那麼多，她想的是中醫開的出奶方子究竟管不管用，年紀畢竟在那了，這一胎不像生周葦時，奶水多到打濕胸口，讓她鬧了好幾次大紅臉，最後不得不想盡法子回奶。從前的困擾現在成了奢望，彷彿生活就是這樣，不是多了就是少了，很少會像滿月，但她也感到八九分的心滿意足了，人生不必真如十五六的月亮。就像今天，如果周葦在的話，一家人才算得上真正團圓，可即使陳香蘭感到愧疚、不安，也不能否認心底裡確實有個聲音在說，她沒回來也好。

沒回來的周葦回到了另一個地方。熟悉的防盜門還貼著舊年的福字和對聯，紅紙有幾處褪色成斑駁的玫粉，乾掉的墨跡擰成發緊的眉，隱隱帶怒似的，盯著面前這位老熟人，說不上友善。周葦也不是為了友善而來，從來都不，友善不是這扇門後的主人信奉的美德，至於他信奉什麼，周葦說不好。屋子裡倒是有一張十字架上的基督畫像，荊棘桂冠和暗紅鮮血營造出一種「恐怖又神聖的美感」，他是這麼說的，「信仰往往如此，恐怖是宗教藥方裡點睛的引子」。先要激起人的恐懼，使人從直立行走的人變成四肢伏地的獸——跪拜儀式的源頭，也可以當作在恐慌中打碎一隻普普通通的瓷碗，再用信仰的膠水粘補，人就離不開那劑粘膠了。這是他在菩提樹下的頓悟。「當然，其中也有值得人留戀的東西，譬如，美。這幅畫就很美，是我在法國講學時一位女學生所贈。」關於女學生的故事軟呢帽先生沒有展開多說，他出神凝視了受難基督片刻，目光如同凝視維納斯初生時的胴體，「美」變作貫穿的匕首一樣串聯起二者。「美」，他時時含在口中的珍寶珠玉，牙齒打磨造型，唾液滋養光輝，卻不必示眾，不必懸掛於門扉、牆壁，而須珍藏於暗處。「美是唯一的巴別塔。」有一次，在結束時，他撫摸著她的乳房，彷彿自言自語。巴別塔傾倒之後，每個人都在說，每個人都有什麼要說，嘈雜的人言將他淹沒，他只好逃竄回這個位於寧靜郊區的「安全港」「庇護所」。

港灣在周葦眼前緩緩打開如貝殼，一顆光滑鋥亮的珍珠腦袋從貝殼縫裡擠出，軟呢帽先生沒戴帽子，變成了「先生」，先生在漢語中用途廣泛，既可指老師，又可指丈夫，周葦這才發覺這個詞的妙處。先生側身請她進屋，貝殼旋即在她身後「咔嗒」一聲閉合。「最近總有些莫名其妙的人找上門。」像是在解釋剛剛的動作，但他也沒再多說。周葦還在揣摩著「莫名其妙」四個字的意思，而軟呢帽先生已經將一杯熱茶端上茶几。「剛從雲南帶回的普洱，嘗嘗。」暗紅發黑的茶湯在陶杯裡晃蕩恍若第一夜的葡萄酒，周葦端起抿了一口。「呵呵，忘了，你們小姑娘估計不愛喝這種陳茶，茶湯太濃、味道太重，」他笑著，像是想起了什麼，「你們這個年紀還是適合喝綠茶、白茶，都是春天裡掐尖採下來的嫩葉芽頭。」他口中的「你們」使周葦產生了一種錯覺，彷彿房間裡正坐著一群「這個年紀」的小姑娘，而非僅僅她一個。可又確實只有她一個，形單影隻，無頭蒼蠅一樣撞進蛛網橫生的舊巢。那些姑娘去哪了？也許剛走不久或者不久後再來，蛛網是柔軟的障眼法，其實牢如鋼絲、韌如蒲葦，完美的獵捕器，總能等到昏了頭的獵物。周葦低頭，吹了吹不存在的熱氣，茶湯並不難入口，年歲帶來滑膩的醇厚，晃蕩著、遊走著，舌尖抓不住，一種滑頭的口感。「這次去雲南，看我一個老朋友，他在那裡隱居十多年了，不問世事，一心種花、寫詩，人倒看上去年輕多了，我想或許我也該學他，閒雲野鶴，少理俗事。」他喝了一口茶，味覺喚醒了雲南高地的記憶，瀰漫開的濕潤空氣使他變得多愁善感。「這些天，我就見了你，」一隻被陶杯焐熱的手覆上周葦的手背，又滑到髮間，「你還能來見我，我很感動。」近在眼前的嘴唇在說完感言之後，開始朝著周葦的方向移動，她用手輕輕按住他的肩膀，順勢環上他的胳膊，像個吊在父親身上耍賴的小孩：「這茶有點苦，我能吃點山楂糕嗎？就是我們之前經常吃的那種。」「山楂糕？」他皺眉，「我得去看看還有沒有。」機會不容錯過，周葦放寬界限，「或者別的什麼甜食也可以。」他看了她一眼，仍舊沒放棄之前的念頭，低頭輕吻了近在眼前的一牙臉頰，才起身去廚房了。

周葦被留在了客廳，這場景似曾相識，在第一夜裡，有幾分鐘，她也是這樣坐著，他則背著身在廚房搗鼓著什麼。那時，他端出來的就是一碗山楂糕，紅得像血，和玻璃杯裡的酒在顏色上互文了。「你們小女孩愛吃酸酸甜甜的，來，試試這個。」周葦想起來，從一開始就是「你們」而不是「你」，只不過，酒精使神經遲鈍了。她忽略了他的詞語，忽略了他的熟稔，也忽略了山楂糕本身，她只顧著拘謹、禮節，試圖讓自己看上去像一個好學生。她以為老師總是偏愛好學生的，雖然，她不知道她要那偏愛做什麼。也許只是本性貪婪，嘗過做好學生的甜頭就戒不掉了。巧克力和糖果的多巴胺，豢養出千千萬萬個快樂胖子，而她則被某些虛無縹緲的愛豢養著。當然，前提是偏愛也可以潦草地充作愛的一種。

好學生未雨綢繆的優良作風在此刻也被延續下來，課文和藥片在投入使用前最好都進行一番細緻研磨，以便於隨後的理解、吸收。兩分鐘，或者三分鐘，時間足夠了，將握得濕潤的手從右邊口袋裡掏出，一隻本來是用來裝耳環的密封袋現在裝著看不出成分的白色粉末，左手捏住袋尾，右手中指和食指配合彈出有節奏的擊打，粉末便如傘兵一樣輕盈墜落，融進那片溫熱的紅海之中。不遠處是一片風聲鶴唳，她聽見碗櫃嘎吱開合，瓷盤或碗撞到桌面，悶響一聲，塑料袋嘩嘩啦啦摩擦出草叢埋伏者的可疑窸窣，她承認，有那麼一刻，她的心臟鼓動得快要破腔而出，砸到地上，砸成一攤軟爛山楂糕。她害怕被當場撞破，但也僅僅是害怕撞破的那一刻，和坐跳樓機激起的生理反應並無不同，她並不害怕被識破意圖或者承擔後果，她已經有了一肚子的後果。除此之外，她還留有後手——彈簧刀和電擊棒，後者是一天前才弄到手的網購貨，因為缺乏試驗對象，效果尚不能評估。可她能想到的也只有這些了，好學生也不能做到事事周全、百發百中。

山楂糕被端來了，盛在一個白瓷碗裡，一碗剛從雞脖子上淌落的鮮血，碗口恍惚還熱騰騰冒著白氣。吃山楂糕得配茶，味覺的中庸之道，甜苦中和，正負相抵，一種為了什麼也不吃而都吃的辦法。這樣的來回進行了七八次，一壺茶見底，山楂糕還有兩塊，一對劫後餘生的倖存者，在碗底抱成一團。當然，周葦並不是為了吃山楂糕而來的，軟呢帽先生也不是為了陪她吃山楂糕而等在這裡，但他們最後卻實實在在地坐在沙發上吃了這頓山楂糕。計劃趕不上變化。人生難免被種種意外撞擊。為了打發吃山楂糕的時光，軟呢帽先生也不忘加入一段即興閒聊來增添些許情趣。他又提起那個島嶼，用手將它從腦中的地圖上抓起，周葦趴在那面隱形的玻璃前，看它在「等」「以後」「有時間」這些統一表達不確定的詞語動作下一會兒往左一會兒往右，遲遲不落進那個連接著現實的孔道裡，吊足了胃口。她盡量裝出期待的樣子，像是已經開始翻撿櫃子裡不存在的遮陽帽、防曬霜和連體泳衣。「日落的時候最美」，對了，還要帶上相機，獵捕下那些轉瞬即逝的狡猾風景。他們靠在沙發上，沙發在身後碎成一片被陽光曬得溫熱的沙灘，微濕的沙粒紀念品一樣粘上手臂、腳底，他們望著夕陽，臉上是一種限定的神情，就像一張人類專為日落造出來的臨時面具。周葦確信自己真的看見了夕陽，緋紅的一團，在發亮的天空中極緩極緩地沉落，如同在觀賞著一次慢鏡頭的跳樓回放。最後的結局已知，可人們還是不厭其煩地在世界各地追逐著這一場上演了無數次的無聲劇，格外沉迷、十足盡興。也許正是因為已知，沒有什麼比太陽一定會落下去更確定的事情了。

然後，太陽果然還是落下去了，四周開始變得昏暗，光線陸陸續續地散場，作為幕布的窗簾被依次拉上，嘩——嘩——屋子裡蕩起折疊翻卷的浪，往日時光即將被捲起，扔進一旁的角落，等待未來某雙手的解封，抑或是丟棄。太陽落進海水中，分離、肢解成一片焦黑破敗的艦體殘骸，墜落並沒有就此中斷，它在人們眼睛看不到的地方繼續進行，在昏暗的海面之下，有另一個巨大而沉默的舞台，沒有燈光，也沒有聲音，只有緩慢的、持續的墜落，劃開時間的水流，划向未知的深處。據說，那裡存在著巨大的礦藏，經由成千上萬年堆積、反應、沉澱出來的深黑色的物質，帶著一種沉悶的一氧化碳的味道，在重見天日時演化成火焰和光明的模樣。重生即是死亡，悖論被循環消解，從某種科學的角度來看，死亡只是階段與階段之間的標記點，於是一切最終變成了傳遞接力棒的馬拉松，接力棒被做成火苗的形狀，寓意著「希望」、「光明」和「生機」。火苗在黑暗中搖搖晃晃，在祝福詞中酩酊大醉，一頭跌進盆中突然拱起的黑炭山上，而燃燒是緩慢的，一生在沉默中度過的黑色化石不會輕易敞開心扉，於是，只好借助輕浮的紙張，一張不夠，還有兩張、三張，成百上千張堆在那裡，等待著被徵召加入這場獻祭狂歡。每一張紙都印著字，詞組、短語、長句，那是它們的名字，下一秒就被貪婪的火舌不加選擇地舔淨抹光，名字消失在火光中，就像名字不曾出現一樣。詩歌鋪出的死亡的紅地毯順著地獄之火的方向長長地延伸開了。周葦站在這頭，另一頭是仍在藥粉搭建起的迷宮中昏睡的軟呢帽先生。他看上去安詳、平和，對正在發生的緩慢墜落毫無察覺，就像那些待在冷凍艙裡的宇宙遨遊者一樣，時間失效了。飛船還在前行，目的地早就記錄在儀錶盤上。等到儀錶盤開始發紅、發亮時，真正的旅程才開始。幾個謝幕的旋轉、跳動後，火焰漸漸熄滅了，屋子裡變得很暗很暗，暗得彷彿是蓄謀，暗得像是在等待著什麼登場。你可以聽見那種埋伏在四周的屏息的聲音，調皮的氣流從鼻孔處忍不住探出頭來，想看一看現在進行到什麼階段了，緩衝的時間被不斷拉長，越來越薄，越來越細，變成危險的閃光銀線，勒在呼吸逐漸困難的每一條脖頸上。可銀線並沒有繼續演化成閃著銀光的鋒利刀刃，它軟軟地垂落了，一根累了的白髮，一片時候已到的枯葉，無須拔除，無須風吹，無須搖晃，只是落下來了。

「自然得像是睡著。」

周葦又想起了這種盛行一時的誘騙說法，它無疑美化了這一過程，抓出睡眠來替過程的痛苦打著馬虎眼，聯想充當著幫凶，將睡眠喚起的感受，平靜、舒適、放鬆、甜美等等，調包給了一氧化碳過濃導致的缺氧，以及缺氧導致的死亡。佚名的網絡義士只好現身說法，用親身經歷打假來讓迷途者知返：「那不是睡著，那是生不如死，是求生不得、求死不能。」顛來倒去的生與死構成鏡像的恐怖場景，於是，有人追問，那究竟是一種什麼樣的體驗？

「那是被包圍在一團火焰之中。火並不是一開始就出現的，最先有所反應的是腦袋，也許是因為那裡需要耗費最大量的氧氣，於是，你感覺到昏沉、疲憊和輕微的疼痛，此時最接近睡眠。噁心感是稍後出現的，但那時你已經無法嘔吐，因為你的意志力並不再足以讓你起身，火也是這時候燃起來的，它在身體周圍環成了一個溫暖的火圈，隨著燃燒，不斷變熱，不斷逼近，卻始終不真正地灼傷身體，火始終在外面，凝視著、旁觀著，如同等候完事的死神。大腦的轉速開始變慢，發出咔嗒咔嗒的磁帶卡殼的聲音，意識層變成測光儀裡的風景，越來越模糊。你開始感到自己在溶解，伴隨著大錘撞擊似的頭疼，你不明白為什麼與溶解相關的動作是撞擊，物理和詞語紛紛失效，你祈禱自己肛門附近的括約肌能夠再支撐一會兒，以免體內的殘留物在溶解中提前傾瀉。那是你一生中想出的最後一個笑話，一個人在死前最關心的是自己的肛門。可你已經笑不出來了，肌肉先你一步失去意識，或許還有那些密密麻麻的傳輸神經，億萬顆細胞在一氧化碳的濃彈攻擊下滅絕性地死去，血紅蛋白倒戈成為敵軍，『這具身體有史以來遭到的最大規模的災害』，不是自然，而是人為。」

整個過程大致如此。當然，還有一些更為私人的體驗，只不過對效仿者並無任何借鑑意義。譬如，周葦聽見了一個聲音，某種動物般的哀鳴，時有時無地擦過耳邊，令她想起《聊齋》裡的鬼魄魂靈。也許那是軟呢帽先生的亡靈，提前來找她了，訴說著恨與怨。也許那只是他最後一刻前竭盡全力卻綿軟無力的求救，可惜，除了她，沒人聽得見了。她正深陷於與他同樣的泥沼之中，一顆星球的災厄也被另一顆星球複製。浩瀚宇宙中的「命運共同體」，因與果在兩者間來回奔波，只留下一道長長的星雲的可疑軌跡。有人公正地將它稱作時間，有人難免抒情，認為那是記憶。在那道星雲之中，軟呢帽的臉依稀可見，重新戴上了帽子，五官在帽檐造出來的陰影中並不分明，他的嘴一張一合，她讀出了他的唇語，那是一首詩歌，記錄在陳香蘭藏起來的某本發黃的筆記本裡。那詩歌拙劣、庸俗，筋骨分明的字跡也無法將它拯救。變化是從嘴唇開始的，張合運動改變了肌肉的走向、五官的形狀，就連毛髮也脫落、位移，那張臉漸漸變成另一張算不上熟悉的臉，一張周葦曾在玻璃板下有過數面之緣的臉，冷漠而溫柔、衰老又年輕。時間無法穿透它，一張比鑽石結構更堅固的臉。然而，此刻，也漸漸溶解在一種漣漪般的鬆弛之中。星雲開始消散，宇宙的黑幕顯現，往事碎片變成布袋子上的孔眼，周葦曾見過它們，在回家的路上。布袋的口子漸漸束緊，氧氣面對呼吸的侵蝕，將空間還給沉悶的一氧化碳。周葦感到了睏意，久違的睏意，一縷不存在的風吹動了不存在的風鈴，發出清脆的聲音。夢是這樣開始的，夢的入口處掛著一串風鈴。

然後，風鈴變成旋轉的藍白色警示燈，救護車還在車潮中喘息著試圖殺出生路。它看上去是那麼笨重、疲憊，已經是一條翻肚的胖頭魚，而周遭則是回流的大型魚群，朝著家的方向，一天一次。同行的醫護人員宣告了死亡時間，拔除了輸送氧氣的軟管，那顯然已是多餘，白布不出意外地被蓋上，它早就在一旁等候多時。司機呼出一口氣，將剎車踏板上繃緊的腳背稍稍放鬆，此時，他不再是救護車司機，而成了靈車司機。如果不是不吉利，也許開靈車還算是個好差事，不用爭分奪秒，與時間賽跑，只需要平穩駛抵目的地，畢竟，死了就再也不用著急。另一輛救護車就沒這麼幸運，車廂裡的那位病患雖然奄奄一息，但畢竟還有一息。司機只好繼續著剎車和油門來回切換的機械反應，就像在用起搏器來回拖拽一具毫無知覺的遺體。

國家圖書館出版品預行編目（CIP）資料

我周圍的世界 =The glass story ／孔孔（孔曉莉）著；
第一版 . -- 新北市：星出版，遠足文化事業股份有限公司，
2025.02；368 面；13x21 公分 . --（星文學；Lit 001）.

譯自：我周围的世界

ISBN 978-626-99357-3-4（平裝）

857.7 114001303

Star 星出版 星文學 Lit 001

我周圍的世界

我周围的世界

作者 —— 孔孔（孔曉莉）

總編輯 —— 邱慧菁
特約編輯 —— 吳依亭
校對 —— 李蓓蓓
封面畫作 —— 張英楠《鏡心》
封面設計 —— 兒日設計
內頁排版 —— 立全電腦印前排版有限公司

出版 —— 星出版／遠足文化事業股份有限公司
發行 —— 遠足文化事業股份有限公司（讀書共和國出版集團）
231 新北市新店區民權路 108 之 4 號 8 樓
電話：886-2-2218-1417
傳真：886-2-8667-1065
email: service@bookrep.com.tw
郵撥帳號：19504465 遠足文化事業股份有限公司
客服專線 0800221029

法律顧問 —— 華洋法律事務所 蘇文生律師
統包廠 —— 東豪印刷事業有限公司

出版日期 —— 2025 年 02 月 25 日第一版第一次印行
定價 —— 新台幣 460 元
書號 —— 2BSL0001
ISBN —— 978-626-99357-3-4

星出版讀者服務信箱 —— starpublishing@bookrep.com.tw
讀書共和國網路書店 —— www.bookrep.com.tw
讀書共和國客服信箱 —— service@bookrep.com.tw
歡迎團體訂購，另有優惠，請洽業務部：886-2-22181417 ext. 1132 或 1520